Le Cercle Secret

L. J. SMITH

Le Cercle Secret

TOME 3

Traduit de l'anglais (États-Unis)
par Frédérique Le Boucher

hachette

Traduit de l'anglais (États-Unis) par Frédérique Le Boucher

Couverture : © Getty Images/Pando Hall

L'édition originale de cet ouvrage a paru en langue anglaise
chez Harper Teen, an imprint of HarperCollins Publishers, sous le titre :

THE SECRET CIRCLE
The Power

Hachette Livre, 43 quai de Grenelle, 75015 Paris.

À Lauren et Brian, qui savent que l'amour
est le seul véritable Pouvoir.

1

— Diana, j'ai une petite surprise pour toi.

Sous le voile de leurs longs cils noirs, les yeux émeraude étaient déjà noyés de larmes. Diana ne s'était toujours pas remise des chocs en série de la soirée, et ses traits crispés disaient assez l'effort qu'elle faisait, quand elle se tourna vers Faye pour la regarder.

Et pourtant, elle n'était pas encore au bout de ses peines.

Maintenant que le pire allait se produire, Cassie éprouvait comme une espèce de libération, bizarrement. Finies les cachotteries ! Finis les mensonges et les faux-fuyants ! Le cauchemar devenait enfin réalité.

— J'aurais sans doute dû te le dire plus tôt, poursuivait Faye. Mais je ne voulais pas… te blesser.

La férocité du brasier qui la dévorait faisait flamboyer l'or en fusion de ses prunelles.

Au premier coup d'œil, Adam fit le lien entre Faye et Cassie. Et, comme il n'était pas bête, il n'eut aucun mal à en tirer la conclusion qui s'imposait. L'évidence même. Et l'horreur absolue. Il plaça aussitôt la main sous le coude de Diana pour la soutenir.

— Quoi qu'ce soit, ça peut bien attendre, lui rétorqua-t-il. Cassie doit aller voir sa mère et…

— Non, ça ne *peut pas* attendre, Adam Conant, l'interrompit Faye. Il est grand temps que Diana sache de quelle sorte de gens elle s'est entourée.

D'un mouvement vif, elle se retourna pour faire de nouveau face à Diana, son teint pâle illuminé par une étrange exaltation dans l'écrin noir de sa longue crinière de nuit.

— Ceux-là même que tu as *choisis*, dit-elle à sa cousine : ta meilleure amie et… lui, l'incorruptible messire Adam. Tu veux savoir la vraie raison pour laquelle tu n'as pas remporté l'élection ? Tu veux savoir à quel point tu peux être naïve ?

Les autres se rapprochaient, à présent : le Cercle se refermait et tous les regards étaient braqués sur eux. Dans l'expression de ces visages qui l'entouraient, Cassie discernait bien une certaine confusion, mais elle voyait aussi, peu à peu, s'immiscer le doute et, pour certains…, le soupçon.

La pleine lune, si vive qu'elle projetait des ombres sur le sol, faisait ressortir chaque détail de la scène. Elle les passa tous en revue : la farouche Deborah ; la jolie Suzan aux traits parfaits – que seul un froncement de sourcils perplexe déparait ; la flegmatique Mélanie et la sylphide Laurel, avec sa grâce d'elfe. Elle regarda Chris et Doug Henderson, les ingérables jumeaux, qui se tenaient à côté de Sean, juste une silhouette en retrait pour se faire oublier, et puis, derrière eux, le ténébreux Nick, avec sa beauté froide, glaçante.

Et, finalement, elle regarda Adam.

Il n'avait pas lâché Diana, mais, sur ce visage altier qui retenait immanquablement l'attention, se lisait la tension d'un esprit en alerte. Leurs yeux se croisèrent et quelque chose passa soudain entre eux, comme un éclair de lucidité partagée. Cassie se détourna, crucifiée de honte. Elle n'avait pas le droit de chercher l'appui d'Adam, pas quand on allait la démasquer devant le Cercle au grand complet.

— Jusqu'au dernier moment, j'ai espéré qu'ils se rendraient à l'évidence et qu'ils sauraient se refréner, faire preuve d'un minimum de décence, reprit Faye. Sinon par respect pour toi, du moins pour eux. Malheureusement…

— Mais enfin ! de quoi tu parles, Faye ? la coupa Diana, sa belle patience volant en éclats.

— Eh bien, de Cassie et d'Adam, évidemment, lui répondit Faye, ses lourdes paupières se soulevant lentement sur de grands yeux ébahis. De la façon dont ils n'ont pas arrêté de se p'loter derrière ton dos.

Le pavé dans la mare. Silence dans les rangs. Un silence total. Et puis, au bout d'un long moment de stupeur générale, Doug Henderson rejeta la tête en arrière et partit d'un grand éclat de rire.

— C'est ça ! Et ma reum est danseuse topless aussi !

— Et mère Teresa, ben, en vrai, c'est Catwoman, renchérit Chris.

— Allons, Faye, sois pas ridicule, persifla Laurel, cassante.

Faye se contenta de sourire.

— Je comprends que vous ne vouliez pas me croire, concéda-t-elle. Pour moi aussi, ça a été un choc. Mais, voyez-vous, tout a commencé *avant* que Cassie arrive à La

Nouvelle-Salem, quand elle a rencontré Adam, là-bas… à Cape Cod.

Le silence qui s'ensuivit était d'une tout autre nature que le premier. Cassie vit Laurel échanger un coup d'œil furtif avec Mélanie. Tout le monde savait que Cassie avait passé plusieurs semaines à Cape Cod, l'été précédent. Et tout le monde savait qu'Adam s'était aussi rendu dans la région pour chercher les Artéfacts Primordiaux. Cassie vit la lumière se faire dans tous les esprits et un même effarement se peindre sur tous les visages.

Déjà, Faye enchaînait :

— Tout a commencé sur cette plage…

Elle jubilait, c'était clair – comme toujours quand elle était le point de mire. Elle se passa la langue sur les lèvres et poursuivit, souveraine, de cette voix de gorge un peu rauque qui la rendait si sexy, s'adressant à tout le groupe, alors qu'en réalité ses paroles n'étaient destinées qu'à Diana :

— Ça a été le coup d'foudre, j'imagine – ils n'ont pas pu s'empêcher de se tripoter, en tout cas. Cassie a même écrit un poème là-d'ssus, quand elle est arrivée ici. Voyons, comment c'était déjà ?

Penchant la tête de côté, elle se mit à réciter :

— « Chaque nuit, dans mon lit, je rêve à celui
Qui d'un baiser a su mon désir éveiller.
Un seul instant avec lui a suffi
Pour qu'un feu ardent me dévore à jamais. »

— C'est ça. C'est bien son poème, confirma Suzan. J'm'en souviens, moi. On l'avait coincée dans l'ancien bâtiment des sciences et elle voulait pas qu'on l'lise.

Les sourcils froncés, Deborah hochait sa jolie petite tête de brunette renfrognée.

— J'me rappelle aussi.

— Vous vous souvenez peut-être également de l'étrange comportement qu'ils ont eu, tous les deux, la nuit de l'initiation de Cassie, argua Faye, doucereuse. Et comment Raj a semblé se prendre si brusquement d'affection pour Cassie, comment il lui a sauté d'ssus pour lui faire des léchouilles, etc. Eh bien, ce n'est pas très compliqué, en fait : c'est tout simplement parce qu'ils se connaissaient déjà. Ils ne voulaient pas qu'on le sache, nous, forcément. Alors, ils ont essayé de le cacher. Mais ils ont fini par se faire prendre. C'était la nuit où on a activé le crâne pour la première fois, dans le garage de Diana. Adam a raccompagné Cassie chez elle – je me demande encore comment ça s'est combiné, ça, d'ailleurs...

C'était maintenant au tour de Laurel et de Mélanie de sursauter. Elles se remémoraient manifestement ce soir-là, après le rituel du crâne, quand Diana avait demandé à Adam de ramener Cassie chez elle, cette brève hésitation qu'Adam avait eue avant d'accepter, finalement.

— Ils se croyaient tout seuls, sur la falaise. Mais *on* les observait. Deux petits « on », en fait, deux petits amis à moi...

D'un geste languide, Faye fit alors comme si elle caressait quelque chose de ses longs doigts aux ongles écarlates. Cassie eut une soudaine illumination.

Les chatons ! Ces maudits chatons vampires qui vivaient en liberté dans la chambre de Faye. Faye était donc en train de dire que c'étaient les *chatons* qui espionnaient pour elle ? Et qu'ils pouvaient *communiquer* avec elle ?

En regardant la grande brune à la sombre beauté, Cassie sentit, au fond d'elle, comme un tressaillement glacé.

Derrière ces yeux d'or aux paupières mi-closes, elle percevait quelque chose de monstrueux et de mortellement dangereux. Elle s'était toujours demandé de qui Faye pouvait bien parler, quand elle mentionnait ses « amis » qui « voyaient des choses » et les lui rapportaient. Mais elle n'avait jamais imaginé un truc pareil. Un sourire d'intime satisfaction aux lèvres, Faye lui adressa un petit hochement de tête entendu.

— J'ai beaucoup de secrets, lui confia-t-elle. Et celui-là n'est qu'un échantillon. Toujours est-il, reprit-elle pour le reste du groupe, que c'est la nuit où ils se sont fait choper. Ils étaient en train de... eh bien, de s'embrasser, disons, pour rester corrects. Le genre de baiser torride qui provoque un truc du style combustion spontanée. J'imagine qu'ils ne pouvaient pas résister plus longtemps à leurs... pulsions.

Elle soupira.

Diana dévisageait Adam maintenant, attendant des dénégations, un démenti. Mais, les mâchoires soudées, les yeux braqués sur Faye, Adam regardait droit devant lui.

Les lèvres de Diana s'entrouvrirent quand elle retint son souffle.

— Et ce n'était qu'un début, j'en ai peur, poursuivit Faye, en examinant ses ongles avec une expression affectée de regret. Ils n'ont pas arrêté depuis. Dès que tu avais le dos tourné, Diana. Comme à la Fête de la Rentrée – quel *dommage* que tu n'aies pas pu venir ! Ils ont recommencé à s'embrasser au beau milieu de la piste. Ils ont dû trouver un endroit plus discret par la suite, j'imagine, mais...

— C'n'est pas vrai ! s'écria Cassie, réalisant, à l'instant même où elle les prononçait, que, par ces mots, elle accréditait tout ce que Faye avait raconté.

Tous la regardaient, à présent, et les Henderson ne plaisantaient plus. Le regard bleu-vert de leurs yeux en amande était rivé sur elle, fixe, perçant.

— Je voulais te prévenir, je t'assure, plaidait Faye cependant. Mais Cassie m'a carrément suppliée de n'pas l'faire. Elle était hystérique, pleurant, implorant – elle a même prétendu qu'elle en mourrait, si jamais tu découvrais la vérité. Elle a juré qu'elle ferait n'importe quoi. Et c'est à ce moment-là, enchaîna-t-elle, le regard soudain lointain, en soupirant de plus belle, qu'elle m'a proposé de m'apporter le crâne.

— Hein ?

Le visage de Nick, toujours si impassible d'habitude, reflétait la plus vive incrédulité. Il hallucinait.

— Oui.

Faye recommença à s'abîmer dans la contemplation de ses ongles, mais, aux coins de sa bouche, se dessinait un sourire qu'elle ne put réprimer.

— Elle savait que je voulais examiner le crâne et elle m'a dit que, si je me taisais, elle me l'apporterait. Qu'est-ce que vous vouliez que je fasse ? Elle était si *agitée*. On aurait dit une folle. Je n'ai tout bonnement pas eu… le cœur de lui refuser.

Cassie se mordit la lèvre au sang. Elle aurait voulu hurler, protester, expliquer que ce n'était pas du tout comme ça que ça s'était passé. Mais… à quoi bon ?

Déjà, Mélanie avait pris la parole :

— Et je suppose que tu n'as pas eu « le cœur » de refuser le crâne non plus, lança-t-elle à Faye, un regard glaçant de mépris au fond de ses grands yeux gris.

— Eh bien…, minauda Faye. (Elle ricanait presque.) Disons que… l'occasion était trop belle pour la laisser passer.

— Y a pas d'quoi rire ! s'indigna Laurel. (Elle avait l'air complètement retournée.) J'arrive toujours pas à croire que…

— Alors, comment tu expliques qu'elle ait su où creuser pour aller le chercher, ce soir ? lui répliqua posément Faye. Elle a dormi chez toi, Diana, la nuit où on a suivi la piste de l'énergie négative jusqu'au cimetière. Et elle a farfouillé. C'est en lisant ton Livre des Ombres qu'elle a réussi à deviner où le crâne se trouvait – mais seulement après t'avoir volé la clef de ton armoire pour vérifier s'il y était.

Elle exultait. Ses yeux d'or brillaient tellement qu'elle ne pouvait plus le cacher.

Et personne ne pouvait plus nier que ce qu'elle disait était vrai. Cassie avait *vraiment* su où creuser pour trouver le crâne. Impossible de prétendre le contraire. C'était une preuve irréfutable. Cassie pouvait voir le phénomène se produire sous ses yeux, là, de visage en visage : la fin de l'incrédulité et la lente apparition d'une terrible accusation.

« Comme dans *La Lettre écarlate* », songea-t-elle, prise de panique, en réalisant qu'elle était désormais totalement isolée et que tous les autres la jugeaient.

Elle aurait tout aussi bien pu être perchée sur une estrade avec un A comme « adultère » épinglé sur la poitrine. En désespoir de cause, elle se redressa et s'efforça de relever la tête, s'obligeant à soutenir le regard du groupe. « Je ne pleurerai pas, se disait-elle. Je ne détournerai pas les yeux. »

Et puis elle vit l'expression de Diana.

Ce n'était plus de la douleur qui se peignait sur son visage. C'était pire que ça. Elle semblait complètement tétanisée, les yeux exorbités, le regard vide, brisée.

— Elle avait juré d'être loyale et fidèle au Cercle et de ne jamais nuire à aucun de ceux qui en faisaient partie, poursuivait Faye de sa voix rauque. Mais elle mentait. Ce n'est sans doute pas très étonnant, de la part d'une fille qui n'est qu'à moitié des nôtres, de toute façon. N'empêche, je trouve que ça a assez duré. Adam et elle ont largement eu le temps de profiter d'la situation. Alors voilà, maintenant, tu connais la vérité. Et, maintenant, acheva-t-elle, en jetant un regard aux mines défaites des membres du Cercle avec un air de commisération satisfaite – et plus particulièrement à celle, livide, de sa cousine pétrifiée –, on ferait mieux d'rentrer. La nuit a été longue.

Sur ce, elle s'éloigna de sa démarche nonchalante, un vague sourire aux lèvres.

— Non.

C'était juste un mot. Il n'en fallut pourtant pas plus pour stopper Faye dans son élan, et pour que tout le monde se retourne vers Adam.

Cassie n'avait jamais vu un tel éclat dans ses yeux gris-bleu : on aurait dit deux éclairs d'argent. Il s'avança avec son habituelle décontraction. Il n'y eut aucune violence dans la façon dont il attrapa Faye par le bras, mais il devait la retenir d'une poigne de fer parce que Faye ne parvint pas à se dégager. La grande brune regarda ces doigts refermés sur son bras avec une expression de surprise offensée.

— On t'a laissée parler, lui dit Adam. (Il s'était bien gardé d'élever le ton, mais les mots sortaient de sa bouche comme des étincelles d'acier chauffé à blanc.) Eh bien, maintenant, c'est mon tour. Et vous autres (il se tourna vers le groupe, les tenant tous sous l'emprise de son regard métallique), vous allez m'écouter.

2

— Tu as donné ta version des faits, enchaîna Adam. Certains étaient proches de la vérité et d'autres n'étaient que des mensonges. Mais rien ne s'est exactement passé comme tu l'as raconté.

Il jeta un nouveau regard circulaire.

— Je me fiche de ce que vous pensez d'moi, leur balança-t-il. Mais je ne suis pas le seul impliqué dans cette affaire et elle (il posa les yeux sur Cassie, assez longtemps pour qu'elle puisse plonger dans le gris-bleu de ses prunelles toujours zébrées d'argent) ne mérite pas d'être traitée comme ça. Surtout pas ce soir.

Plusieurs des membres du coven se détournèrent, pas très fiers – Laurel et Mélanie les premières. Mais les autres se contentèrent de les dévisager, pleins de méfiance et de colère.

— Et alors ? À ta sauce, c'est quoi, l'histoire ? grogna Deborah.

Elle avait l'impression de s'être fait rouler, ça se voyait, et elle n'aimait pas ça.

— D'abord, ce n'était pas c'que vous croyez, quand on s'est rencontrés, Cassie et moi. Ça n'a pas été le… « le coup d'foudre », bafouilla-t-il, le regard soudain lointain. (Il secoua la tête.) Il n'était pas du tout question de sentiments. Elle m'a aidé. Oui, oui, aidé. Elle m'a sauvé de quatre types de l'extérieur avec un flingue. Le genre de types qui pratiquent la chasse aux sorcières, précisa-t-il, en jetant un regard appuyé aux frères Henderson.

— Mais elle pouvait pas savoir que…

— Non, elle ne savait pas encore ce que j'étais, à c'moment-là. Elle ne savait pas ce qu'elle était elle-même. Les sorcières, c'étaient des trucs de contes de fées, pour elle. Non, Cassie m'a aidé juste parce que j'avais besoin d'aide. Ces types me poursuivaient et elle m'a fait entrer dans un bateau pour me planquer, et puis elle les a envoyés à l'opposé, vers l'autre bout de la plage. Ils ont bien essayé de lui faire dire où j'étais. Ils ont même employé la force pour la faire parler. Mais elle ne m'a pas dénoncé.

Il y eut un long silence. Deborah, qui admirait plus que tout le courage physique, semblait troublée. Elle n'avait plus l'air aussi butée.

Faye, en revanche, se débattait comme un poisson accroché à un hameçon. Et elle tirait une sale tête.

— Oh ! Comme c'est touchant ! La courageuse héroïne, hein ? Alors, tu n'as tout simplement pas pu t'empêcher d'la p'loter pour la récompenser.

— Sois pas ridicule, Faye ! explosa Adam, en la secouant comme un prunier. Je n'ai rien fait avec elle. On s'est juste… (Il eut ce même mouvement de dénégation – ou peut-être de regret.) Je lui ai dit merci. Je voulais qu'elle sache que je me souviendrais de ce qu'elle avait fait pour moi. N'oubliez pas qu'à c'moment-là, je la prenais toujours pour une fille de l'extérieur et que je n'avais encore jamais rencontré personne de l'extérieur qui aurait fait un truc comme ça pour l'un d'entre nous. Pour moi, elle était juste une jolie fille sympa, un peu timide, et je voulais la remercier. Mais, quand je l'ai regardée, j'ai soudain senti comme… comme si quelque chose passait entre nous. Ça a l'air débile, j'imagine, mais je pouvais presque le voir, ce lien, physiquement…

— Le fil d'argent…, chuchota Cassie.

Elle avait les yeux pleins de larmes et elle ne s'était pas rendu compte qu'elle avait parlé. Ce fut seulement en voyant toutes les têtes se tourner vers elle qu'elle s'en aperçut.

Mélanie haussa les sourcils et Diana semblait tout aussi stupéfaite – peut-être en entendant Cassie rompre un silence qu'elle avait gardé si longtemps ? La bouche en cœur de Suzan s'arrondissait sur un « Oh ! » muet.

— Oui, on peut dire ça comme ça, j'suppose. Ça y ressemblait, en tout cas, approuva Adam, le regard de nouveau dans le vague. Je n'sais pas… c'était juste cette impression bizarre… Mais je lui étais vraiment reconnaissant de ce qu'elle avait fait pour moi et j'aurais bien aimé m'en faire une amie – qu'est-ce que vous dites de ça, hein ? Une fille de l'extérieur pour amie ?

Des murmures railleurs et incrédules s'élevèrent dans le Cercle.

— Et, reprit Adam, en fixant Diana droit dans les yeux, c'est pour ça que je lui ai fait cadeau de la rose de calcédoine que tu m'avais donnée.

Pas de murmures, cette fois. Juste un silence réprobateur.

— C'était un gage d'amitié, une façon de rembourser la dette que j'avais envers elle, argua-t-il. Je me disais que, si jamais elle avait des ennuis, je pourrais le sentir et peut-être faire quelque chose pour elle. Alors, je la lui ai donnée. Et c'est tout ce que j'ai fait. Ça et rien d'autre, insista-t-il, en lançant un regard de défi, d'abord à Faye, puis à tout le groupe autour de lui. Sauf que... bon, d'accord, on peut dire que je l'ai embrassée : je lui ai embrassé la main.

Laurel cligna des yeux. Les Henderson lui jetèrent un coup d'œil en coin, d'un air de dire qu'il était dingue, mais qu'après tout il pouvait bien embrasser les filles où il voulait : c'était son problème, pas vrai ? Faye essaya de la jouer au mépris souverain. Sans grand succès.

— Et puis j'ai quitté Cape Cod, reprit Adam. Et je n'ai jamais revu Cassie jusqu'à ce que j'arrive ici pour l'initiation de Kori – qui s'est trouvée être l'initiation de Cassie. Mais il y a un autre truc superimportant : durant toute la conversation que j'ai eue avec Cassie, jamais je ne lui ai dit ni qui j'étais ni d'où je venais. Je ne lui ai même pas dit mon nom. Alors, quoi qu'elle ait pu faire ici – quels que soient les poèmes qu'elle ait écrits, Faye –, elle ne savait pas qui j'étais. Elle ne savait pas qu'on était ensemble, Diana et moi. Jusqu'à cette nuit où j'ai débarqué sur la plage.

— Et c'est une bonne raison pour prétendre que vous n'vous connaissiez pas et pour vous voir en cachette, pour faire ça derrière le dos de tout l'monde, j'imagine ?

Faye ne désarmait pas.

— Tu dis n'importe quoi ! lui rétorqua Adam, en serrant les dents. (Ce n'était pas l'envie de la gifler qui lui manquait, apparemment.) On n's'est cachés nulle part. La première fois qu'on s'est parlé seul à seul, c'était cette fameuse nuit, dans le garage de Diana, quand le rituel du crâne a mal tourné. Oui, oui, c'est bien cette nuit-là, sur la falaise, quand tes petits espions nous ont vus, Faye. Mais tu sais ce que Cassie m'a dit, alors que c'était notre premier tête-à-tête depuis qu'on s'était rencontrés ? Elle m'a dit qu'elle était amoureuse de moi, et qu'elle savait qu'il ne fallait pas. De la seconde où elle avait compris ça, de la seconde où elle avait découvert que je n'étais pas seulement un mec rencontré sur une plage, mais le petit ami de Diana, elle avait tout fait pour lutter contre ses sentiments. Elle avait même prêté serment – un pacte de sang – de ne jamais trahir, ni en parole ni en acte, ce qu'elle éprouvait pour moi devant qui qu'ce soit. Est-ce que ça ressemble au comportement de quelqu'un qui essaie de « faire ça derrière le dos de tout l'monde » ?

Tous lui rendirent son regard sans broncher. Seule Mélanie réagit.

— Attends, que je comprenne bien, articula-t-elle posément. Tu veux dire que les accusations de Faye sont complètement infondées ?

Adam déglutit bruyamment.

— Non, reconnut-il dans un souffle. Ce n'est pas ce que je veux dire. Cette nuit-là, sur la falaise… (Il s'interrompit, avala de nouveau sa salive et reprit, d'une voix soudain plus dure :) Je n'sais pas comment l'expliquer. Tout ce que je peux affirmer, c'est que c'est entièrement ma faute, pas celle de Cassie. Elle a tout fait pour essayer de m'éviter, pour ne jamais croiser mon chemin. Mais, quand on s'est retrouvés tous les deux… l'attirance a été trop forte. (Il regarda Diana sans fléchir, une évidente douleur dans les prunelles.) Je ne suis pas très fier de moi, avoua-t-il. Mais je n'ai jamais voulu te faire de mal. Et Cassie est complètement innocente. La seule raison qui l'a poussée à me parler, cette nuit-là, c'était parce qu'elle voulait me rendre la rose de calcédoine – pour que je puisse te la redonner. Elle ne s'est jamais montrée que de la plus grande honnêteté et ses intentions ont toujours été des plus honorables. Quoi que ça ait pu lui coûter. (Il se tut de nouveau. Sa bouche prit un pli amer.) Si j'avais su qu'elle subissait un pareil chantage de la part de cette vipère…

— Je te demande pardon ? le coupa Faye, de dangereux éclairs dans les prunelles.

Adam lui rendit son regard, tout aussi menaçant.

— Parce que c'est bien de ça qu'il s'agit, hein, Faye ? De chantage. Tes petits espions nous ont vus, cette nuit-là – quand on se disait adieu, oui, adieu, et qu'on se promettait de ne plus jamais se revoir seul à seule tous les deux – et tu as décidé de profiter au maximum de la situation. Je me doutais bien qu'il se passait quelque chose entre Cassie et toi, après ça, mais je n'ai jamais réussi à deviner quoi. Subitement, Cassie était morte de trouille. Quant à savoir pourquoi elle n'est pas venue me voir pour me dire ce que tu complotais, ça…

Il laissa sa phrase en suspens et se tourna vers l'intéressée.

Cassie secoua la tête en silence. Comment lui faire comprendre ?

— Je n'voulais pas que tu te retrouves mêlé à tout ça, toi aussi, soupira-t-elle, dans un murmure à peine audible.

J'avais peur que tu en parles à Diana, et Faye disait que, si Diana l'apprenait…

— Quoi ?

Comme Cassie se murait de nouveau dans le silence, il secoua Faye par le bras.

— Quoi, Faye ? Si Diana l'apprenait, ça la tuerait ? Ça détruirait le coven ? C'est ça ? C'est c'que tu as dit à Cassie ?

Faye ricana.

— Et alors ? C'est vrai, non, apparemment ?

Elle s'arracha à son emprise.

— Donc, tu as utilisé son affection pour Diana contre elle. Tu l'as fait chanter pour qu'elle t'aide à trouver le crâne, c'est ça ? Ça n'a pas dû être facile, j'parie.

Adam ne faisait que des suppositions, mais il était tombé juste. Cassie se prit à opiner du bonnet.

— J'ai découvert où il ét…

— Mais comment ? laissa soudain échapper Diana, s'adressant, pour la première fois, directement à son amie.

Cassie la regarda droit dans les yeux – ses beaux yeux d'un vert limpide aux longs cils noirs encore pailletés de larmes – et lui répondit tout aussi directement, même si sa voix tremblait :

— J'ai fait ce que Faye a dit : j'ai d'abord fouillé dans ton armoire – tu te rappelles quand j'ai dormi chez toi ? Tu te rappelles que tu t'es réveillée et que tu m'as surprise dans ta chambre ? En voyant que le crâne n'était pas là, j'ai pensé abandonner. Mais j'ai fait un rêve, cette nuit-là, un rêve dans lequel je me suis souvenue de quelque chose que j'avais lu dans ton Livre des Ombres au sujet des objets maléfiques. On y disait que, pour les purifier, il fallait les enfouir dans le sable. Alors j'ai cherché sur la plage, et j'ai fini par trouver le crâne enterré au milieu de ce cercle de cailloux.

Elle s'interrompit et se tourna vers Faye.

— Pourtant, quand je l'ai eu entre les mains, poursuivit-elle d'une voix de plus en plus forte, je me suis rendu compte que je ne pouvais pas le donner à Faye. Je ne pouvais pas. C'était tout bonnement impossible. Mais elle m'avait suivie et elle l'a pris quand même.

Cassie inspira profondément, s'obligeant à plonger de nouveau dans les yeux de Diana, la suppliant du regard de la comprendre.

— Je sais que je n'aurais pas dû la laisser faire. J'aurais dû lui tenir tête, à c'moment-là, et après. Mais j'ai été lâche et nulle. Je regrette tellement, maint'nant – si seulement j'étais allée tout simplement te trouver pour tout te raconter dès l'début ! Mais j'avais tellement peur de te faire du mal...

Ses sanglots l'empêchaient de parler et ses larmes lui brouillaient la vue.

— Et ce qu'a dit Adam, reprit-elle – comme quoi tout était sa faute –, il faut que tu saches que ce n'est pas vrai. C'est ma faute à moi. À la Fête de Halloween, c'est moi qui ai essayé de le pousser à m'embrasser. J'en étais arrivée à un tel point que plus rien n'avait vraiment d'importance, puisque j'étais foncièrement mauvaise, de toute façon.

Diana avait les joues toutes mouillées, maintenant. Elle n'en eut pas moins l'air complètement abasourdie.

— Puisque *quoi* ?

— Puisque j'étais foncièrement mauvaise, répéta Cassie, percevant, dans ces simples mots, un terrible et criant accent de vérité. Puisque j'étais coupable de la mort de Jeffrey Lovejoy.

Tout le coven au grand complet la dévisageait avec une mine catastrophée.

— Attends un peu, intervint Mélanie. Tu peux me la refaire, là, s'il te plaît ?

— Chaque fois qu'on se servait du crâne, il produisait de l'énergie négative qui s'échappait et tuait quelqu'un, lui expliqua patiemment Cassie, s'efforçant à la clarté. Or, Faye et moi, on a utilisé le crâne juste avant que Jeffrey Lovejoy se fasse tuer. Sans moi, Faye n'aurait pas pu s'en servir et Jeffrey serait encore en vie aujourd'hui. Alors, vous voyez bien que je suis coupable.

Le regard de Diana se rallumait.

— Mais tu ne savais pas, martela-t-elle.

Cassie secoua la tête avec véhémence.

— Ce n'est pas une excuse. Rien ne peut excuser quoi qu'ce soit, dans toute cette histoire – pas même d'avoir fait encore pire parce que je me disais : « Qu'est-ce ça peut bien faire puisque je suis déjà mauvaise, de toute façon ? » Mais ça importait. J'ai écouté Faye et je l'ai laissée me manipuler.

« Et j'ai gardé l'hématite », songea-t-elle. Mais ce n'était pas la peine d'entrer dans les détails. Elle cligna des yeux pour chasser de nouvelles larmes.

— Je l'ai même laissée me persuader de voter pour elle à l'élection de leader. Je suis désolée, Diana… Oh ! j'suis tellement désolée. Je n'sais pas pourquoi j'ai fait ça.

— Moi, je sais, lui répondit Diana, d'une voix chevrotante. Adam l'a dit tout à l'heure : tu étais terrifiée.

Cassie hocha la tête. Et, brusquement, tous ces mots qu'elle avait si longtemps retenus se mirent à déferler :

— Une fois que j'avais commencé à faire des trucs pour elle, je ne pouvais plus m'arrêter. Elle avait de plus en plus d'raisons de me faire chanter. C'était de pire en pire, et je ne savais pas comment m'en sortir…

Sa voix se brisa. Elle vit Faye s'avancer, la lèvre supérieure retroussée, prête à protester, et elle vit Adam la museler d'un seul regard. Et puis elle se tourna vers Diana et vit ses yeux.

Ils étaient aussi lumineux que des cristaux de péridot étincelant au soleil. De grands yeux liquides, à cause des larmes qu'elle retenait, bien sûr, mais aussi à cause de… d'autre chose. C'était une expression que Cassie n'aurait jamais espéré revoir dans ces yeux-là, surtout pas quand ils la regardaient, elle. Une expression de douleur, certes, mais aussi de clémence et de manque : un regard d'amour.

C'est alors qu'à l'intérieur, tout au fond, quelque chose se brisa, quelque chose de dur et d'étriqué qui avait grandi en elle depuis qu'elle avait commencé à tromper Diana. Elle fit un pas chancelant en avant.

Et, brusquement, elles se tombèrent dans les bras, en pleurant, se cramponnant l'une à l'autre de toutes leurs forces.

— J'suis désolée, sanglotait Cassie. J'suis tellement désolée pour tout.

Le temps semblait s'être arrêté. Et puis Diana finit par s'écarter. Mais ce fut seulement pour s'éloigner du groupe, les yeux plongés dans l'obscurité. Cassie s'essuya les joues du revers de la main. Basse sur l'horizon, la lune donnait aux cheveux de Diana des reflets vieil or.

Il régnait à présent un silence absolu, que seul le rugissement des vagues sur la plage venait briser. Le Cercle tout entier paraissait figé, comme dans l'attente de quelque chose que nul n'aurait vraiment su préciser.

Enfin, Diana se retourna.

— Je crois que ceux qui devaient être entendus l'ont été, dit-elle. Et je crois que je comprends. Peut-être pas tout, mais l'essentiel. Écoutez-moi bien, vous tous, parce que je ne le répéterai pas.

Personne ne bronchait et tous les visages étaient tournés vers Diana, dans l'expectative. Cassie eut la très nette impression que l'heure du jugement avait sonné. Diana avait tout d'une prêtresse ou d'une princesse, pâle et hiératique, mais résolue. Elle avait quelque chose de digne, comme une étrange aura de grandeur et de certitude, qui contrastait avec ses yeux pleins de chagrin.

« Le moment est venu de connaître mon châtiment », songea Cassie. Quel qu'il soit, elle le méritait. Elle jeta un coup d'œil vers Adam et vit qu'il attendait, lui aussi. Il n'espérait aucune pitié, son visage le disait assez, mais Cassie savait ce qu'il devait ressentir sous cette expression dure et fermée. Ils se tenaient tous les deux devant Diana, unis par leur crime, heureux de se voir enfin délivrés du poids de ce terrible secret.

— Je ne veux plus que qui que ce soit revienne sur ce qui s'est passé ici, ce soir, poursuivit Diana, d'une voix douce, mais d'un ton sans réplique. Plus jamais. Quand j'aurai fini de parler, l'affaire sera définitivement classée. Pour tout le monde, insista-t-elle. (Elle se tourna vers Adam, sans toutefois le regarder dans les yeux.) Je crois, reprit-elle, en parlant lentement, que je sais ce que ça a pu être pour toi. Ces choses-là arrivent. Je ne t'en veux pas. Quant à toi, Cassie, tu as encore moins à te reprocher : tu ne pouvais pas savoir. Je ne vous accuse ni l'un ni l'autre. Tout ce que je demande…

Cassie prit une profonde inspiration et se jeta à l'eau. Elle ne pouvait pas garder ça pour elle plus longtemps.

— Diana, il faut que tu saches quelque chose : pendant tout ce temps, au fond de moi, j'étais en colère et jalouse parce qu'Adam était à toi et pas à moi. Jusqu'à ce soir encore. Mais tout est changé, maint'nant... si, si, j'te promets. Maint'nant, tout ce que je veux c'est que vous soyez heureux, Adam et toi. Rien ne compte plus pour moi que vous deux... et le serment que j'ai fait.

Pendant un quart de seconde, elle se demanda bien si Adam comptait vraiment *moins*. Mais elle repoussa cette idée et laissa son cœur parler, en toute sincérité :

— Adam et moi... On a fait ce serment tous les deux. Si seulement tu pouvais nous laisser une deuxième chance ! Juste une petite chance de nous montrer fidèles à notre engagement...

Déjà Diana ouvrait la bouche pour répondre, mais Cassie la prit de vitesse :

— Je t'en prie, Diana. Il faut que tu saches que tu peux me faire confiance – que tu peux *nous* faire confiance. Il faut que tu nous laisses te le prouver.

Il y eut un temps d'arrêt, et puis Diana reprit la parole :

— Oui. Oui, tu as raison. (Elle inspira à pleins poumons et expira doucement, en regardant Adam, timidement presque.) Bon alors, et si... et si on oubliait tout ça, pour le moment ? Si on passait l'éponge ?

Un petit muscle tressauta dans la mâchoire d'Adam. Il prit sans un mot la main que Diana lui tendait.

Diana tendit son autre main vers Cassie, qui s'y cramponna comme à une bouée, étreignant avec force les longs doigts glacés. Elle avait, en même temps, envie de rire et de pleurer, et ne put qu'adresser à Diana un pauvre sourire tout tremblotant et tout mouillé. Quand elle regarda Adam, elle vit qu'il essayait de sourire, lui aussi, mais ses yeux étaient aussi noirs que de menaçants nuages d'orage au-dessus de l'océan.

— Et c'est *tout* ? explosa Faye. Tout va pour le mieux dans le meilleur des mondes ? Tout le monde s'aime et vous allez rentrer bien gentiment à la maison, main dans la main ?

— Oui, lui répondit sèchement Adam, le visage fermé. Pour ce qui est de la fin, en tout cas. On rentre – c'n'est pas trop tôt, d'ailleurs.

— Cassie a besoin de se reposer, argua Diana.

Elle n'avait plus cet air perdu ni ce regard vide et, bien qu'elle paraisse plus fragile que Cassie ne l'avait jamais vue, elle semblait aussi plus résolue.

— On en a tous besoin, renchérit-elle.

— Et il faut qu'on appelle un toubib ou… enfin, quelqu'un, intervint tout à coup Deborah. (Elle désigna le numéro 12 d'un hochement de tête.) La grand-mère de Cassie…

— Mais t'es dans quel camp, toi ? grogna Faye.

Deborah se contenta de la toiser sans broncher.

L'étreinte de Diana se resserra sur la main de Cassie.

— Oui, tu as raison. On va appeler le docteur Stern. Et Cassie peut venir coucher à la maison.

Faye laissa échapper un petit rire sarcastique. Mais personne ne rit avec elle. Même les frères Henderson étaient sérieux et leur regard étonnamment songeur. Suzan entortillait autour de ses doigts une mèche de ses cheveux de feu, en regardant les mains unies de Cassie et de Diana. Quand Cassie coula vers elle un coup d'œil incertain, Laurel hocha la tête d'un air encourageant et une discrète approbation luisait dans les prunelles gris acier de Mélanie. Sean se mordillait la lèvre, en lorgnant nerveusement d'un membre du groupe à l'autre.

Mais ce fut surtout l'expression de Nick qui la surprit. Son visage, si impassible d'habitude, montrait de manifestes signes de tension, comme si une violente lutte se jouait sous son masque d'indifférence.

Ce n'était cependant pas le moment de s'appesantir sur la question. Ni même de penser à Faye, qui bouillait de voir ses manigances pour briser le coven tomber à l'eau. Déjà Mélanie l'interrogeait :

— Est-ce que tu veux passer chez moi d'abord, Cassie ? C'est ma grand-tante Constance qui s'occupe de ta maman. Alors, si tu veux la voir…

Cassie hocha la tête avec empressement. Ça faisait des siècles qu'elle n'avait pas vu sa mère, lui semblait-il, des siècles qu'elle était entrée dans cette pièce saturée de lumière rouge pour plonger les yeux dans l'abîme de ce regard vitreux. « Elle a certainement eu le temps de s'en remettre, maint'nant, se disait-elle. Elle pourra sûrement me dire ce qui s'est passé. »

Mais, quand, avec Mélanie et Diana – qui n'avait pas lâché sa main de tout le bref trajet en voiture jusqu'au numéro 4 –, elles pénétrèrent dans la maison, le cœur de Cassie se serra. La grand-tante de Mélanie – une femme aux lèvres minces et au regard sévère – les conduisit en silence jusqu'à une chambre d'amis, au bas d'un escalier. Un seul coup d'œil à la silhouette spectrale étendue sur le lit suffit à lui glacer le sang.

— Maman ? chuchota-t-elle, sachant déjà qu'elle n'obtiendrait aucune réponse.

Qu'est-ce que sa mère faisait jeune ! Encore plus jeune que d'habitude. Affreusement jeune. D'une jeunesse surnaturelle presque. C'était comme si ce n'était pas sa mère couchée là, dans ce lit, mais une petite fille aux longs cheveux bruns, aux grands yeux noirs et au regard hanté, qui ressemblait vaguement à Mme Blake. Une inconnue.

Pas le genre de personne à pouvoir lui venir en aide, en tout cas.

— Ça va aller, maman, murmura-t-elle, s'écartant de Diana pour poser la main sur l'épaule de sa mère. Tout va s'arranger, tu verras. Ne t'en fais pas.

Elle avait la gorge nouée. Et puis elle se laissa entraîner dans le couloir par Diana.

— Vous en avez assez fait pour aujourd'hui, leur dit Mélanie, dès qu'elles se retrouvèrent dehors. Laissez-nous nous occuper du docteur – et de la police, le cas échéant. Allez vous coucher, toutes les deux.

Le reste du coven attendait dans la rue et, à ces mots, tous acquiescèrent en chœur. Cassie interrogea Diana du regard. À son tour, Diana hocha la tête.

— D'accord, répondit Cassie.

À peine un murmure, un chuintement enroué. En s'entendant, elle prit conscience de l'état de fatigue dans lequel elle était : elle était vidée. En même temps, elle avait une sensation de flottement, l'impression de se mouvoir dans un rêve tant la scène lui paraissait irréelle. C'était juste trop bizarre d'être là, debout, dehors, au beau milieu de la nuit, et de savoir que sa grand-mère était morte, que sa mère était en état de choc et qu'elle n'avait plus de maison ni nulle part où aller. Et, pourtant, il n'y avait aucun adulte dans la rue, aucune agitation, juste les membres du Cercle et un calme inquiétant. Mais, au fait, pourquoi n'y avait-il aucun parent dans la rue, justement ? Il devait quand même bien y en avoir un qui était au courant de ce qui s'était passé.

Mais les maisons de Crowhaven Road demeuraient fermées et silencieuses. En venant chez Mélanie, elle avait cru voir une lumière s'éteindre chez Suzan et un rideau se refermer chez les Henderson. Si certains adultes étaient bel et bien réveillés, ils ne voulaient pas s'impliquer.

« On est livrés à nous-mêmes », pensa Cassie. Mais Diana était à côté d'elle et elle pouvait voir la silhouette longiligne d'Adam se découper dans la lumière des phares. Le seul fait de les savoir là suffisait à lui insuffler une force inconnue.

— Il va falloir qu'on se parle, demain, déclara-t-elle. J'ai beaucoup de choses à vous dire… à vous tous. Des choses que ma grand-mère m'a révélées avant… avant de mourir.

— On peut se retrouver sur la plage à l'heure du déjeuner et…, commença Diana.

Mais la voix de gorge de Faye l'empêcha d'achever.

— Non, on ne *peut pas*. C'est moi et moi seule qui décide où se tiennent les assemblées, désormais, au cas où tu l'aurais oublié.

Faye redressait la tête avec arrogance, le diadème d'argent et son croissant de lune étincelant sur sa chevelure de nuit. Diana ouvrit la bouche, mais la referma.

— D'accord, lança Adam, d'un ton trop calme pour être honnête, en se détachant de la lumière des phares pour se planter à côté de Faye. C'est toi qui commandes. Alors commande. On s'retrouve où ?

Faye plissa les yeux.

— Dans l'ancien bâtiment des sciences, mais…

— Parfait.

Adam n'attendit même pas qu'elle ait terminé pour lui tourner le dos.

— Je vais vous raccompagner, annonça-t-il à Diana et à Cassie.

Faye avait l'air furieuse. Mais, déjà, le trio s'éloignait.

— Au fait, Diana... Bon anniversaire ! cracha-t-elle, fielleuse.

Diana ne répondit pas.

3

— Jacinthe ! Jacinthe, tu es là ? Jacinthe !

Cassie cligna des yeux dans le soleil radieux. Elle avait déjà vu cette pièce. C'était la cuisine de sa grand-mère. Sauf que… mais non. Dans la cuisine de sa grand-mère, les murs étaient crasseux et s'affaissaient. Alors que, là, ils étaient propres et bien droits. La cheminée de sa grand-mère était noircie par des siècles de fumée. Alors que celle-ci semblait pratiquement neuve. Et puis, elle n'avait pas tout à fait la même forme. Et la crémaillère pour accrocher les marmites rutilait.

C'était la pièce de son rêve, le rêve qu'elle avait fait la dernière fois qu'elle avait passé la nuit chez Diana. La chaise basse sur laquelle elle était assise était la même. Mais ce rêve-ci semblait commencer là où l'autre s'achevait.

— Jacinthe, tu dors debout ? Kate est là !

Cassie se sentit aussitôt saisie d'une brusque impatience. Elle était supercontente, tout à coup. Pourtant... Kate ? Qui était Kate ? Sans même savoir pourquoi, voilà qu'elle se levait d'un bond. Elle découvrit, alors, qu'elle portait une robe qui balayait la pointe de ses jolis souliers de brocart. Le Livre des Ombres à couverture de cuir rouge glissa de ses genoux.

Elle se tourna vers la voix, vers ce qui aurait dû être la porte latérale de la maison de sa grand-mère. Sauf que, là, il s'agissait de l'entrée principale, apparemment. Deux silhouettes se découpaient dans le soleil qu'elle laissait pénétrer à flots. L'une était grande, avec cette allure propre aux Puritaines qu'elle avait vues dans son livre d'histoire. L'autre était plus petite avec des cheveux brillants.

Elle ne pouvait pas voir leurs visages, mais, déjà, la plus petite lui tendait les mains avec un manifeste empressement. Elle lui tendit les siennes, marchant vers elle...

... et puis le rêve changea. Il faisait noir et elle pouvait entendre le cri déchirant du bois qu'on arrache. Les embruns lui piquaient les joues et elle écarquillait vainement les yeux pour percer les ténèbres.

Le navire sombrait. Perdu, tout était perdu. Et les Artéfacts Primordiaux étaient perdus, eux aussi... pour l'instant.

Mais seulement pour l'instant. Cette pensée s'imposa à elle avec une telle violence qu'elle en eut un goût de bile dans la bouche. Alors même que l'eau glacée tourbillonnait déjà autour de ses jambes, le rêve devint flou. Elle voulut le retenir, mais il y eut comme un fondu enchaîné et la noirceur de cette houleuse nuit de tempête laissa bientôt place à une paisible obscurité : la chambre de Diana.

Elle était réveillée.

Et, réaction pour le moins irrationnelle, incroyablement soulagée d'être en vie.

Il ne faisait pas vraiment noir dans la chambre. L'aube blanchissait les rideaux, emplissant la pièce d'une pénombre grise. Diana dormait paisiblement à côté d'elle. Comment Diana pouvait-elle être si tranquille, après tout ce qui s'était passé ? Après avoir appris la vérité sur sa meilleure amie et son petit copain, après avoir perdu sa place à la tête du coven ? Comment faisait-elle pour seulement réussir à dormir ? Mais les longs cils noirs reposaient sereinement sur les joues de Diana, et pas la moindre trace de ressentiment ne se lisait sur son visage.

« C'est un ange, songea Cassie. Jamais je ne pourrai être aussi bien qu'elle. J'aurai beau passer ma vie à essayer, j'n'y arriverai jamais. » Mais rien que d'être auprès d'elle, elle se sentait déjà gagnée par sa bonté.

Cassie savait qu'elle n'allait pas se rendormir. Alors, elle se cala contre la tête de lit et laissa dériver ses pensées.

Qu'est-ce qu'elle était contente que tout soit redevenu comme avant avec Diana ! Et avec Adam – elle avait presque peur de penser à Adam, du mal que ça pourrait lui faire, du genre de sentiments que ça pouvait susciter. Mais, même si cette simple évocation provoquait en elle une sourde douleur, là, tout au fond, ça demeurait supportable. Le poison de la jalousie et de la colère n'agissait plus et elle lui souhaitait sincèrement d'être heureux avec Diana. Elle n'avait vraiment plus rien à voir avec cette fille qui s'était rongée de dépit, six semaines durant, parce qu'il ne pouvait pas être à elle.

C'est qu'elle en avait fait des trucs bizarres, au cours de ces six dernières semaines ! Tant même qu'elle en avait du mal à se reconnaître. « J'le crois pas, se disait-elle. Je suis allée voler des citrouilles avec Chris et Doug à Salem. J'ai fait fuir ce chien qui mordait Chris – je me demande encore comment. J'ai joué à Pizza Man avec Faye – c'est vraiment pas moi, ça. J'ai fait cette délirante virée à moto avec Deborah... Oh ! finalement, c'était pas si mal. »

Il n'y avait pas que des choses négatives, dans tout ce qu'elle avait fait le mois dernier. Bon, évidemment, cette hypocrisie, cette culpabilité, ces mensonges à répétition, là, O.K., ça avait vraiment été l'horreur. Mais certains changements avaient été plutôt bénéfiques. Elle s'était rapprochée de Suzan et de Deborah, par exemple, et, pour l'avoir vécu de l'intérieur, elle avait une meilleure idée de la façon dont fonctionnaient les frères Henderson. Même Nick, elle avait l'impression de mieux le comprendre, maintenant. Et elle s'était découvert des ressources insoupçonnées : le courage de traquer cette espèce d'ombre dans le cimetière – Black John ? – après la mort de Jeffrey ; le courage d'inviter un garçon à une soirée ; le courage, enfin, de tenir tête à Faye.

Elle espérait seulement qu'elle en aurait assez pour faire face à ce que les jours à venir lui réservaient.

Cassie n'était pas retournée dans l'ancien bâtiment des sciences depuis que Faye l'y avait attirée pour la prendre en otage, au cours de cette mémorable première semaine au lycée. Il était aussi sombre et paraissait aussi peu sûr que dans son souvenir. Elle ne savait pas pourquoi Faye avait tenu à ce qu'ils s'y réunissent, sauf qu'ici, ils étaient sur son territoire, alors que la plage avait toujours été celui de Diana.

Ça faisait bizarre de voir Faye à la place de Diana, devant le groupe, focalisant tous les regards sur elle. Elle avait beau porter des fringues normales – leggings noirs et pull à rayures rouge et noir –, il émanait toujours d'elle comme quelque mystérieuse aura d'autorité. Tandis qu'elle faisait les cent pas, ses rubis étoilés étincelaient, accrochant les rayons de soleil qui filtraient entre les planches des fenêtres barricadées.

— Je crois que c'est Cassie qui a réclamé cette assemblée, déclara-t-elle. Elle a dit qu'elle avait beaucoup de choses à nous raconter – c'est bien ça, Cassie ?

— Sur ce que ma grand-mère a dit avant de mourir, oui, lui répondit Cassie sans se démonter, en la fixant droit dans les yeux. Avant que Black John l'assassine.

Si elle avait cru que Faye culpabiliserait, elle en était pour ses frais. Le regard hautain de ces yeux d'or aux paupières mi-closes ne vacilla même pas. Apparemment, Faye ne se sentait aucunement responsable des actes de Black John, même si c'était bel et bien elle qui avait tout fait pour le délivrer.

— Est-ce que c'était vraiment Black John ? s'interrogea à haute voix une Suzan manifestement dubitative, en posant un ongle artistiquement manucuré sur sa bouche parfaitement dessinée, comme si cet effort de réflexion constituait pour elle un nouvel exercice extrêmement périlleux. Il était vraiment là ?

— Il était vraiment là, oui. Il *est* vraiment là, ici même, lui assura Cassie.

Suzan n'était pas aussi bête qu'elle en avait l'air et il lui arrivait parfois d'avoir des éclairs de génie. Cassie la voulait dans son camp.

— Il est sorti de cette espèce de butte, dans le cimetière – ça devait être sa tombe, j'imagine. Quand on a apporté le crâne là-bas et qu'on a libéré toute cette énergie négative, ça lui a donné la force de rev'nir.

— D'entre les morts ? s'étrangla Sean.

Cassie n'eut pas le temps de lui répondre.

— Ce tertre ne pouvait pas être la tombe de Black John, Cassie, objectait déjà Mélanie. Désolée, mais c'est tout bonnement impossible. Il est bien trop récent.

— Je sais qu'il est récent. Mais ce n'est pas la première tombe de Black John. Je ne sais même pas s'il en a eu une au XVIIe siècle. Je suppose que non, vu qu'il a péri en mer…

Ces mots provoquèrent bien quelques réactions de stupeur dans le groupe, mais ce fut à peine si Cassie s'en aperçut.

— Enfin bref, c'est pas sa tombe de l'époque, de toute façon. C'est sa tombe de 1976.

Laurel, qui était en train de remplir une tasse de tisane avec sa Thermos, en versa la moitié par terre.

Faye se figea.

— *Quoi* ? aboya-t-elle.

À en croire les coups d'œil qu'ils s'adressaient, même Adam et Diana semblaient déconcertés. C'est alors que survint un soutien pour le moins inattendu – si tant est qu'elle ait espéré de l'aide, ce n'était sûrement pas de ce côté-là !

— Mais laissez-la finir ! s'énerva Deborah.

Et, les pouces crochetés aux poches de son jean, elle vint se planter à côté de la caisse retournée sur laquelle Cassie était assise.

Cassie respira un bon coup.

— Je savais bien qu'il y avait un truc, quand j'ai vu toutes ces tombes dans le cimetière – les tombes de vos parents, tous morts en 1976. Diana m'avait dit que c'était un cyclone, mais ça me paraissait toujours aussi bizarre. Enfin, pourquoi il n'y aurait eu que des parents de tués, j'veux dire ? Surtout quand j'ai appris que vous étiez tous nés à quelques jours d'intervalle. Avec tous ces p'tits bébés, on aurait pu penser que certains n'en auraient pas réchappé, si ça avait vraiment été un ouragan ordinaire. Et je ne parle même pas du fait – carrément hallucinant quand même – que vous soyez tous nés en l'espace d'un mois.

Elle commençait à se détendre un peu, maintenant, même si ce n'était toujours pas évident de parler devant tout le monde. Du moins n'y avait-il pas d'animosité, ni de suspicion, dans tous ces yeux braqués sur elle. Seule Faye, les bras croisés et un regard sournois entre ses paupières mi-closes, affichait une franche hostilité.

— Mais, en fait, ça s'explique tout simplement, enchaîna Cassie. Black John est revenu une génération avant nous : du temps de nos parents. Personne ne savait qui c'était et ma grand-mère m'a dit que personne n'a jamais su comment il avait fait pour rev'nir. Mais c'était bien lui. Il a essayé de former un coven avec nos parents quand ils étaient à peine plus vieux qu'nous…

— Avec *nos* remps ? ricana Doug. C'est bon, Cassie. Arrête de nous balader.

Et il n'était pas le seul. Ça gloussait dans les rangs et, question expression, ça allait de sceptique à franchement goguenarde en passant par tous les degrés entre les deux.

— Non, non attendez ! s'écria Adam, qui semblait commencer à s'emballer de son côté. Ça expliquerait certaines choses. Je sais que ma grand-mère déraille un peu, de temps en temps, mais elle m'a raconté des trucs sur mes parents qui pourraient coller – au sujet du coven qu'on aurait dû former, justement.

Son regard était si intense que ses yeux étincelaient.

— Et c'est pas tout, renchérit Deborah, en lorgnant vers son cousin. La grand-mère de Cassie a dit qu'ma mère allait s'marier avec le père de Nick, mais que Black John l'a obligée à épouser mon père à la place. Ça pourrait expliquer pourquoi ça la fait flipper rien que d'entendre le mot « magie », et pourquoi elle a toujours l'air à moitié coupable quand elle dit que Nick ressemble de plus en plus à son père en grandissant. Ça pourrait expliquer pas mal de trucs...

Cassie remarqua, alors, que Nick – qui faisait bande à part, comme d'habitude, nonchalamment adossé au mur, dans un coin sombre – regardait fixement le sol, si obstinément même qu'à force il risquait de faire un trou dedans.

— Ouais, ça pourrait, souffla-t-il, si bas que Cassie l'entendit à peine.

Elle se demanda ce qu'il pouvait bien vouloir dire par là.

— Ça expliquerait aussi pourquoi ils passent leur temps à s'crier d'ssus – mes remps, j'veux dire, poursuivait Deborah.

— Les remps, ça crie tout l'temps, lui fit remarquer Chris, avec un haussement d'épaules fataliste.

— Tous les parents encore ici sont ceux qui ont survécu à Black John, reprit Cassie. Ils ont survécu parce qu'ils ne sont pas allés le trouver pour lui demander des comptes. Ma grand-mère a dit qu'après la naissance de onze bébés en un mois, nos parents avaient fini par comprendre où Black John voulait en v'nir. Il voulait former un coven qu'il pourrait complètement contrôler, un coven de *gamins* qu'il pourrait façonner comme il l'entendait, au fur et à mesure qu'ils grandiraient. Vous, les copains. (Elle leur jeta un coup d'œil circulaire.) C'est vous qui alliez dev'nir son coven.

Tous les membres du Club se regardèrent.

— Mais, et toi, Cassie ? lui demanda Laurel.

— Moi, je suis née après. Comme Kori. On n'faisait pas partie du plan de Black John. On était juste des gosses ordinaires. Mais vous les amis, vous alliez être à lui. Il vous avait pro-gram-més.

— Et ceux des remps qu'aimaient pas l'idée sont allés l'trouver, intervint Deborah. Ils l'ont trucidé : ils l'ont cramé et ils ont foutu l'feu à sa baraque, au numéro 13. Mais ils y sont passés aussi. Ceux qui sont encore là, aujourd'hui, c'est les lâches qui sont restés planqués chez eux.

— Comme mon père, lâcha soudain Suzan, en s'arrachant enfin à la contemplation de ses ongles. Il devient hypranerveux quand on parle du mémorial des Vétérans du Vietnam ou du *Titanic* ou de tout c'qu'a un rapport avec des gens qui donnent leur vie pour sauver les autres. Et il dit jamais un mot sur ma mère.

Cassie vit alors une même stupéfaction se refléter dans tous les yeux autour d'elle. Il y avait un étrange éclat dans les prunelles de plusieurs membres du Cercle, comme si la lumière se faisait tout à coup dans leur esprit.

— Comme *mon* père ? s'interrogea à haute voix Diana, incrédule. Il vante toujours l'incroyable courage de ma mère, mais il n'a jamais précisé pour quoi exactement. Pas étonnant, s'il l'a laissée y aller toute seule. (Elle se mordit la lèvre.) Quelle horreur de découvrir une chose pareille sur son propre père !

— Ouais, eh bien moi, c'est encore pire, maugréa Deborah, avec une mine sinistre. Mes remps n'y sont allés ni l'un ni l'autre. Et les vôtres non plus, ajouta-t-elle pour les Henderson, qui se reluquèrent et se renfrognèrent en chœur.

— Parce que ceux qui sont orphelins ont de la chance, peut-être ? lui lança Mélanie, en arquant les sourcils.

— Au moins vous savez qu'ils avaient du cran, eux, lui rétorqua Deborah. Toi et Laurel et Adam et Nick, vous avez de quoi être fiers. Je préférerais encore avoir été élevée par une grand-mère ou une grand-tante plutôt que d'avoir des remps qui se crient d'ssus à longueur de journée parce qu'ils ont trop la honte.

De nouveau, le regard de Cassie s'attardait sur Nick. C'est alors qu'elle vit quelque chose déserter son visage, une sorte de tension qui ne l'avait jamais quitté, depuis qu'elle l'avait vu pour la première fois. Ça le changeait. Elle ne savait pas trop comment, mais ça lui donnait un air plus doux, plus vulnérable. Il leva les yeux au même moment et la surprit en flagrant délit. Elle voulut détacher son regard sans y parvenir et s'étonna de ne déceler aucune hostilité dans le noir de ses prunelles et, plus encore, de voir sa bouche s'incurver en un petit sourire désabusé, comme soulagé. Elle sentait déjà un sourire involontaire se dessiner sur ses lèvres en réponse, quand elle s'aperçut que Faye les observait. Elle détourna aussitôt les yeux et reprit précipitamment la parole, s'adressant de nouveau à tout le groupe :

— Si tant de nos parents sont morts, c'est parce qu'ils n'ont pas su se serrer les coudes. C'est ce que ma grand-mère a dit, en tout cas. Elle a dit aussi que c'était maintenant à notre tour d'être en danger. Parce que Black John était revenu nous chercher, revenu en chair et en os. Et il le veut toujours, son coven. Elle a dit qu'il n'aurait rien d'une momie carbonisée, quand on le verrait, et qu'il se pourrait bien qu'on ne puisse pas le r'connaître, mais qu'il fallait qu'on se tienne prêts.

— Prêts à quoi ? demanda Adam (Sa voix, pourtant calme, parut soudain tonitruante dans le silence qui s'était installé.) Qu'est-ce qu'il va faire, d'après elle ?

Cassie leva les mains en signe d'ignorance. Ils ne partageaient plus de coupable secret, mais, chaque fois qu'elle le regardait, elle sentait... un truc qui passait. Un nouveau lien, celui qui unit deux personnes quand elles ont subi l'épreuve du feu et en sont ressorties grandies, plus fortes aussi. Il y aurait toujours une entente tacite entre eux.

— Je n'sais pas ce qu'il va faire, lui répondit-elle. Nous embobiner, a dit ma grand-mère. Chercher à nous embrigader, comme nos parents avant nous. Quant à savoir comment il va s'y prendre, ça...

— Si je pose la question, c'est parce qu'il pourrait bien ne pas vouloir de nous tous..., insista Adam, sans se départir de son calme. Tu as dit qu'il s'était arrangé pour nous faire naître tous les onze parce que, s'il prend la tête du coven, ça fera douze. Mais tu ne fais pas partie des onze du départ, Cassie. Pas plus que Kori. Et on dirait bien qu'il l'a éliminée...

— Oh ! mon Dieu, Cassie ! hoqueta Diana. Il faut que tu t'en ailles. Il faut que tu quittes La Nouvelle-Salem, que tu retournes en Californie, que tu...

Mais, déjà, Cassie secouait la tête.

— Je n'peux pas, soupira-t-elle. Mamie m'a dit que je devais rester et me battre. Elle a dit que c'était pour ça que ma mère m'avait ramenée ici, pour que je puisse l'affronter. Je n'suis peut-être qu'à moitié des vôtres, mais je suis aussi un pion qu'il n'avait pas prévu sur son échiquier, j'imagine. Ça me donne peut-être un certain avantage sur lui...

— Oh ! fais pas ta modeste, hein, intervint Deborah, un rien caustique. C'que la vieille... dame nous a dit, c'est qu'ta famille avait toujours été la plus puissante de toutes. T'as le don de double vue, et c'est toi qu'as le plus de pouvoir. Voilà c'qu'elle a dit.

— Et j'ai notre Livre des Ombres, maint'nant, renchérit Cassie, en se penchant pour attraper le volumineux grimoire relié de cuir rouge qu'elle avait glissé dans son sac à dos – et dissimuler sa gêne, par la même occasion. Ma grand-mère l'avait caché derrière une brique descellée dans le manteau de la cheminée. Si Black John tenait tellement à le trouver, c'est sans doute qu'il doit contenir quelque chose qui lui fait peur. Et j'ai bien l'intention de le lire pour essayer de savoir quoi.

— Et nous, qu'est-ce qu'on peut faire ? s'enquit Laurel.

C'était à elle que la question s'adressait. Le fait est que, en dehors de Faye – qui bouillait littéralement –, tout le monde la regardait, attendant manifestement sa réponse. Un peu troublée, Cassie secoua la tête avec un nouveau geste d'impuissance.

— On pourrait interroger les vieilles du quartier, les dernières qui sont encore vivantes, proposa Deborah. Enfin, c'est mon idée. La grand-mère de Cassie a dit que nos remps avaient oublié la magie, qu'ils ont tout fait pour l'oublier, que c'était une question d'survie pour eux. Mais les vieilles ont p't-être pas oublié, elles, et j'me disais qu'on pourrait aller leur tirer les vers du nez. Comme mamie Quincey, la grand-mère de Laurel, et la grand-mère d'Adam, la vieille Mme Franklin. Et même ta grand-tante, Mél.

Mélanie semblait dubitative.

— Tante Constance n'approuve pas du tout – mais alors pas tout – les anciennes coutumes. Elle fait même carrément un blocage, à c'niveau-là.

— Et mamie Quincey est si fébrile, objecta Laurel. Quant à cette pauvre Mme Franklin… eh bien, elle n'a plus toute sa tête.

— C'est c'qui s'appelle du tact ! applaudit Adam. Il faut regarder les choses en face : ma grand-mère déraille complètement, par moments. Mais je crois que Deborah a raison : on n'a plus qu'elles pour nous aider. Alors, il faut faire avec. Mais on peut toujours essayer – je dis bien « essayer » – de cuisiner certains des parents survivants. Qu'est-ce qu'on risque ?

— D'y laisser un œil et un bras, si c'est mon père que tu cuisines, marmonna Suzan, en levant la main pour admirer ses ongles à la faveur d'un rayon de soleil.

Mais, un sourire jusqu'aux oreilles, Doug et Chris Henderson affirmèrent qu'ils seraient ravis de soumettre tous les parents qu'on voulait à la question.

— On leur dira : « Hé, vous vous souv'nez d'ce type que vous avez cramé comme Freddy Krueger, y a seize ans ? Eh bien, le gars, il nous joue *La Revanche de Freddy*. Alors, vous pourriez pas nous filer un coup d'main, histoire qu'on puisse lui r'faire le portrait ? » jubila Doug.

— Ta grand-mère n'a vraiment rien dit qui pourrait nous aiguiller ? lui demanda Laurel.

— Non… Oh ! attendez. (Elle se redressa, saisie d'une soudaine excitation.) Elle a dit qu'ils avaient identifié le corps de Black John dans la maison brûlée grâce à sa bague, une bague incrustée de « pierre de sang ». C'est toi l'experte en cristaux, lança-t-elle, en se tournant vers Mélanie. Alors, c'est quoi, la « pierre de sang » ?

— C'est de la magnétite, de l'oxyde de fer, lui répondit Mélanie, en plissant les yeux, une intense concentration dans ses prunelles grises. Ça résulte d'une confusion avec l'hématite, la vraie « pierre de sang » – qui est aussi de l'oxyde de fer. Mais l'hématite est rouge, quand on la voit en coupe. Alors que la magnétite est noire et magnétique.

Cassie tenta de contrôler son expression. « Eh bien quoi ? Tu as toujours su que l'hématite provenait de la maison de Black John. Peut-être même que c'était son cristal. Ça n'devrait pas te surprendre qu'il porte une bague ornée de quelque chose d'approchant, se raisonnait-elle. N'empêche… (Elle fut saisie d'une brusque appréhension.) Tu ferais vraiment mieux de te débarrasser de cette hématite. » Pour l'instant, elle était dans sa boîte à bijoux, dans sa chambre, là où elle l'avait rangée quand Diana l'avait conduite chez elle pour qu'elle prenne quelques fringues, le matin même, avant d'aller en cours.

— O.K., on gardera ça à l'esprit et on ouvrira l'œil, disait Adam, meublant le silence pour lui laisser le temps de se reprendre. Et on pourra parler aux anciennes demain. À moins que… Peut-être qu'on devrait laisser passer l'enterrement de Mme Howard.

— D'accord, murmura Cassie.

— Que de « suggestions », Adam ! s'exclama Faye, n'y tenant plus.

Elle avait toujours les bras croisés, mais sa peau d'albâtre s'était empourprée. Elle bouillait.

Adam lui rendit son regard, impassible.

— Maint'nant qu'j'y pense, il y avait une autre suggestion que je m'apprêtais à faire, justement, lui rétorqua-t-il. Et si on annulait l'élection pour se choisir un nouveau leader ?

Faye se rua sur lui, les yeux flamboyants de colère.

— Vous n'pouvez pas faire ça !

— Et pourquoi pas ? Si on est tous d'accord, argua posément Adam.

— Parce que c'est pas réglementaire, siffla Faye. Tu peux regarder dans n'importe quel Livre des Ombres, tu verras ! Les votes sont les votes. J'ai gagné, et on n'peut plus rien y changer. C'est moi qui suis à la tête de ce coven. Moi et personne d'autre.

Adam chercha le soutien du Cercle. Mais Mélanie semblait mal à l'aise et Diana secouait la tête.

— Elle a raison, Adam, lui confirma Diana d'une voix douce. L'élection s'est faite dans les règles et les votes étaient honnêtes, sur le moment. Il n'existe aucune clause pour en modifier le résultat.

Mélanie acquiesça à regret.

— Et ça ne me plaît pas que vous preniez toutes ces initiatives sans me demander mon avis, enchaîna Faye, en se remettant à faire les cent pas comme un lion en cage – une panthère, plutôt, une panthère noire.

Ses yeux lançaient pratiquement des éclairs, comme ces éclats étincelants que projetaient les gemmes rouges qu'elle portait au cou et aux doigts, quand elle traversait des rais de lumière.

— Bon, eh bien, qu'est-ce que *tu* veux qu'on fasse, alors ? lui lança Laurel, d'un ton provocateur, en rejetant ses longs cheveux bruns en arrière. C'est toi qui as voulu libérer Black John, Faye. Tu disais qu'il allait nous aider, nous donner son pouvoir. Eh bien alors, qu'est-ce que tu proposes, maintenant qu'il est là ?

Faye haletait presque.

— Peut-être qu'il cherche à nous test…

— En tuant la grand-mère de Cassie ? l'interrompit sèchement Deborah. Arrête, Faye. J'y étais. J'ai tout vu. De mes propres yeux. Y a pas d'excuse pour trucider des vieilles… euh, des vieilles dames.

Faye fusilla son ex-bras droit du regard.

— Je sais pas pourquoi il a fait ça ! explosa-t-elle. Peut-être qu'il a un plan en tête qu'on n'imagine pas.

— Alors là ! je n'te le fais pas dire ! s'exclama Mélanie. Il a un plan, Faye, ça, c'est certain : celui de nous avoir à sa botte. Il a déjà éliminé quatre personnes et, si on lui met des bâtons dans les roues, je suis bien sûre qu'il sera ravi de nous éliminer, nous aussi.

Faye s'immobilisa et afficha un sourire triomphant.

— Il ne peut pas. Si Cassie dit vrai – et je n'prétends pas qu'c'est l'cas, mais, si elle dit vrai –, il a besoin de nous pour former son coven. Donc, il ne peut pas nous éliminer.

— Pas tous, en tout cas, lui fit remarquer Adam avec aigreur. Il n'en a qu'un en rab.

Le silence retomba. Les membres du Cercle se jetèrent des coups d'œil alarmés.

— Bon, eh bien, peut-être que chacun d'entre vous ferait mieux de veiller à ne pas être celui-là, alors, persifla Faye, en leur adressant un sourire à la ronde.

Elle montrait les dents plus qu'elle ne souriait, et, avant que personne ait pu ouvrir la bouche, elle avait déjà tourné les talons. Ils entendirent bientôt le claquement saccadé de ses pas dans l'escalier, puis la porte du bâtiment des sciences claquer.

Cassie, Adam et Diana se regardèrent. Adam secoua la tête.

— On est mal, en conclut-il.

— Oh ! Et c'est pour en arriver là qu'on s'est tapé cette assemblée ? maugréa Deborah.

Diana porta la main à son front d'un geste las.

— On a besoin d'elle, se désola-t-elle. Qu'on le veuille ou non, elle est le leader de ce coven, et on a intérêt à ce qu'elle soit dans notre camp, pas dans celui de Black John. On ferait mieux d'aller lui parler.

Les membres du club se levèrent un à un. Cassie plissa les yeux dans la lumière soudain trop crue du dehors. C'était pile la fin des cours et les élèves se dirigeaient en masse vers les sorties du lycée. Cassie scruta la foule à la recherche de Faye. En vain.

— Elle a dû rentrer chez elle, disait justement Diana. Il va falloir qu'on la rattrape si…

Mais Cassie n'entendit pas la suite. Dans la vague d'élèves qui déferlait sur le parking, un visage venait soudain d'attirer son attention, un visage familier. Un visage qui détonnait ici, cependant. Un visage qu'elle ne put reconnaître. Elle dut se creuser les méninges pour l'identifier. Bon sang ! Mais où avait-elle bien pu voir ce nez en trompette, ces cheveux blond paille et ces yeux noisette au regard froid ? C'était quelqu'un qu'elle avait bien connu, pourtant, quelqu'un qu'elle avait eu l'habitude de côtoyer tous les jours, pendant un moment, mais qu'elle n'avait été que trop contente d'oublier, quand elle était arrivée à La Nouvelle-Salem…

Une sensation de chaleur moite... un souvenir de sable chaud sous ses pieds nus, de gouttes de sueur dégoulinant le long de son torse, de crème solaire sur le nez... le clapotis des vagues, l'odeur de corps surchauffés et cette sensation d'oppression...

Cape Cod.

La fille au visage familier n'était autre que... Portia.

4

— Hé ! Fais gaffe, Cassie !

Elle s'était arrêtée si brusquement que Chris lui était rentré dedans.

— Ben, qu'est-ce qui t'arrive ? s'étonna la moitié la moins déjantée des frères Henderson.

— C'est juste que… je viens de voir quelqu'un…

Elle s'aperçut qu'elle ouvrait des yeux comme des soucoupes. Mais Portia avait déjà disparu dans le flot de têtes cahotantes.

— Une fille que j'ai connue cet été…, ajouta-t-elle d'une voix lointaine.

Son cerveau buggait rien que de s'imaginer expliquant aux autres le cas Portia Bainbridge.

Mais Adam l'avait repérée, lui aussi.

— Une fille qui pratique la chasse aux sorcières, commenta-t-il d'un ton sinistre. Celle dont les frères se baladaient avec un flingue, à Cape Cod. Et c'est pas l'genre à plaisanter avec ça : chez eux, c'est plus un hobby, c'est carrément une obsession.

— Et ils débarquent *ici* ? s'exclama Deborah.

Ça la faisait doucement rigoler, apparemment.

Cassie suivait cet échange avec le plus grand intérêt. Ce n'était manifestement pas la première fois que ces deux-là avaient affaire à des adeptes de la chasse aux sorcières.

— Ils savent pas où ils mettent les pieds ! ricana la motarde.

— C'est peut-être une erreur... ou un hasard. Peut-être que ses parents ont déménagé et qu'elle s'est retrouvée parachutée ici, ou un truc comme ça ? suggéra cette optimiste invétérée de Laurel.

Cassie secoua la tête.

— Portia ne fait jamais d'erreurs. Et je plains les « hasards » qui lui tombent dessus. Qu'est-ce qu'on va faire, Adam ?

Ça la perturbait presque plus que de savoir Black John de retour à La Nouvelle-Salem. Cette terreur-là dépassait l'entendement, vous anesthésiait les neurones, trop monstrueuse pour qu'on puisse l'appréhender rationnellement. La crainte qu'inspirait Portia était plus ordinaire, plus familière. Cassie se sentait projetée en arrière, écrasée par ce même sentiment d'impuissance, happée par cette bonne vieille mécanique d'échec programmé. Elle n'avait jamais été fichue d'assurer, face à Portia. Elle était toujours ressortie, de chaque confrontation, incapable de se défendre, vaincue, humiliée. Elle ferma les yeux, accablée.

« Je n'suis plus la même, se raisonnait-elle. Je n'suis plus comme ça. Je n'serai plus jamais comme ça. » Mais elle en avait des crampes d'estomac.

— On va s'occuper d'elle, soupira Adam. On...

— Hé ! C'est une ennemie, non ? intervint soudain Doug, des étincelles dans les prunelles. Not' pote Black John le Grand Sorcier a bien dit qu'il voulait nous aider à dézinguer nos ennemis, non ? Donc...

— N'y pense même pas, l'interrompit aussitôt Mélanie. Ne t'avise pas de jouer à ça, Doug Henderson, insista-t-elle. Et je suis sérieuse.

Doug rentra la tête dans les épaules. Mais, sous le couvert de ses longs cils blonds, il jeta un regard en coin à son frère.

— Magie noire..., murmura Chris, les yeux dans le vague.

Cassie se tourna vers Adam.

— Pas question, la rassura-t-il. Ne t'inquiète pas, Cassie. Jamais.

Cassie vivait chez Diana, maintenant. « Tu ne peux pas rester dans cette maison toute seule, c'est évident », avait dit Diana. Et, l'après-midi même, avec Laurel et Mélanie, elle aidait Cassie à trimballer ses affaires. Adam et Deborah vinrent aussi, pour assurer leur protection, en patrouillant continuellement autour de la maison, et la plupart des autres membres du Club passèrent, pour une raison ou pour une autre. Seule Faye brillait par son absence. Personne ne l'avait revue depuis qu'elle avait brusquement quitté le lycée.

La demeure en elle-même n'avait pas subi trop de dégâts, hormis les quelques étranges traces calcinées sur le plancher et sur les portes. D'après la version officielle – accréditée d'autorité par les adultes venus, la nuit précédente, récupérer le corps de sa grand-mère –, il y avait eu un incendie et Mme Howard en avait fait une crise cardiaque. Aucune intrusion n'avait été mentionnée et la police n'avait même pas bouclé de périmètre de sécurité. Comment les flics expliquaient-ils que le parquet ait pu prendre feu de si curieuse façon ? Ça, elle l'ignorait. Personne ne l'avait interrogée et elle n'avait aucune intention de se présenter spontanément au commissariat pour témoigner.

En dépit de l'agitation des membres du Cercle qui ne cessaient d'entrer et de sortir, la maison paraissait vide et sonnait bizarrement creux. Cassie se sentait vide, à l'intérieur, elle aussi. Elle n'aurait jamais imaginé que sa grand-mère lui manquerait autant – juste une vieille bossue à la tignasse grise avec une grosse verrue. Mais ses vieux yeux avaient vu bien des choses. Et ses mains noueuses avaient été si adroites, si douces. Sa grand-mère *comprenait* et elle avait toujours su réconforter sa petite-fille.

— Dommage que je n'aie pas de photos d'elle, soupira-t-elle. De ma mamie…

Les sorcières n'aimaient pas se faire photographier. Alors, il ne lui restait même pas cette consolation.

— Dans l'genre croulante, elle était plutôt cool, déclara Deborah, en balançant un sac fourre-tout sur son épaule, avant de soulever un carton remplis de livres et de CD. Tu veux d'aut' trucs ?

Cassie jeta un regard circulaire. « Oui, tout », pensa-t-elle. Elle voulait le lit à baldaquin avec son ciel de lit et ses lourds drapés en épais tissu vieux rose, ses chaises capitonnées recouvertes de soie damassée assortie et sa commode en acajou massif qui était exactement de la même couleur que les yeux de Nick.

— C'est du « bombé », le style de cette commode, là, récita-t-elle, en se tournant vers Deborah. Elle a été faite ici, dans le Massachusetts, la seule région des colonies qui en fabriquait.

— Oui, je sais, lui répondit la motarde, nullement impressionnée. Y en a plein chez moi. Ça pèse une tonne et tu peux pas la prendre, d'toute façon. Tu veux ta chaîne ou quoi ?

— Non, je pourrai toujours me servir de celle de Diana.

Mais elle était triste en disant ça. Elle avait l'impression de laisser sa vie derrière elle. « Tu déménages seulement au bout d'la rue », se rappela-t-elle, en regardant sortir Deborah.

— Si tu veux faire un saut à la maison pour voir ta mère, Cassie, tante Constance est d'accord, lui annonça Mélanie, en s'encadrant dans la porte. Quand tu veux, avant l'heure du dîner.

Cassie hocha la tête avec un pincement au cœur. Sa mère... Sa mère allait s'en remettre, naturellement. Et, comme la grand-tante de Mélanie voulait bien s'occuper d'elle, il valait mieux qu'elle reste chez Mélanie plutôt que d'être envoyée... ailleurs. « Allez, dis c'que tu penses, se tança-t-elle. Dans une institution. » Si jamais des médecins l'examinaient, ils voudraient la placer dans une institution, ou dans un hôpital spécialisé. « Mais c'n'est pas un endroit pour elle. Et puis elle va s'en r'mettre. Elle a juste besoin de se r'poser un peu, c'est tout. »

— Merci, Mélanie. J'irai, dès qu'on aura fini le déménagement. C'est si gentil à ta grand-tante de prendre soin d'elle.

— Oh ! Avec tante Constance, ce n'est pas tant que ce soit gentil : c'est une question de devoir, lui expliqua Mélanie, en se tournant pour partir. Tante Constance croit qu'on doit accomplir son devoir. C'est un vrai sacerdoce, chez elle.

« Moi aussi, se dit Cassie, en suspendant son geste. (Elle était en train de prendre une pile de linge sur son lit.) Moi aussi... »

— Attends, je viens d'penser à un truc, lança-t-elle tout à coup. Je descends dans une minute.

Le truc en question n'était autre que l'hématite. Elle ouvrit d'une main sa boîte à bijoux sur la coiffeuse... et se raidit. Elle fouilla à l'intérieur – mais ça ne servait à rien, elle le savait bien.

Le morceau d'hématite avait disparu.

Une bouffée de panique lui noua la gorge. Elle n'avait cessé de se dire qu'elle *devrait* faire quelque chose au sujet de cette pierre. Mais c'était seulement maintenant, maintenant qu'elle était hors de portée, qu'elle mesurait vraiment le danger.

« Cette fois, décréta-t-elle, tu n'vas pas garder ça pour toi et te ronger, toute seule dans ton coin, avec ça. Cette fois, tu vas faire ce que tu aurais dû faire depuis l'début : tu vas en parler à Diana. »

Cassie descendit l'escalier. Diana et Laurel étaient dans le carré des simples, en train de sauver ce qui, d'après Laurel, « pourrait toujours servir ». Cassie se redressa, prenant son courage à deux mains.

— Diana, j'ai quelque chose à te dire.

Les beaux yeux verts de Diana s'écarquillèrent, quand Cassie lui raconta pour l'hématite : comment elle l'avait trouvée et comment elle avait décidé de garder le secret de cette découverte. Personne n'avait été au courant. Personne, sauf Deborah... et Faye.

— Et, maint'nant, elle a disparu, conclut-elle. Je n'crois pas que ce soit très bon signe.

— Non, répondit Diana, d'un ton absorbé. Je suis sûre que non. Tu ne comprends donc pas, Cassie ? Quand tu avais l'hématite, elle exerçait un effet sur toi. Elle t'incitait à faire des choses... Est-ce que tu la portais, au bal de halloween, quand tu as essayé de pousser Adam à t'embrasser ?

— Eh bien, je... oui. (Elle se sentait piquer un fard.) Écoute, Diana... j'aimerais bien pouvoir te dire que c'est l'hématite qui m'a forcée à faire ça. Mais ce n'est pas vrai. C'était moi, moi toute seule. J'en avais envie.

— Peut-être, mais je parie que tu en avais eu envie avant et que tu ne l'avais jamais fait. L'hématite ne peut pas t'obliger à faire des choses que tu ne *veux* pas faire. Mais elle te pousse à céder à des tentations auxquelles, en temps normal, tu résisterais.

— Comme l'onyx : « pour t'abandonner à la part sombre de toi-même », murmura Cassie.

— Exactement.

— Ça n'peut qu'être un d'entre nous qui l'a, un membre du Cercle, parce que je l'ai mise dans ma boîte à bijoux, ce matin, et personne d'autre n'est entré dans cette maison aujourd'hui. Un d'entre nous, mais qui... ?

Diana secoua la tête. Laurel fit la grimace.

— Je m'en tiens aux plantes, moi, se défendit-elle. C'est plus sûr – tant que tu les respectes et que tu sais c'que tu fais, du moins. Elles ne te manipulent pas, elles.

À l'initiative de Diana, elles retournèrent toutes les trois fouiller la chambre de Cassie. L'hématite demeura introuvable.

Cassie retourna au lycée le jeudi. Ça faisait bizarre d'être assise là, en atelier d'écriture, et de voir la vie suivre son cours, comme si de rien n'était. Personne – ni les élèves, qui comptaient les jours avant les vacances de Thanksgiving ; ni les profs, qui faisaient leurs cours ; ni le proviseur adjoint, qui arpentait les couloirs avec un air complètement débordé – personne n'avait aucune idée de ce qui avait été lâché sur leur petite communauté et attendait la première occasion pour frapper. Évidemment, Cassie ne le savait pas non plus… Quelle forme Black John allait-il prendre, cette fois ? À quoi ressemblerait-il, quand elle le reverrait ? Mais elle savait que le danger rôdait.

Faye n'assista pas au cours d'anglais. Cassie fut obligée de s'attarder dans la salle pour justifier, auprès de M. Humphries, son absence des deux derniers jours. Il se montra compatissant et lui donna un délai supplémentaire pour rendre son prochain devoir. Elle eut néanmoins du mal à s'en dépêtrer et elle était déjà en retard pour son cours de maths, quand elle se précipita dans les toilettes du deuxième étage. Une fois à l'intérieur, elle entendit cependant des voix de l'autre côté de la porte, des voix qui la glacèrent, tant et si bien qu'elle en perdit toute notion du temps.

C'était une conversation qui devait déjà durer depuis un petit moment.

— … et elle était censée rentrer en Californie, disait la première voix. (Cassie l'avait trop souvent entendue pour ne pas la reconnaître : Portia.) Mais, de toute évidence, c'était un mensonge de plus, si c'est la Cassie que je connais.

— À quoi tu dis qu'elle ressemblait ? demanda l'autre voix.

Une voix haut perchée, agressive : Sally Waltman.

— Oh ! Elle est parfaitement insignifiante. Elle est juste *commune* : taille normale… un peu plus grande que toi…

Raclement de gorge de la part de Sally.

— Non pas que tu sois petite, pas du tout, se rattrapa Portia. Tu es… menue. Enfin bref, elle n'est ni grosse ni maigre, et tout en elle est d'une affligeante banalité : des cheveux bruns banals ; un visage banal ; des fringues banales… Rigoureusement sans intérêt. Dans l'ensemble, elle est tout simplement d'un ennui mort…

— C'est pas la même Cassie, l'interrompit vivement Sally. À la Fête de la Rentrée, la mienne avait tous les garçons qui lui couraient après. Ils bavaient d'vant. Y compris mon p'tit ami – et tu n'as qu'à voir c'qui lui est arrivé ! Elle a l'air ordinaire, au premier abord, peut-être, mais elle a plein de reflets dans les cheveux : ils changent de couleur en fonction d'la lumière. Si, si, j't'assure. Et je suis bien persuadée que c'est d'la comédie, mais c'est le genre qui a l'air si fragile, si douce, le style de filles que les garçons meurent d'envie de protéger – et qui, après, les mènent par le bout du nez. Et ça marche. Sans doute parce qu'elle ouvre de grands yeux et fait celle qui se sent tellement nulle. Le coup classique du « Oh ! Je n'ai rien d'exceptionnel, je sais, mais je ferai de mon *mieux* », minauda-t-elle. Ils boivent ça comme du p'tit lait.

Cassie ouvrit la bouche, indignée… et puis s'empressa de la refermer.

— Et elle a des yeux à se damner, poursuivait aigrement Sally. Ce n'est pas tant la couleur – une sorte de bleu grisâtre –, mais ils sont si grands et son regard est si *sincère*.

Tiens ! c'en est écœurant. On dirait qu'elle est toujours au bord des larmes. Ça les rend dingues.

— Mais si, c'est bien la même fille, affirma Portia. Sauf que, quand je l'ai connue, elle avait la décence de ne pas s'afficher. Elle savait encore rester à sa place, à l'époque.

— Eh bien, en tout cas, maint'nant, sa place, c'est avec la bande la plus branchée du lycée. Ils se prennent tous pour la huitième merveille du monde. Ils croient qu'ils peuvent tout se permettre. Y compris de tuer des gens.

— Oui, eh bien, plus pour longtemps, se rengorgea Portia. Les choses ne vont pas tarder à changer, ici. Et radicalement. Tu sais, je suis bien contente que ma mère ait décidé de déménager, après son divorce. J'ai cru que ce serait terrible. Mais, finalement, ça ne pouvait pas mieux tomber.

Cassie craignait tellement de se faire repérer qu'elle n'osait même pas bouger. Alors, comme ça, Sally et Portia se liguaient... Maintenant, si elles pouvaient avoir l'obligeance de bien vouloir dévoiler un peu ce qu'elles tramaient...

Mais un bruit de jet d'eau couvrit les phrases suivantes. Elle entendit juste Sally dire :

— Je ferais mieux d'aller en maths. Tu veux qu'on s'voie au déjeuner ?

— Oui, oui, bien sûr. Et tu devrais venir à la maison pour les prochaines vacances, lui répondit Portia. Je crois que mes frères vont te plaire.

Les autres membres du Cercle l'entouraient, formant un cordon de sécurité. On était samedi et la cérémonie s'achevait.

L'enterrement ne se passait pas dans le vieux cimetière – celui qui avait été « vandalisé » (au dire des autorités) la nuit où sa grand-mère était morte –, mais dans le nouveau – celui où Kori avait été inhumée. « Nouveau » à l'échelle de La Nouvelle-Salem, s'entend : les plus vieilles tombes ne dataient *que* du XIXe siècle. Cassie se demandait pourquoi les parents tués par Black John en 1976 n'avaient pas été enterrés là. Quelqu'un avait peut-être estimé que le vieux cimetière était plus indiqué.

Les gens venaient la voir pour lui dire combien ils étaient désolés et s'inquiétaient de la santé de sa mère. La version officielle voulait qu'en état de choc après le décès de sa propre mère, Mme Blake n'ait pas été capable de se déplacer. Cassie leur assurait qu'elle s'en remettrait.

À sa grande surprise, Faye avait fait une apparition. Elle portait une magnifique robe de dentelle noire – quoique un peu trop moulante, peut-être, pour un enterrement. Le rouge de ses lèvres et de ses ongles vernis étaient les seules touches de couleur qu'elle s'était permises.

— Toutes mes condoléances, dit une voix familière d'un ton glacial.

Cassie releva la tête. Portia. Et Sally était juste derrière. Ces deux-là étaient inséparables, ces derniers temps. De vraies siamoises.

— Quelle surprise de te voir ici ! ajouta Portia, en rivant au sien son regard froid.

Cassie se souvenait de ces yeux-là. « Des yeux de vipère », se dit-elle. Ils semblaient avoir un effet hypnotique et elle sentait déjà cet accablant sentiment d'impuissance recommencer à l'écraser.

Elle le combattit, tenta de parler, mais Portia la prit de vitesse :

— J'ignorais que tu avais de la famille dans la région. Mais, maintenant que tu n'en as plus, peut-être que tu vas retourner en Californie…

— Non, je reste.

Et, comble de frustration, il ne lui vint rien d'autre à l'esprit. Oh ! elle ne manquerait sans doute pas de trouver quelque répartie furieusement spirituelle, quelque nouvelle réplique assassine à lui balancer, forcément… cette nuit.

Cependant, elle n'était pas seule, à La Nouvelle-Salem.

— Cassie a encore de la famille ici, intervint Adam, en venant se planter à côté d'elle.

— Ouais, on est tous frères. La vie, tout ça. Tout est lié, tu vois, baragouina Chris, en venant se poster de l'autre côté.

Et il se mit à regarder Portia fixement de ses étranges yeux bleu-vert légèrement bridés. Doug l'imita aussitôt, son éternel rictus de psychopathe aux lèvres.

Portia cligna des paupières. Cassie avait oublié l'effet que produisaient les frères Henderson sur ceux qui ne les connaissaient pas.

Mais Portia ne tarda pas à se ressaisir.

— C'est bien cela, oui, on dit qu'il existe effectivement une relation entre vous. Eh bien, peut-être qu'un jour prochain, vous allez rencontrer *ma* famille. (Elle lança un regard entendu à Adam.) Je suis persuadée qu'ils adoreraient vous rencontrer, quant à eux.

Et, sur ces bonnes paroles, elle tourna les talons.

Cassie et Adam échangèrent un coup d'œil. Mais, avant qu'ils aient eu le temps d'ouvrir la bouche, M. Humphries s'avançait.

— Très belle cérémonie, dit-il à Cassie. Nous regretterons tous ta grand-mère.

— Merci. (Elle réussit même à lui sourire. Elle aimait bien M. Humphries, avec son petit bouc poivre et sel soigneusement taillé et son regard plein de sollicitude derrière ses lunettes cerclées.) C'est gentil à vous d'être venu.

— J'espère que ta maman se rétablira vite, ajouta-t-il avant de s'éloigner.

Ce fut ensuite le tour de Mme Lanning, sa prof d'histoire. Mais le regard de Cassie s'attardait sur M. Humphries. Un grand type brun l'avait rejoint. Elle entendit le grondement sourd d'une voix de basse, suivie par le ton plus léger et le débit plus rapide de M. Humphries.

— … me présenter ? disait le grand brun.

— Oh ! mais certainement ! répondit M. Humphries. (Il se retourna vers Cassie, entraînant le grand brun derrière lui.) Cassie, j'ai pensé que tu voudrais rencontrer notre nouveau proviseur, M. Jack Brunswick. Il tient à faire la connaissance de ses élèves au plus tôt.

— C'est exact, confirma le grand brun d'une belle voix grave au ton chaleureux, en offrant à Cassie une poignée de main ferme et décidée.

Sa main était large, puissante. Cassie la regardait, s'apprêtant déjà à lui servir quelque politesse en réponse, quand elle se figea, tétanisée. Son cœur jouait soudain les marteaux-piqueurs, alors même que le sang quittait son visage.

— Je crois qu'elle ne se sent pas très bien, intervint Mme Lanning. (Sa voix semblait provenir de si loin.) La journée a dû être longue…

Elle prit Cassie par le bras. Mais Cassie ne parvenait pas à lâcher la main du grand brun aux longs doigts de pianiste. Elle ne voyait plus rien que cette chevalière qu'il portait à l'index. Le symbole qui y était gravé lui rappelait les inscriptions du bracelet d'argent de Diana – le bracelet de Faye, maintenant. La pierre sertie dans la bague était noire et reflétait la lumière du jour avec un éclat métallique. Ça ressemblait à de l'hématite, mais elle savait que ce n'en était pas. C'était de la magnétite.

Elle releva alors les yeux pour examiner le nouveau proviseur. Et elle vit le visage qu'elle avait aperçu lors du rituel du crâne, dans le garage de Diana. Le visage qui s'était précipité sur elle, de plus en plus vite, de plus en plus près, pour tenter d'échapper à sa prison de cristal. Un visage cruel et froid. Pendant un instant, elle crut voir le crâne de cristal se superposer au visage du proviseur, en faire ressortir clairement l'ossature. Les orbites caverneuses, le sourire grimaçant des dents de pierre…

Elle chancela. Mme Lanning essayait de la soutenir ; les voix alarmées d'Adam et de Diana lui parvenaient, mais elle ne pouvait voir que l'abîme ténébreux des yeux du nouveau proviseur. On aurait dit de la pierre de lave polie, comme l'océan à minuit, comme… de la magnétite. Ils l'avalaient…

Cassie. Cette voix dans sa tête…

Un flot d'obscurité l'enveloppa, et elle s'écroula.

Les ténèbres. Elle était sur un bateau… Non ! Elle luttait. Les mains recroquevillées comme des serres, elle se débattait, donnant des coups de griffes dans l'eau glacée pour essayer de regagner la surface. Elle ne voyait rien…

— Doucement, Cassie ! Tu es en sécurité. Tout va bien.

Un linge humide tomba de ses yeux. Elle se trouvait dans le salon de Diana, allongée sur le canapé. Il faisait sombre parce que les rideaux étaient tirés et qu'on n'avait pas allumé. Diana était penchée au-dessus d'elle et la ruisselante cascade argentée de sa chevelure de lumière la protégeait du monde extérieur, comme un bouclier.

— Diana ! s'écria-t-elle, en s'agrippant à la main de son amie.

— Tout va bien. Tu n'as rien. Tout va bien.

Cassie relâcha ce souffle qu'elle retenait et se laissa retomber sur le canapé. Son regard rencontra celui de Diana.

— Jack Brunswick est Black John.

Un simple constat.

— Je sais, lui répondit gravement Diana. Quand tu t'es effondrée, on a tous vu sa bague. Il ne s'était sans doute pas attendu à ce qu'on le démasque si vite.

— Qu'est-ce qui s'est passé ? Qu'est-ce qu'il a fait ? s'alarma Cassie, qui s'imaginait déjà la débandade au cimetière.

— Pas grand-chose. Il est parti pendant qu'on te transportait dans ma voiture. Adam et Deborah l'ont suivi, mais ils ont fait ça discrètement. Ils vont essayer de le prendre en filature. Personne d'autre – aucun adulte – ne s'est aperçu de rien. Ils ont juste pensé que tu étais épuisée par toutes ces émotions. M. Humphries a dit que tu ferais peut-être mieux de ne pas venir en cours pendant quelques jours.

— Peut-être qu'on ferait tous mieux, chuchota Cassie.

La tête lui tournait. Black John à la tête du lycée ? Seigneur ! mais qu'est-ce qu'il pouvait bien manigancer ?

— Tu as dit qu'Adam s'était lancé à sa poursuite ?

Diana hocha la tête. Elle en eut un coup au cœur. Elle était bourrelée d'anxiété – et de frustration. Elle voulait qu'Adam soit là. Elle voulait pouvoir lui parler. Elle avait besoin de lui.

— Hé ! tout va bien là-d'dans ?

Chris et Doug Henderson restaient plantés sur le pas de la porte, comme sur le seuil du boudoir d'une grande dame dans lequel ils n'avaient pas le droit d'entrer.

— Elle va bien, leur assura Diana.

— C'est vrai, Cassie ? s'enquit Chris, en s'aventurant, malgré tout, de quelques pas dans la pièce.

Cassie hocha faiblement la tête. Et, soudain, elle repensa aux paroles de Sally, dans les toilettes du lycée : « le style de filles que les garçons meurent d'envie de protéger. » C'était n'importe quoi... n'est-ce pas ? Sally avait tout déformé. Elle avait tout faux.

— Allez, venez, vous deux. Il y a du fondant au chocolat dans la cuisine, leur lança Diana. Tout le quartier est venu déposer de quoi manger et on a besoin d'aide, si on ne veut pas que ça se perde.

Cassie trouva quand même un peu bizarre que Diana l'abandonne... avant de s'apercevoir que les jumeaux n'étaient pas venus seuls.

Nick se tenait dans le couloir, devant le salon. Quand Diana fit sortir les frères Henderson, il pénétra dans la pièce à pas lents.

— Euh... Salut, Nick, l'apostropha-t-elle.

Il lui adressa un drôle de petit sourire fugace et s'assit sur l'accoudoir. Son habituel masque de pierre avait disparu, pour une fois. Dans la pénombre, Cassie trouva qu'il avait l'air un peu fatigué, un peu triste aussi. Mais peut-être que c'était seulement son imagination.

— Comment tu t'sens ? lui demanda-t-il. Tu nous as fait grave baliser, pendant deux s'condes, tout à l'heure.

Nick, « baliser » ? Non, elle ne pouvait pas le croire.

— Ça va, maint'nant...

Elle se creusait les méninges pour essayer de trouver quelque chose à lui dire. Ça faisait exactement comme avec Portia : c'était toujours quand elle en avait vraiment besoin que ses neurones refusaient de fonctionner.

Le silence s'éternisait. Nick examinait les volutes et les fleurs sur le tissu du canapé.

— Cassie..., se lança-t-il finalement. Ça fait un moment que j'veux te parler.

— Ah ! vraiment ? bredouilla-t-elle vaguement.

Elle se sentait bizarre : elle avait horriblement chaud ; elle était hypermal à l'aise et, en même temps, toute molle. Elle ne voulait pas que Nick continue – enfin, au fond, une autre partie n'aurait pas dit non.

— J'reconnais que c'est pas franchement le moment idéal, ironisa-t-il, en se mettant maintenant à examiner le papier peint. Mais, tel que c'est parti là, on s'ra peut-être tous morts avant que le moment idéal arrive.

Cassie ouvrit la bouche. Aucun son n'en sortit. Et, pendant ce temps, Nick poursuivait obstinément, implacablement, à voix basse mais tout à fait audible :

— Je sais qu'avec Conant, vous étiez plutôt mordus, toi et lui. Et je sais que tu pensais beaucoup à lui. Je suis loin de faire un parfait remplaçant, j'en suis conscient... Mais, comme j'l'ai déjà dit, tel que c'est parti là, peut-être que ce s'rait un peu bête d'attendre la perfection.

Et, là, sans crier gare, il la regarda droit dans les yeux. Cassie vit soudain quelque chose, dans ses prunelles couleur acajou, qu'elle n'y avait jamais vu avant.

— Alors, Cassie, reprit-il, toi et moi, t'en penses quoi ?

5

Avant que Cassie ait pu parler, Nick enchaînait :

— Tu sais, la première fois que je t'ai vue, je t'ai juste trouvée banale. Et puis, j'ai commencé à remarquer des trucs chez toi : tes cheveux, ta bouche... Cette façon que tu avais de continuer à t'battre même quand tu flippais. La nuit où Lovejoy s'est fait tuer, tu flippais à mort. Mais c'est toi qui as proposé d'aller chercher l'énergie négative. Et, quand on est arrivés au cimetière, tu t'es pas laissé semer par Deborah. (Il esquissa un petit sourire dépité.) Ni par nous, les mecs.

Cassie sentit ses lèvres s'étirer pour lui rendre son sourire, mais s'empressa de le réprimer.

— Nick, je...

— Réponds pas maint'nant. Je veux qu'tu saches que je... j'me suis senti mal de t'avoir traitée comme ça, quand t'es venue me demander de t'accompagner au bal du lycée. (Les mâchoires crispées, il scrutait obstinément une fleur sur le canapé.) Je sais pas pourquoi j'ai fait ça – j'suis juste un sale c... j'ai juste un sale caractère, j'suppose. Et depuis si longtemps qu'à force j'm'en rends même plus compte. (Il inspira à fond avant de poursuivre.) Tu sais, ça m'a toujours gavé de vivre chez les rem... chez les parents de Deb. J'ai toujours eu l'impression d'leur devoir quelque chose. Ça m'met en rogne. C'est dev'nu une seconde nature, faut croire. Pour moi, mon père et ma mère avaient merdé en s'faisant tuer par un ouragan et en laissant leur môme à la charge des autres. J'leur en voulais – à eux, et à ma tante et à mon oncle, aussi.

Il s'interrompit et secoua la tête d'un air songeur.

— Ouais. À tante Grace surtout. Elle arrête pas d'parler d'mon père : et comment il jouait les casse-cou, et comment il s'en fichait de ceux qu'il laissait derrière lui... c'genre de salades. Ça m'rendait malade. J'ai jamais imaginé qu'ça pouvait être parce qu'il lui manquait.

Cassie l'écoutait, captivée.

— Et c'est pour ça que tu n'aimes pas la magie ?

C'était juste une idée en l'air. Mais, au regard qu'il lui lança, on aurait pu croire que c'était une révélation.

— J'sais pas... C'est pas impossible qu'y ait un rapport... J'avais les nerfs contre ceux du coven parce que j'trouvais qu'ils avaient tous tiré une meilleure carte que moi : ils avaient tous au moins un d'leurs grands-parents, eux. Alors que moi, j'avais juste des parents morts qu'avaient merdé. Et ils étaient tous tellement contents d'eux avec ça – t'as qu'à voir Conant, comment il... (Il se tut brusquement pour lui jeter un petit coup d'œil désabusé.) Bon, p't-être que moins on parlera d'lui, mieux ça vaudra. En tout cas, j'connais la vérité, maint'nant. Mes parents ont pas merdé. Et, si j'merde, je pourrai plus leur coller ça sur le dos. La seule personne à qui j'pourrai en vouloir… c'est moi. Alors voilà, j'aurais pas dû m'comporter comme ça avec toi.

— Ça va, Nick. Et puis, tu m'y as finalement escortée, à cette soirée.

— Ouais. Mais pas avant que tu m'aies r'demandé. Fallait quand même en avoir pour oser t'repointer. Et puis, après, on est allés au numéro 13 et tu t'es fait méchamment secouer. Et… (sa bouche prit un pli amer) j'ai rien pu faire. C'est Conant qui t'a sauvée.

Elle revit alors ce truc de fumée, au rituel de Halloween, cette forme noire qui avait semblé émaner du feu de Samain – vision que, soudain prise de panique, elle chassa aussitôt. Elle ne voulait pas penser à Black John maintenant – aussi effrayant qu'il ait pu être sous l'apparence d'un spectre de fumée, il l'était plus encore en tant qu'homme. Ses yeux…

— Cassie… (La main de Nick s'était refermée sur son poignet.) Ça va, ça va. Tout va bien.

Elle aspira une grosse bouffée d'oxygène et hocha la tête, rassurée d'être revenue dans la pénombre du salon.

— Merci, chuchota-t-elle.

Ça faisait du bien de sentir la main de Nick sur son bras : la chaleur de ses doigts, cette façon dont il la tenait, ferme, solide. Ça la stabilisait. Et, oh ! bon sang ! ça faisait si longtemps qu'elle avait besoin de quelqu'un sur qui compter… Elle se souvenait de ce soir-là, dans la voiture d'Adam, quand elle était restée assise près de lui sans bouger, brûlant de se blottir dans ses bras, de l'enlacer. Tout en sachant que c'était impossible, qu'elle ne le pourrait jamais. Elle ressentait toujours ce même manque. Et elle pouvait faire une croix sur

Adam, maintenant... Combien de temps devrait-elle encore vivre avec cette sensation de vide ?

— T'es pas amoureuse de moi, je sais, disait tout bas Nick, au même moment. Je sais que je suis pas lui. Mais je t'aime bien, moi, Cassie. Je t'aime même beaucoup, beaucoup plus que j'ai jamais aimé aucune fille. T'es réglo. Tu joues pas les dures, mais, au fond, t'es une coriace, aussi coriace que Deb. Peut-être même aussi coriace que moi. (Il eut un petit rire sec.) Et puis, t'en as voulu à personne du Club, après c'qu'ils t'avaient fait subir à la rentrée. Deb a été carrément sciée d'voir ça. Et, au final, t'as réussi à te faire respecter par tout l'monde. Les frères Henderson ont jamais craqué pour une fille. Pourtant, avec toi, ils savent même plus comment ils s'appellent. J'crois qu'ils vont t'filer une de leurs bombes maison pour Noël.

Cassie ne put s'empêcher de partager son hilarité.

— Eh bien, j'imagine que c'est une façon de régler l'problème.

— Même Faye te respecte. Elle se s'rait pas donné tout c'mal pour t'écraser, sinon. Écoute, je sais pas c'qu'y a chez toi, j'peux pas expliquer : t'es cool, mais t'es une coriace. T'as du répondant. Et t'as les yeux les plus magnifiques que j'aie jamais vus.

Cassie sentit le sang lui monter au visage. Elle sentait son regard aussi. Si intensément que c'était elle, maintenant, qui était obligée d'examiner le papier peint. Ce truc brûlant bizarre, là, à l'intérieur, devenait plus fort de seconde en seconde.

Elle repensait à cette première semaine de lycée, quand Deborah et les frères Henderson lui avaient piqué son sac à dos et jouaient à se le lancer sous son nez, rien que pour la narguer. Soudain, un bras bronzé avait surgi dans son champ de vision. Une main avait attrapé son sac au vol. Nick. Nick était venu à son secours. Et puis, elle repensait aussi à sa présence dans la chaufferie, comment il avait été sympa avec elle quand elle avait découvert le cadavre de Jeffrey, comment il l'avait épaulée en lui disant : « Cool, cool. » La solidité de son soutien, le réconfort qu'elle avait trouvé dans ses bras. Nick était inébranlable. Elle aimait bien Nick.

Mais « aimer bien » ne suffisait pas.

Déjà, elle secouait la tête.

— Écoute, Nick, je n'veux pas te faire marcher...

— D'accord, t'es pas amoureuse de moi, s'empressa-t-il de l'interrompre. Je t'ai déjà dit que j'le savais. Mais, si tu voulais juste tenter l'coup... Si tu as besoin de quelqu'un, je serai là. On pourrait s'éclater tous les deux, tu sais, ajouta-t-il d'un ton léger – aussi léger qu'un type comme Nick pouvait l'être, en tout cas. Apprendre à se connaître.

Cassie se rappela cette déception qu'elle avait éprouvée, un peu plus tôt, en constatant qu'Adam n'était pas là. Elle n'avait pas le droit de réclamer Adam comme ça – et puis c'était dangereux. « Si tu as besoin de quelqu'un, je serai là. » Comment Nick pouvait-il savoir à quel point c'était important pour elle ?

Elle leva le regard vers lui et, d'une voix qu'elle-même eut du mal à entendre, répondit :

— O.K.

Les yeux acajou s'ouvrirent un peu plus sous l'effet de la surprise – autant dire, vu l'expressivité de Nick, qu'il hallucinait complètement. Un petit sourire incertain incurva insensiblement ses lèvres. Il avait l'air tellement content que c'en devenait contagieux. Pourquoi ne pouvait-elle donc jamais s'empêcher de répondre à ses sourires ?

— J'aurais jamais imaginé qu'tu s'rais partante, avoua-t-il, toujours aussi incrédule.

Cassie s'esclaffa, mais rougit de plus belle.

— Pourquoi tu m'as demandé, alors ?

— J'me suis dit qu'ça valait la peine d'essayer, même si tu m'jetais.

— Je n'te jetterai jamais, Nick, lui assura-t-elle, en proie à une étrange émotion. Tu es... eh bien, tu es vraiment spécial.

Elle ne savait pas comment exprimer ce qu'elle éprouvait. Les mots s'étranglaient déjà dans sa gorge, de toute façon. Et sa vue se brouillait. Elle cligna des paupières pour tenter d'y voir plus clair et sentit les larmes couler. C'est alors que Nick se rapprocha et qu'elle se retrouva dans ses bras, en train de pleurer sur son épaule. Elle n'avait jamais rien connu de plus réconfortant que cette épaule capitonnée de laine grise.

Elle renifla et le sentit poser sa joue contre ses cheveux.

— On n'a qu'à faire un bout d'essai, lui dit-il doucement.

Cassie hocha la tête et s'abandonna à la chaleur de ses bras.

Il faisait nuit lorsqu'elle raccompagna Nick à la porte. Diana était en haut ; Chris et Doug avaient vidé les lieux depuis longtemps. Elle ne se sentait pas très à l'aise en frappant à la porte de la chambre, au premier.

— Entre.

En franchissant le seuil, Cassie se remémora la première fois qu'elle avait pénétré dans cette pièce. C'était le jour où Diana l'avait tirée des griffes de Faye, dans le bâtiment des sciences. Diana était alors assise sur la banquette, dans l'embrasure de la fenêtre, au centre d'un tourbillon d'arcs-en-ciel. Mais, aujourd'hui, Diana était à son bureau, une pile de papiers devant elle.

— Alors ? lui lança son amie, en se tournant vers elle.

Cassie en eut les joues en feu.

— Je... On... on a décidé d'essayer. D'essayer de... eh bien, euh, d'être, genre, ensemble, j'veux dire.

Les lèvres de Diana s'entrouvrirent. Elle plongea son regard dans le sien, comme si elle cherchait quelque chose.

— Vous avez *quoi* ? lâcha-t-elle. (Elle se reprit aussitôt, mais considéra encore Cassie un long moment.) Je vois, conclut-elle dans un souffle.

— T'es pas fâchée ?

Cassie essayait d'imaginer ce qui se passait derrière ces lumineuses prunelles émeraude.

— Fâchée ? Pourquoi voudrais-tu que je sois fâchée ? Je suis juste... étonnée, c'est tout. Mais ne t'inquiète pas : Nick est un mec bien. Et je sais que tu ne lui feras pas de mal. C'est quelqu'un de tellement spécial. Enfin, je ne t'apprends rien.

Cassie hocha la tête. Mais elle était tout de même stupéfaite d'entendre ses propres mots dans la bouche de Diana. Elle n'aurait pas cru que Diana – Diana ! – savait.

— Non, vraiment, je pense que c'est une bonne chose, renchérit cette dernière avec conviction, en écartant les papiers qui encombraient son bureau.

Cassie poussa un soupir de soulagement. C'est alors qu'elle remarqua les documents que Diana était en train d'étudier quand elle était arrivée. C'étaient de vieux parchemins jaunis couverts de grandes bandes noires : plusieurs paragraphes d'une écriture, certes lisible, mais singulièrement tarabiscotée et qu'aucun signe apparent ne semblait ponctuer.

— C'est quoi ?

— Les papiers personnels de Black John : sa correspondance, d'autres trucs privés... On les a tous rassemblés quand on s'est lancés dans la quête des Artéfacts Primordiaux. Je les réexaminais pour voir si je ne réussissais pas à trouver une faille quelconque qu'on pourrait utiliser contre lui. C'est à partir de ça qu'on a su où chercher le crâne de cristal. Il avait écrit une lettre à ce sujet qu'on a dénichée dans le grenier de Sean. Il l'avait adressée à l'un de ses ancêtres. Il ne donnait pas l'endroit précis, évidemment, juste certains indices.

— Je n'aurais pas cru qu'il aurait pu faire assez confiance à quelqu'un pour lui donner le moindre indice.

— Oh ! ce n'était pas pour qu'on puisse le trouver. Apparemment, il avait l'intention de retourner le chercher, soit pour s'en servir, soit pour le transférer en lieu sûr. Mais il est mort avant.

— Oui, il s'est noyé, murmura Cassie, en retournant un petit rectangle de papier imprimé.

« Massachusetts-Bay Colony, 8 dollars. »

Çà alors ! c'était de l'argent ! Un billet datant du XVIIe siècle !

— Ce n'est pas la première fois que je t'entends dire ça, lui fit observer Diana, en la dévisageant d'un air intrigué. Je me suis déjà demandé comment tu le savais.

— Quoi ? Oh ! c'est un de vous qui a dû m'en parler, j'suppose, lui répondit Cassie, tout en réfléchissant à la question. Mélanie peut-être ?

— Mélanie n'aurait pas pu te le dire. Aucun d'entre nous. Pour la bonne raison que personne ne l'a jamais su. Tu es la première à avoir suggéré qu'il avait péri en mer.

— Mais...

Déroutée, Cassie se creusait la tête, essayant de se rappeler d'où lui était venue cette idée.

— Mais alors comment... ? répéta-t-elle.

Et, tout à coup, l'illumination.

— Mes rêves ! chuchota-t-elle, en se repliant vers le lit. Oh Diana ! il est venu dans mes rêves. J'ai rêvé de noyade. J'ai rêvé, oui, c'est ça, rêvé, que j'étais sur un bateau qui sombrait. Mais ce n'était pas moi. C'était lui. C'était Black John !

— Cassie, Cassie, s'efforça de la rassurer Diana, en venant s'asseoir à côté d'elle. Tu es sûre que c'était lui ?

— *Oui !* Parce que ça s'est reproduit aujourd'hui, quand je l'ai vu dans le cimetière. J'ai levé les yeux vers lui... et, tout à coup, je me suis sentie tomber. Couler. Il y avait de l'eau partout et elle était glacée. Et j'avais un goût de sel dans la bouche.

Diana lui passa un bras autour des épaules. Elle grelottait.

— N'y pense plus, n'y pense plus.

— Ça va, souffla Cassie. Mais pourquoi est-ce qu'il me ferait subir un truc pareil ? Pourquoi il voudrait me mettre ça dans la tête ? Est-ce qu'il essaie de me tuer ?

— Je n'sais pas, lui répondit Diana d'une voix mal assurée. Cassie, je te l'ai déjà dit, tu n'es pas obligée de rester...

— Et si pourtant !

Elle repensait à sa grand-mère. Ses paroles lui revinrent alors en mémoire : « Il n'y a rien d'effrayant dans l'noir si t'y fais face. »

L'océan était noir – noir comme quand on plonge, la nuit, sous l'eau – et froid comme l'hématite. « Mais je peux affronter ça, songeait Cassie. Je refuse de me laisser impressionner. Je re-fuse. » Elle repoussa la peur qui l'étreignait et, peu à peu, sentit ses tressaillements intérieurs s'apaiser.

« On a le don de clairvoyance et le pouvoir, dans ma famille, pensa-t-elle. Je veux me servir de ce pouvoir contre lui. Pour l'affronter. »

Elle s'écarta de Diana.

— Je crois que tu as eu une bonne idée, ce soir, lui dit-elle, en désignant du menton les documents sur le bureau. Tu étudies tout ça et ton Livre des Ombres et, de mon côté, je continue à éplucher le mien.

Elle jeta un coup d'œil à la banquette, dans l'embrasure de la fenêtre, là où le grimoire relié de cuir rouge était posé, à côté d'un bloc de Post-it multicolores et d'une poignée de feutres et de surligneurs éparpillés.

— Tu as trouvé un truc intéressant jusque-là ? lui demanda Diana, tandis que Cassie s'asseyait sur la banquette, en posant le grimoire sur ses genoux.

— Pas un mot sur Black John. Au début, les sorts ressemblaient assez aux tiens. Mais tout ce qu'il y a dedans est intéressant et... qui peut savoir ce qui se révélera utile, finalement ?

Elle était fermement décidée à se familiariser avec toute la palette de sorts et d'amulettes mentionnés dans le bouquin, à en apprendre un maximum et à au moins savoir où trouver le reste. Malheureusement, c'était une entreprise qui lui prendrait des années et ils n'avaient pas des années devant eux.

— Diana, je crois qu'on ferait mieux d'aller en ville parler aux anciennes. Genre bientôt. Avant... eh bien, avant qu'on puisse plus leur parler. Un accident est si vite arrivé..., ajouta-t-elle, en jetant à son amie un regard sombre.

Diana battit des paupières en comprenant où Cassie voulait en venir. Et puis, finalement, elle hocha la tête.

— Tu as raison. Il a déjà tué quatre personnes – au moins – et, s'il pense qu'elles représentent une menace pour lui... (Elle eut du mal à avaler sa salive.) On ira demain. Je le dirai à Adam quand il appellera – il est censé m'appeler, quand Deborah et lui auront terminé leur filature.

— J'espère que Black John ne se doute pas qu'on le suit...

— Je l'espère aussi, murmura Diana, en se replongeant dans sa lecture.

L'assemblée du lendemain se déroula sur la plage. Et Faye n'y trouva rien à redire. Pour la bonne raison que Faye n'était pas là.

— Elle est avec *lui*, leur annonça d'emblée Deborah. Je l'ai suivie, c'matin – on a merdé avec Adam hier soir. Elle l'a rejoint dans le même café qu'hier...

— Attends, attends, l'interrompit Laurel. Tu vas plus vite que la musique, là. Quel café ?

— Je vais tout vous raconter, se dévoua Adam, en réponse au regard appuyé de Diana. Hier, quand on est sortis du cimetière, on a suivi... M. Brunswick – c'est une blague, entre parenthèses.

— Oui, intervint Diana, en hochant la tête. J'ai fait un peu de peinture à l'huile, à une époque, et Brunswick correspond à une sorte particulière de peinture, expliqua-t-elle à Cassie et aux autres. De la peinture noire.

— Très drôle, commenta Cassie.

Elle était assise à côté de Nick – une nouveauté – et ça la mettait un peu mal à l'aise. Elle était très consciente de sa présence, de son bras tout près du sien. Elle n'aurait eu qu'à se pencher légèrement sur la droite pour le toucher. C'était plutôt rassurant.

— J'me demande ce qu'il a fait de la personne qui était vraiment censée remplacer le proviseur, s'interrogea-t-elle à haute voix.

— J'en sais rien...

Adam ne pouvait qu'avoir remarqué à côté de qui elle était assise et cette nouvelle expression dans les prunelles de Nick, comment il la dévorait des yeux. À l'instant même, Cassie voyait le coup d'œil qu'il jetait au beau ténébreux, le reluquant de haut en bas en plissant les paupières. Ce n'était pas exactement un regard amical.

— Je n'sais pas comment il s'y est pris pour décrocher ce poste, reprit-il cependant. Je n'sais pas non plus *pourquoi* il a cherché à l'obtenir.

Ses yeux gris-bleu s'attardèrent de nouveau sur Nick et il ouvrait déjà la bouche, quand Diana le prit de vitesse :

— Reviens-en à ton histoire, Adam. Vas-y. Dis-nous ce qui s'est passé, quand tu l'as suivi, hier.

— Hein ? Ah oui ! O.K. Eh bien, il est parti seul dans une Cadillac grise et on l'a pris en chasse. Deborah, avec sa moto, et moi, avec ma jeep. Il est allé en ville et il est entré dans le Perko's Koffee Kup du coin. Et devinez qui s'est arrêté devant, quelques minutes plus tard...

— Dans une minirobe en dentelle et avec l'air *carrément* contente d'elle, persifla Deborah.

— Faye, souffla Diana, manifestement écœurée. Comment elle a *pu* ?

— J'sais pas, mais elle l'a fait, lui répondit Deborah. On l'a r'gardée par la vitre. Elle est allée direct à sa table. Et lui, c'est bien un être humain tout c'qu'il y a d'normal, en tout cas : il buvait un café. Ils ont discuté pendant genre une heure. Faye caracolait et secouait sa crinière comme une pouliche de concours. Et il semblait aimer ça : il lui souriait.

— On a attendu qu'ils partent. Et puis Deborah a suivi Faye et moi, je l'ai suivi, lui, reprit Adam. Il s'est dirigé vers une villa sur le continent – il a dû la louer, j'imagine. Il y a passé la nuit. Enfin j'suppose – j'ai fini par partir vers une heure du matin.

— Et Faye, elle est allée où ? demanda Mélanie, en se tournant vers Deborah.

La motarde fit la grimace.

— J'sais pas.

— Comment ça ?

— Parce qu'elle m'a s'mée, O.K. ? Quand tu conduis une Harley, tu passes pas franchement inaperçue. Elle a commencé par griller les feux rouges, et puis elle s'est mise à faire des d'mi-tours sans prév'nir et elle m'a s'mée. Ça t'pose un problème ?

— Deb, murmura Cassie.

Deborah lui balança un regard noir, puis leva les yeux au ciel et finit par hausser les épaules.

— Enfin bref, c'matin, j'l'ai attendue devant chez elle et elle est retournée le voir. Ils étaient à une table au fond, cette fois, pas en vitrine. Alors je suis rentrée. Mais j'ai pas vraiment pu voir c'qui s'passait. Je crois qu'elle lui a donné un truc, mais je sais pas quoi.

— Génial, commenta Suzan.

Deborah la toisa sans ciller d'un air mauvais.

— Qu'elle soit d'mèche avec lui, j'veux dire. Quelqu'un a l'intention de manger ce beignet ? embraya aussitôt Suzan, en secouant déjà délicatement le beignet en question pour ôter le sucre glace.

Elle mordit dedans à belles dents.

Laurel marmonna un truc sur le sucre blanc qui était « encore pire que d'la mort-aux-rats », mais elle n'eut pas le courage d'insister.

— Oui, mais c'est bon, lui rétorqua Suzan, la bouche pleine. Le seul truc qu'est dommage, c'est qui soit pas fourré à la crème.

— Je crois qu'on ferait mieux d'aller parler aux anciennes, suggéra Cassie. Avec la grand-mère d'Adam, j'veux dire, et celle de Laurel, et la grand-tante de Mélanie.

— Aujourd'hui ce serait parfait, proposa Mélanie. Tous les dimanches après-midi, elles se retrouvent pour déjeuner chez nous : une sorte de thé, avec sandwichs, petits gâteaux et tout ça.

— C'est vrai, ma grand-mère avait l'habitude d'y aller, confirma Cassie.

— Des gâteaux ? demanda Suzan, l'œil pétillant. Pourquoi vous l'avez pas dit plus tôt ? On y va.

— D'accord... Non, attendez ! s'exclama Diana. (Elle jeta un coup d'œil circulaire.) Écoutez, c'est probablement inutile de demander ça mais... est-ce que l'un d'entre vous a pris l'hématite qui se trouvait dans la chambre de Cassie ?

Ils la regardèrent tous en ouvrant de grands yeux, puis se tournèrent les uns vers les autres. Tous, sauf Laurel et Cassie. Dénégation et perplexité générales dans les rangs.

— On t'a piqué ton hématite ? s'étonna Deborah. Le bout qu't'avais trouvé au numéro 13 ?

Cassie opina du bonnet, tout en observant discrètement les autres membres du Cercle : Adam fronçait les sourcils ; les frères Henderson ne manifestaient pas la moindre réaction ; Sean avait l'air nerveux – mais bon, Sean avait toujours l'air nerveux ; Mélanie semblait préoccupée ; Nick secouait lentement la tête et Suzan haussait les épaules.

— Je ne m'attendais pas vraiment à des aveux, reconnut Diana. D'autant plus que je soupçonne la coupable de ne pas être là. Elle serait plutôt au Perko's Koffee Kup. (Elle soupira.) Bon. Allons-y, direction le numéro 4.

Cassie était presque devenue une habituée de la maison depuis qu'on y avait amené sa mère pour qu'elle y reste à demeure. La bâtisse était de style fédéral, très semblable à celle de sa grand-mère, mais en bien meilleur état. Le bardage blanc était fraîchement repeint et, à l'intérieur, tout avait ce petit côté bien propre, bien net et bien rangé. Grand-tante Constance était assise dans le petit salon avec la vieille Mme Franklin, la grand-mère d'Adam, et la mamie Quincey de Laurel. Elle n'a pas du tout eu l'air ravie de les voir s'entasser tous les onze sur le seuil de son salon.

— Peut-on vous parler, ma tante ?

L'aïeule tourna un œil réprobateur vers Mélanie. Elle était très mince, altière, et son visage aux pommettes hautes n'était pas sans évoquer la beauté classique de sa petite-nièce. Elle avait les cheveux encore très foncés – peut-être qu'elle se les teignait ?

— Serais-tu venue voir ta mère ? lança-t-elle à Cassie, qu'elle avait remarquée au sein du groupe. Elle dort profondément, à cette heure-ci. Je ne crois vraiment pas qu'on devrait la déranger.

— En fait, ma tante, c'est à vous trois que nous voulions parler, insista Mélanie, en jetant un coup d'œil aux deux autres vieilles dames installées dans le salon.

Une ligne verticale apparut entre les sourcils de tante Constance. Mais la petite boulotte assise sur le canapé lui lança :

— Oh ! laisse-les entrer, Connie. Qu'est-ce que ça peut bien faire ? Ah ! Tu es là, Adam. Qu'est-ce que tu as donc fait, cette nuit, pour rentrer si tard, hum ?

— Je n'pensais pas que tu avais remarqué, grand-mère.

— Oh ! Je remarque bien plus d'choses que les gens croient, gloussa Mme Franklin, en prenant un gâteau sec pour l'enfourner direct tout entier.

Il émanait de sa coiffure – un vague amas de tresses lâches – et de toute sa petite personne quelque chose d'un peu bohème en parfait contraste avec l'austérité de la pièce. Cassie se prit immédiatement d'affection pour elle.

— Qu'est-ce qui se passe, Laurel ? demanda une voix chevrotante, orientant le regard de Cassie sur un minuscule bout de femme toute ratatinée, avec un visage de vieille pomme ridée.

Mamie Quincey était l'arrière-grand-mère de Laurel, en fait. Et elle était si menue et si frêle qu'elle semblait devoir s'envoler au premier coup de vent.

— Eh bien…

Laurel se tourna vers Adam.

— Il se trouve que ça a un rapport avec la question de ma grand-mère : ce que j'ai fait cette nuit, répondit celui-ci. Et ça a un rapport avec quelque chose qui s'est passé ici, il y a des années, à peu près à l'époque où je suis né, à l'époque où nous sommes *tous* nés.

Grand-tante Constance fronçait franchement les sourcils, à présent, et mamie Quincey pinçait les lèvres. La vieille Mme Franklin riait sous cape, mais elle regardait alentour d'une telle façon que Cassie en vint à se demander si elle avait entendu son petit-fils.

— Eh bien ? lui répliqua sèchement grand-tante Constance. Explique-toi.

Adam consulta des yeux le reste du Cercle. Tous lui adressèrent des signes d'encouragement, lui déléguant implicitement le rôle de porte-parole. Il respira un bon coup et se retourna vers les vieilles femmes.

— Ce que je faisais dehors cette nuit ? Eh bien, je suivais notre nouveau proviseur, M. Jack Brunswick, déclara-t-il.

Son auditoire n'eut aucune réaction.

— Je pense que vous l'avez peut-être connu sous un autre nom.

Silence de mort.

— Le nom qui nous est le plus familier n'est autre que celui de Black John, conclut Adam.

Grand-tante Constance se leva si brusquement qu'une de ses fragiles tasses de porcelaine à motifs chinois vola en éclats.

— Sortez de cette maison ! Dehors ! Dehors !

6

— Tante Constance ! s'étrangla Mélanie.

— Tu m'as entendue, tonna la vieille dame, en fusillant Adam du regard. (Elle tourna les yeux vers le reste du Cercle.) Sortez tous ! Je n'apprécie pas ce genre de plaisanterie. À plus forte raison aujourd'hui. Ne croyez-vous pas que vous avez causé assez d'ennuis, à vous mêler ainsi de ce qui ne vous concernait pas ? Avec cette pauvre Alexandra dans la chambre d'amis et Maeve à peine dans la tombe... Mélanie, mets-les dehors !

Laurel et mamie Quincey étaient aux cent coups.

— Oh ! mon Dieu ! mon Dieu ! s'affolait mamie Quincey, en levant des petites mains griffues comme des pattes de moineau.

— Oh ! je vous en prie, mademoiselle Burke, implorait Laurel, au bord des larmes.

— Vous ne respectez donc rien ! s'indignait tante Constance.

Elle semblait avoir du mal à respirer et ses yeux brillaient comme si elle avait la fièvre.

— Le respect ? Mais les jeunes savent pas c'que c'est, Constance, affirma la grand-mère d'Adam, en gloussant de plus belle. Oh ! j'me souviens, quand on avait leur âge, les sottises qu'on faisait ! Oh miséricorde !

Sans cesser de rire, la grand-mère d'Adam se pencha, en secouant la tête, pour enfourner illico un autre petit gâteau.

— Grand-mère, écoute, j't'en prie. Ça n'a rien d'une plaisanterie, insista Adam, atterré.

Mais à quoi bon, dans une telle cacophonie ? Tout le monde parlait en même temps. Dominant le vacarme ambiant, grand-tante Constance continuait à les congédier, pressant Mélanie de ne pas s'occuper des débris sur le tapis et de juste *s'en aller*. Mamie Quincey s'agitait, pépiant fébrilement avec de grands gestes d'apaisement que tous ignoraient. La vieille Mme Franklin leur souriait avec bienveillance. Et Diana suppliait la grand-tante de Mélanie de les écouter. Sans succès.

— Pour la dernière fois ! cria tante Constance, en battant l'air de la main comme pour chasser Diana et les autres membres du Club vers la sortie.

— Mademoiselle Burke ! s'égosilla Cassie.

Elle larmoyait presque, elle aussi. Nick avait bien tenté de l'escorter discrètement vers la porte, dès que les cris avaient commencé, mais Cassie n'avait rien voulu savoir. Elle pensait comprendre ce que voulait dire tante Constance, quand elle parlait de leur ingérence dans des affaires « qui ne les concernaient pas ».

— Mademoiselle Burke, brailla-t-elle de plus belle, en se frayant un chemin jusqu'à l'intéressée.

Elle se retrouva juste devant elle.

— Je suis désolée, lui dit Cassie. (Et tout devint soudain si calme qu'elle put percevoir jusqu'au tremblement de sa voix.) C'est ma maman qui est dans la chambre d'amis – et vous savez à quel point je vous suis reconnaissante de prendre soin d'elle. Et c'est ma mamie qu'on vient d'enterrer. Mais qui leur a fait ça, d'après vous ? Pas le Club, en tout cas. Ma grand-mère m'a dit, avant de mourir, qu'il avait prévu de revenir depuis le début, et qu'elle avait toujours su qu'il y parviendrait. C'est vrai que c'est en partie de la faute du Cercle, s'il est revenu – en partie de *ma* faute. Et je le regrette, oh oui ! je le regrette tellement ! Plus que vous ne pouvez l'imaginer. N'empêche qu'il est vraiment ici. (Elle marqua un temps, et puis répéta dans un souffle :) Vraiment.

Grand-tante Constance respirait vite, par le nez. Elle se redressa, plus altière que jamais, sa bouche telle une mince cicatrice rouge lui barrant le menton.

— Je crains fort de ne pas pouvoir en croire un mot. C'est tout bonnement imp... impossible...

Elle changea de visage. Une grimace de douleur crispa ses traits. Elle hoqueta et porta la main à sa poitrine.

— Tante Constance ! s'alarma Mélanie, en se précipitant à son secours.

Il leur fallut s'y mettre à deux – avec Adam – pour aider la pauvre femme, raide comme un piquet, à se rasseoir.

— Est-ce qu'il faut appeler un médecin ? demanda Diana.

— Non ! haleta tante Constance, en relevant brusquement la tête. Ce n'est rien... Je vais... très bien... maintenant.

— Ce n'est rien, l'imita une petite voix chevrotante, tandis que mamie Quincey se levait, quittant le canapé pour venir se poster à côté de son fauteuil. C'est juste ton cœur qui parle, qui te montre la vérité. Je crois qu'on ferait mieux d'écouter ces enfants, Constance.

Le silence se fit, pendant que la grand-tante de Mélanie regardait sa petite-nièce, puis Adam, puis Cassie. Cassie se força à soutenir son regard perçant.

Tante Constance ferma les yeux et se laissa lentement aller contre le dossier de son fauteuil.

— Tu as raison, murmura-t-elle, les yeux clos. Entrez, entrez tous, et tentez de trouver une place où vous asseoir. Ensuite, vous pourrez me conter votre histoire.

— Alors, finalement, nous nous sommes dit que nous ferions mieux de venir vous parler à toutes les trois, puisque vous êtes les seules à pouvoir peut-être vous souvenir de lui, achevait Diana. Nous avons bien pensé à interroger aussi nos parents...

— N'allez pas voir vos parents, trancha tante Constance.

Elle avait tout écouté, depuis le début, sans broncher. Son visage s'était assombri au fur et à mesure. Une atmosphère d'horreur glacée flottait dans la pièce.

— Ils ne comprendraient pas, argua-t-elle. (Son regard s'arrêta sur Cassie, un regard vide qui rappela à Cassie les yeux vitreux de sa mère.) Ils ne s'en souviendront pas. Ils ne veulent pas s'en souvenir. Mon Dieu ! que n'aurais-je pas donné pour pouvoir oublier, moi aussi !

— Le passé est le passé, radota mamie Quincey.

— Oui, soupira tante Constance. (Elle se redressa.) Mais je ne vois pas quel secours vous pouvez espérer de trois vieilles femmes comme nous… surtout contre *lui*.

— On s'est dit que vous pourriez vous rappeler quelque chose, un point faible qu'il aurait, une faille qu'on pourrait exploiter…, avança Adam.

Tante Constance secoua lentement la tête. Le visage tout chiffonné de rides, mamie Quincey fronçait les sourcils. La vieille Mme Franklin, quant à elle, arborait toujours une mine aussi réjouie. Cassie se demandait si elle avait vraiment tout suivi.

— S'il peut revenir d'entre les morts, il ne doit pas avoir beaucoup de points faibles, murmura tante Constance avec amertume. Et il a toujours été très doué pour manipuler les gens. Vous dites que Faye Chamberlain a pris son parti ?

— J'en ai bien peur, confirma Adam.

— C'est grave. Il va se servir d'elle pour vous atteindre, pour utiliser *vos* points faibles. Il faut trouver le moyen de la soustraire à son influence. Quant à savoir lequel… (Elle plissa le front comme sous l'effet d'une intense réflexion.) L'hématite… Reprenez-la-lui. Cette pierre est très dangereuse. Il peut l'utiliser pour exercer une emprise mentale sur elle.

Diana jeta un coup d'œil vers Cassie qui semblait signifier : « Qu'est-ce que je t'avais dit ! »

Cependant, tante Constance poursuivait :

— Et vous prétendez que le crâne a disparu ? Vous en êtes sûrs ?

— Sûrs, affirma Adam.

— Quand Faye l'a soulevé, juste avant qu'on soit tous projetés à terre, assommés, on a eu l'impression qu'il explosait, expliqua Cassie. Quelque chose a explosé, en tout cas, quelque chose qui a jailli du crâne. Et on a été incapables de retrouver sa trace après.

— Bon… Impossible de retourner son pouvoir contre lui, donc. Et toi, Cassie, tu n'as rien trouvé dans le grimoire de ta grand-mère qui pourrait vous aider ?

— Toujours pas. Mais je ne l'ai pas encore lu en entier, avoua-t-elle.

Tante Constance secouait la tête de plus belle.

— Des pouvoirs magiques. C'est de magie dont vous avez besoin contre lui. Vous êtes tous beaucoup trop jeunes pour le combattre… et nous, nous sommes trop vieilles. Et, entre nos deux générations, il ne reste que des imbéciles. Il n'existe aucun pouvoir assez fort pour le contrer qui soit à votre portée…

— Il y en avait un jadis, pépia mamie Quincey de sa toute petite voix flûtée.

Tante Constance la regarda et changea de visage.

— Jadis… oui, bien sûr… (Elle se retourna vers le Cercle.) D'après ce que l'on racontait, il existait jadis un pouvoir assez puissant pour anéantir Black John, en effet.

— Quel pouvoir ? s'enquit Laurel.

Tante Constance répondit par une autre question :

— Comment Adam a-t-il réussi à trouver le crâne exactement ?

— Par hasard, concéda Diana. Il était à la recherche des Artéfacts Primordiaux et… Les Artéfacts Primordiaux ! souffla-t-elle.

— Oui. Ceux qui appartenaient au coven initial, le coven des vraies sorcières de Salem : nos ancêtres, celles qui fondèrent La Nouvelle-Salem, quand la chasse aux sorcières les a contraintes à quitter le village de Salem.

— Mais c'était quoi au juste, les Artéfacts Primordiaux ?

Cassie avait parlé tout haut, sans même prendre le temps de réfléchir.

Ce fut mamie Quincey qui se dévoua :

— Les symboles de la Grande Sorcière, bien sûr, celle qui les domine toutes : le diadème, le bracelet et la jarretière.

— Ceux dont nous nous servons ne sont que des copies, lui expliqua Mélanie. Ce ne sont, littéralement, que des symboles. Ceux du coven initial étaient très puissants, de véritables objets magiques dotés de pouvoirs réels. Mais, tante Constance... (elle se retourna vers sa grand-tante), c'est Black John lui-même qui a caché les Artéfacts Primordiaux, et ça fait des années qu'Adam ne cesse de les chercher, d'ici à Cape Cod. Comment pourrions-nous les trouver maintenant ?

— Je l'ignore. Quoi qu'il en soit, il y a quelque chose qui ne va pas, dans votre histoire : ce n'est pas Black John qui les a cachés. Ce sont les sorcières de Salem : le coven initial. Elles les lui ont cachés pour qu'il ne puisse pas s'en servir. Elles savaient qu'avec les pouvoirs conjugués du crâne et des Artéfacts Primordiaux, il serait invincible. C'est ce que ma propre grand-mère m'a dit, en tout cas.

— Elles n'ont pas dû les cacher bien loin, leur fit observer mamie Quincey. C'est logique. Black John était un grand voyageur, mais nos ancêtres n'étaient que de paisibles villageoises. Paisibles et casanières.

— Vous vouliez des conseils ? Eh bien, voici le mien, reprit tante Constance : trouvez les Artéfacts Primordiaux. Si vous

vous liguez tous contre lui, armés des Artéfacts, vous aurez peut-être une chance.

Et elle se referma comme une huître.

— D'accord, articula lentement Adam. C'est entendu.

Cassie soupira. Oh ! c'était un bon conseil. Elle n'en essayait pas moins de refouler sa déception. Mais qu'est-ce qu'elle avait espéré ? Retrouver sa grand-mère, sans doute. Elle lui manquait tellement ! Elle qui était si sage et qui avait toujours si bien su lui donner l'impression que, d'une certaine façon, elle était plus forte qu'elle ne le pensait.

— Et continue à lire ce grimoire que ta grand-mère t'a donné, lui lança soudain mamie Quincey, en la regardant droit dans les yeux.

Cassie acquiesça. La vieille femme lui sourit, un sourire fané, mais d'une étrange intensité.

Mme Franklin souriait aussi, en se tapotant les genoux et en jetant des coups d'œil autour d'elle comme si elle avait perdu quelque chose.

— C'est quoi, demain ? lâcha-t-elle soudain.

Il y eut comme un blanc dans le texte. Est-ce que la grand-mère d'Adam leur parlait ou est-ce qu'elle parlait toute seule ? Cassie n'en était pas très sûre. C'est alors que la vieille femme répéta « C'est quoi, demain ? » d'un air encourageant.

— Euh… notre anniversaire, proposa Chris.

Mais Diana écarquilla les yeux.

— Je… je crois que c'est la nuit d'Hécate, répondit-elle. C'est ce que vous vouliez dire ?

— C'est ça ! confirma la vieille dame, manifestement enchantée. Oh ! du temps qu'j'étais jeune, on aurait organisé un rituel. Je m'souviens des cérémonies sous la lune, avec tous ces Indiens qui rôdaient dans l'ombre…

Échange de regards collectif. Mme Franklin ne pouvait pas se souvenir d'un truc pareil pour la bonne raison qu'on n'avait pas vu un seul Indien dans les parages depuis des siècles.

Mais Diana semblait emballée par cette idée.

— Vous croyez que nous devrions organiser un rituel ?

— J'en f'rais un, moi, en tout cas, lui assura la vieille Mme Franklin. Entre filles. Nous autres, les filles, on a toujours eu nos p'tits secrets, pas vrai, Connie ? Et on s'serrait les coudes.

Diana semblait perplexe. Et puis, elle hocha la tête avec de plus en plus de conviction.

— Oui… Oui, oui, oui… Ce serait bien, pour les filles, de se réunir entre elles… rien que les filles, mais *toutes* les filles. Et je crois que je sais quel genre de rituel célébrer. Ce n'est pas la bonne période de l'année, mais ce n'est pas grave.

— Je suis sûre qu'vous allez bien vous amuser, ma chérie, la conforta Mme Franklin. Et, maint'nant, voyons voir… Cassie !

Cassie sursauta.

— Ah ! Cassie, répéta la grand-mère d'Adam, en penchant la tête de côté. (Elle soupira comme soupirent les gens quand on leur montre la photo d'un beau bébé souriant.) T'es bien jolie, dis donc ! Mais tu r'ssembles pas du tout à ta mère. Pourtant… (Elle se tut brusquement et jeta un regard à la ronde.) Hmm ?

Ses yeux étincelants braqués sur la pauvre Mme Franklin, tante Constance avait l'air plus pincé que jamais.

— Edith ! la reprit-elle, d'une voix tranchante.

Mme Franklin chercha le regard de mamie Quincey qui la dévisageait avec la même insistance.

— Oh ! là, là ! J'allais juste lui dire que je r'trouvais un peu d'sa mère dans son expression, plaisanta-t-elle, avant de lui adresser un hochement de tête complice. T'en fais pas trop, ma chérie. Ça finira par s'arranger.

Tante Constance se détendit imperceptiblement.

— Oui, conclut-elle. C'est tout pour aujourd'hui, Mélanie. Tu ferais bien de raccompagner tes amis.

Et voilà. Rideau. Les onze visiteurs se levèrent, remercièrent, dirent poliment au revoir et se retrouvèrent dehors, devant la grande maison blanche, dans le froid soleil de novembre.

— Pouh ! lâcha Cassie. Adam, tu as compris ce qui se passait sur la fin ?

— Désolé, lui répondit Adam, en faisant la grimace. Ça lui prend de temps en temps.

— Oh ! ce n'était pas tant elle que les deux autres…

— Alors, c'est quoi cette histoire de nuit d'Hécate ? l'interrompit impatiemment Deborah.

— C'est la nuit de la vieillarde, lui expliqua Diana. C'est ce qu'Hécate représente.

— La vieillarde ? répéta Suzan, d'un air dégoûté.

Cassie la comprenait. Le mot évoquait un personnage peu reluisant : une bossue toute ridée tendant une pomme empoisonnée.

— Oui, confirma Diana. Ce n'est pas négatif, Cassie. « Vieillarde » signifie juste la dernière étape d'une vie de femme. Jeune fille, mère, et enfin vieillarde. Les vieillardes sont sages et euh… solides. Pas physiquement, peut-être, mais mentalement. Elles ont vu bien des choses. Elles sont passées par là et elles savent. Ce sont elles qui nous transmettent le savoir.

— Comme ma grand-mère, murmura Cassie.

Le jour se faisait dans son esprit. Mais oui, bien sûr ! cette image de bossue toute ridée, c'était le portrait tout craché de sa grand-mère. Pas de pomme empoisonnée, là, pourtant. Si sa grand-mère avait eu quoi que ce soit à offrir à qui que ce soit, c'était plutôt son aide.

— Il ne faut pas se fier aux contes de fées, en conclut-elle.

— Non, approuva Diana, en secouant la tête avec conviction. Quand je serai vieille, j'espère que je serai une vieillarde comme ta grand-mère.

— C'est ça, grommela Doug, en roulant des yeux comme des billes.

— Elles essaient toutes de nous aider, intervint Mélanie. Même tante Constance. Mais qu'est-ce qu'on va faire pour la nuit d'Hécate, Diana ?

— C'est une nuit dédiée à la voyance et aux prophéties, annonça son amie. Et il faut qu'on choisisse un carrefour pour la cérémonie. Hécate est la déesse grecque des carrefours – ils sont censés symboliser le changement, le passage : la croisée des chemins. Le début d'un nouvel âge de la vie. Ça peut être la vieillesse, ou la mort, ou une autre sorte de passage.

— Je crois que nous sommes tous à un carrefour, déclara sobrement Mélanie.

— Je crois aussi. (Diana se tourna vers Adam.) Je pense que ta grand-mère a raison : c'est un truc de filles. Mais vous allez vous retrouver tout seuls, les garçons…

Adam esquissa un sourire ironique.

— Oh ! on pourra s'débrouiller pour s'amuser un soir sans vous, j'imagine. Chris et Doug ont peut-être des idées…

Il prenait ça avec une parfaite décontraction. Cassie avait remarqué que, dans le Cercle, les prérogatives et les privilèges dont jouissaient les filles ne perturbaient pas les garçons. Ils ne se sentaient absolument pas menacés dans leur virilité. Ils savaient que leur rôle était tout aussi important, quoique différent.

— Mais je crois que vous devriez faire attention, intervint Nick, sans la moindre trace d'humour dans la voix.

Les jumeaux, qui se chahutaient, en se chicanant sur la façon dont ils voulaient fêter leur anniversaire, se turent sur-le-champ.

— Je crois que vous feriez mieux de choisir un carrefour tout près d'ici, poursuivait Nick, en s'adressant à Diana et à Cassie. Et qu'on ferait mieux de pas être trop loin…

Cassie le dévisagea, décela l'inquiétude derrière le regard impassible, parfaitement contrôlé. Elle lui prit la main et sentit ses doigts se nouer aux siens.

— On s'ra prudentes, lui promit-elle.

Elle vit le coup d'œil perçant que Deborah jetait à leurs mains jointes et le petit sourire entendu qui illuminait fugitivement son visage. Chris donnait des coups de coude à Doug – qui le fusillait du regard, carrément outré. Mélanie écarquillait ses grands yeux gris – si froids d'habitude – et Laurel et Suzan semblaient aux anges.

Cassie ne put s'empêcher de remarquer qu'Adam ne souriait pas, lui. Il ne retrouva pas le sourire de toute la journée.

Cette nuit-là, Cassie rêva, tourbillon de songes informes qui semblaient tous avoir un rapport avec les Livres des Ombres. Avec Diana, elles avaient veillé très tard à lire et à examiner chacune leurs documents respectifs. Elles n'avaient rien appris de nouveau. Mais, dans ses rêves, Cassie sentait qu'elle était sur le point de faire une découverte capitale.

Elle eut une vision fugace de la pièce inondée de soleil. Juste un éclat qui se fondit presque aussitôt dans l'obscurité. Et voilà qu'elle était à présent tout à fait éveillée, embrassant du regard la chambre de Diana, comme étonnée de ne pas s'y trouver.

— Cassie ? murmura Diana. Cassie, ça va ?

— Oui, chuchota-t-elle.

Elle fut rassurée quand Diana se rendormit. C'était Diana qui avait insisté pour qu'elle dorme avec elle. Diana avait peur qu'elle fasse des cauchemars. Mais, si elle commençait vraiment à la déranger, elle ne pourrait pas rester. Elle posait déjà assez de problèmes comme ça à Diana, sans, en plus, lui faire passer des nuits blanches.

En fait, Cassie dormait comme un bébé chez les Meade. Rien à voir avec le numéro 12 qui grinçait et craquait si fort, en s'affaissant, que ça la réveillait constamment en sursaut. Une différence de construction sans doute. La maison de Diana avait été agrandie bien plus tard. Peut-être qu'on avait utilisé de meilleurs matériaux ?

Elle resta allongée sans bouger, pendant un moment, à écouter la respiration paisible de son amie. « Où est Black John cette nuit ? se demandait-elle. Là-bas, sur le continent, dans sa villa de location ? Ou ici, sur l'île, à La Nouvelle-Salem ? »

Allez savoir pourquoi, ça la perturbait de savoir que La Nouvelle-Salem était une île. Elle se sentait… eh bien, isolée. Assiégée même, d'une certaine façon. Comme si Black John pouvait les couper du reste du monde et les jeter, à la dérive, sur l'océan.

« Sois pas bête », se tança-t-elle. Mais les tentacules de panique qui se tortillaient dans son ventre ne voulaient pas se calmer. Elle se demanda, tout à coup, si sa mère ne serait pas mieux dans une institution, loin d'ici. N'importe où plutôt qu'ici.

« Il n'y aucune raison pour qu'il lui fasse du mal, se raisonnait-elle, désespérément. C'est nous qu'il hait, pas elle. »

Oui, mais il s'en était pris à sa grand-mère. Pourquoi ? À cause du *Livre des Ombres* ?

« C'est moi qui ai le *Livre des Ombres*, maintenant », réalisa-t-elle brusquement. (Elle en eut un coup au cœur.) Et s'il décidait de venir le chercher ?

Cette idée enflamma son imagination. Elle pouvait sentir le lit trembler sous les coups de boutoir au creux de sa poitrine. Et si Black John venait, là, maintenant ? C'était un homme, en chair et en os, mais aussi un sorcier. Était-il soumis aux mêmes lois que les autres humains ? Ou pouvait-il se glisser ici comme une ombre, ramper sur le plancher jusqu'au lit ?

« Il faut que tu gardes ton sang-froid, se dit-elle. Il le faut. Si tu craques, c'est fini. Pour maman, pour le coven, pour tout l'monde. Il va falloir qu'on se mobilise tous pour le combattre. Hors de question que tu sois le maillon faible. »

— Il n'y a « rien d'effrayant dans l'noir si t'y fais face », murmura-t-elle, les dents serrées, pour se rassurer. « Rien d'effrayant dans l'noir si t'y fais face ».

Des larmes de feu lui brûlaient les yeux. Mais elle continuait à psalmodier la phrase de sa grand-mère. Encore et encore, tant et si bien qu'à la fin, elle s'endormit.

Le lendemain, la journée de cours commença par une réunion au sommet. La place de Faye était, une fois de plus, restée vide, en cours d'anglais, mais, alors même que Cassie faisait la queue pour entrer dans l'amphi, elle aperçut la grande brune au pied de l'estrade. Elle crut halluciner.

Faye se tenait debout, dans son coin, tranquillement, discrètement presque – pour Faye. Elle portait un tailleur – du sur mesure, quand même – et avait tout de la parfaite petite secrétaire. Une secrétaire très chic et très sexy. Sa crinière de jais avait été relevée en un sage chignon et elle portait une pile de documents et une écritoire. Il ne lui manquait que les lunettes à monture d'écaille et elle aurait pu passer pour la secrétaire particulière d'un milliardaire.

Cassie n'en croyait pas ses yeux.

Elle parcourut l'amphi du regard et repéra Suzan et Sean, qui allaient au même cours de soutien en première heure. Elle n'eut qu'un petit signe de tête à faire pour qu'ils quittent leur classe et viennent la rejoindre. Suzan ouvrait des yeux comme des soucoupes.

— T'as vu Faye ! Qu'est-ce qu'elle fait là ?

— Aucune idée, lui répondit Cassie. Rien de bon.

— La classe ! s'exclama Sean, en se mouillant les lèvres. Elle est canon.

Cassie se tourna vers son voisin, le regardant vraiment, pour la première fois depuis bien longtemps. Depuis qu'elle avait dansé avec lui au bal de halloween, peut-être. C'était tellement facile d'oublier Sean. Dans une foule, il semblait tout bonnement se fondre dans la masse. Mais, ici, avec juste Suzan et lui à côté d'elle, Cassie prit le temps de l'examiner.

« Je devrais faire plus attention à lui », songea-t-elle. Une image lui traversa l'esprit, ricochant à la surface de sa mémoire : Sean tel qu'il lui était apparu, la première fois qu'elle l'avait vu. Les yeux brillants, une ceinture étincelante avec son nom gravé dessus, debout, près de son casier tapissé de pubs de Monsieur Muscle, lui souriant de toutes ses dents, avec un petit air ironique. Quelque chose, dans cette image, la perturbait énormément, mais elle ne savait pas quoi.

Les dernières classes de première et de terminale pénétraient dans l'amphi. Elle aperçut les frères Henderson et Deborah qui s'asseyaient avec leurs camarades du cours d'histoire. Et puis, là, Diana, Mélanie et Laurel qui sortaient de littérature britannique avec Sally Waltman et, à ses côtés, la désormais trop familière tête blonde de Portia Bainbridge. Elle vit aussi Adam et sa classe de chimie, mais elle ne trouva pas Nick.

— On dirait que Faye pratique certaines activités extrascolaires..., murmura une voix derrière elle.

Cassie se retourna, soulagée. D'un coup de menton, Nick congédia le garçon qui occupait le siège juste derrière elle. Le garçon se leva à toute vitesse et fila sans demander son reste. Cassie n'en fit aucun cas. C'était tellement banal. Ceux de Crowhaven Road n'avaient qu'à montrer ce qu'ils voulaient pour que ceux de l'extérieur le leur donnent sans discuter. Toujours. C'était comme ça que les choses se passaient.

Nick prit la place libre et sortit son paquet de cigarettes. Il l'ouvrit et le secoua pour en prendre une. C'est alors qu'il remarqua le coup d'œil de Cassie.

Elle le regardait fixement, en arquant les sourcils – sa plus belle expression à la Diana –, irradiant la réprobation à deux lieues à la ronde.

— Hum ! fit Nick.

Il lorgna vers ses cigarettes, puis releva les yeux vers elle. Il tapota la cigarette qui dépassait pour la remettre dans le paquet et fourra le paquet dans sa poche.

— Mauvaise habitude, commenta-t-il.

— Test, test, un, deux, trois…

La voix de Faye dans le micro. Cassie se retourna aussitôt.

— Ça marche, en conclut la parfaite secrétaire avec un sourire que Cassie trouva très aguicheur – elle ne voyait pas comment le décrire autrement.

Faye s'écarta et le grand brun, qui se tenait également sur l'estrade, vint prendre sa place devant le pupitre. Il régla la hauteur du micro, les yeux braqués sur la foule des lycéens assis dans l'amphi.

— Bonjour, lança-t-il.

Des vagues de ténèbres la submergeaient. Tous ses muscles se contractaient, prêts à répondre à quelque instinct primitif profondément ancré en elle : l'attaque ou la fuite. « Et ce n'est que sa voix ! » songea Cassie, prise de vertige. Comment la voix de quelqu'un pouvait-elle, à elle seule, produire un tel effet ?

— Comme vous le savez déjà, je suis M. Brunswick, votre nouveau proviseur.

7

Il y eut bien quelques applaudissements – rares et assez clairsemés –, mais tout ça restait plutôt hésitant et ne dura pas très longtemps. On sentait déjà, dans l'amphi, comme une espèce de flottement. L'atmosphère était tendue. Le brouhaha et les gesticulations habituels s'éteignirent d'un coup et le silence tomba sur le vaste auditorium soudain immobile. Tous les regards étaient braqués sur l'estrade.

« Il est beau », pensa Cassie, tout en luttant contre cet insistant martellement dans sa tête : « Sauve-toi ! sauve-toi ! sauve-toi ! » Pourquoi réagissait-elle si violemment à sa présence ? C'était comme la nuit de son initiation, quand Adam avait dévoilé le crâne de cristal. Au premier coup d'œil, elle avait senti l'horreur lui remonter l'échine. Il lui était apparu comme enveloppé de ténèbres. Elle avait seulement compris plus tard que, dans le coven, tous ne pouvaient pas voir ce qu'elle voyait.

Et, encore maintenant, en regardant autour d'elle, rien qu'à leur expression, elle se rendait bien compte que les autres élèves ne percevaient pas cette noirceur qui émanait du nouveau proviseur. À ses yeux, il projetait une ombre à travers tout l'amphi. Aux leurs, il était juste le détenteur de l'autorité : puissant, impressionnant.

— Je ne suis pas sans savoir que certains troubles ont agité le lycée de La Nouvelle-Salem, il y a peu, disait-il, son regard remontant et descendant les rangées. (Cassie eut l'étrange impression qu'il mémorisait chaque visage.) Mais vous serez heureux d'apprendre que c'est désormais du passé. Les « malheureux incidents » dont cet établissement a récemment été le cadre sont désormais derrière nous. L'heure est venue de prendre un nouveau départ.

« Les “troubles” en question signifiant quand même deux lycéens et un proviseur assassinés, rectifiait intérieurement Cassie. Puisque c'est toi qui les as tous trucidés, j'imagine que tu peux effectivement arrêter le carnage à volonté. » N'empêche qu'elle se demandait comment il avait bien pu perpétrer ces forfaits d'où il était, à savoir : dans la tombe. Est-ce que c'était l'énergie négative qui avait agi toute seule ? Elle aurait bien voulu poser la question à Nick ou à Suzan – « ou à Sean », s'empressa-t-elle d'ajouter mentalement, honteuse de l'avoir oublié. Mais elle avait du mal à détacher les yeux du captivant orateur.

— Certains échos m'ont porté à croire qu'en ce qui concernait la discipline, la précédente équipe pédagogique s'était montrée quelque peu… laxiste – politique de « permissivité », dirons-nous, qui se voulait, sans nul doute, bienveillante. (Le proviseur lorgna vers les professeurs alignés le long des murs de l'amphi, comme pour insinuer qu'ils auraient peut-être pu employer d'autres mots pour qualifier cette politique, il en était conscient, mais on ne médisait pas des morts, n'est-ce pas ?) Certaines activités, autorisées ici, portaient atteinte, non seulement, aux élèves qu'elles concernaient, mais, également, à l'esprit même de l'Instruction publique. Certains groupuscules s'étaient vu accorder de singuliers privilèges.

« Mais de quoi il parle, là ? se demanda Cassie. On dirait un homme politique : un flot de belles paroles et rien derrière. » Mais déjà, au fond d'elle, quelque chose s'effondrait.

— Eh bien, le règlement a changé, maintenant, et je pense qu'en définitive, la majorité d'entre vous sera satisfaite de ces changements. Il y a une nouvelle main à la barre de ce navire, conclut-il, en levant la sienne avec un petit sourire amusé, dans le genre du type cool qui ne se prend pas au sérieux.

Et puis, il se remit à parler. Par la suite, Cassie ne pourrait jamais se rappeler ce qu'il avait dit, exactement. En revanche, elle se souvenait parfaitement de sa voix, grave, autoritaire. Impérieuse. Son discours était émaillé d'expressions tout à fait dans l'air du temps : « éducation à la dure », « discipline à l'ancienne », « peine proportionnelle à la faute » … Elle pouvait percevoir la réaction de son auditoire : noir, noir, noir. Comme quelque chose qui enflait dans l'assistance. C'était presque plus effrayant que Black John lui-même. Comme s'il avait alimenté quelque monstruosité qui couvait au sein des élèves, comme s'il jetait de l'huile sur ce feu intérieur. Ils auraient dû le détester. Ils étaient subjugués.

Les règles. Il fallait respecter les règles. Les élèves qui ne respecteraient pas les règles seraient « convoqués chez le proviseur » …

— Je pense que ce serait bien de procéder à la distribution maintenant, ajouta-t-il en aparté.

Faye et plusieurs autres filles descendirent de l'estrade pour faire passer des polycopiés. Pendant ce temps, Cassie l'observait. Il regardait l'assistance, debout derrière son pupitre, parfaitement à l'aise, décontracté, forçant naturellement l'attention sans même avoir besoin de parler. « Il est beau, oui », concéda-t-elle. Il ressemblait à une sorte de Sherlock Holmes Junior : des yeux profondément enfoncés, un nez d'aigle, une bouche affirmée. Il avait même un soupçon d'accent anglais. « Distinguée, la voix, songea Cassie. Distinguée et… terriblement persuasive. »

Plutôt prédateur que proie : moins sorcier que partisan de la chasse aux sorcières.

Comme Faye arrivait à sa hauteur pour lui brandir une liasse de papiers sous le nez, elle l'interpella dans un souffle :

— Faye !

Les yeux d'or se braquèrent sur elle le temps d'un éclair. Déjà la grande brune passait au rang suivant. Perplexe, Cassie prit un des documents et tendit le reste à Suzan. Il comprenait trois pages noircies de petits caractères serrés.

« Infractions : 1re catégorie. Infractions : 2e catégorie. Infractions : 3e catégorie. »

C'était une liste d'interdits. Trois tonnes d'interdits. Ligne après ligne après ligne. Des mots attirèrent, çà et là, son attention :

« Porter des vêtements incompatibles avec le sérieux et la dignité de l'Instruction publique... l'usage d'un casier... se trouver dans les couloirs en dehors des intercours... la possession et l'usage de pistolets à eau... jeter ses déchets... courir dans les couloirs... chewing-gums... désobéir à un professeur ou à un surveillant... »

« Un surveillant ? s'interrogea Cassie. Quels surveillants ? On n'a pas de surveillants. » Elle parcourut la suite du document.

« Démonstrations d'affection en public... se soustraire au recyclage des plateaux en polystyrène de la cafétéria... poser ses pieds sur les chaises ou sur les dossiers... »

— C'est un gag, souffla Suzan.

Nick émit un petit sifflement étouffé.

— Vous aurez tout le temps d'étudier ces directives en classe et vous les connaîtrez bientôt par cœur, reprit le proviseur.

Du coin de l'œil, Cassie vit des rangées de têtes se lever. Le froissement des feuilles cessa aussitôt.

— Pour l'instant, j'aimerais savoir s'il y a, parmi vous, des candidats au poste de surveillant. C'est un poste à haute responsabilité. Alors, s'il vous plaît, réfléchissez bien avant de lever la main.

Forêt de bras levés dans l'amphi. Les lycéens de La Nouvelle-Salem ne s'étaient jamais portés volontaires pour quoi que ce soit aussi rapidement. Cassie vit Portia qui pointait le doigt, raide comme un piquet et toute frémissante : un vrai chien d'arrêt. À côté d'elle, Sally agitait frénétiquement la main comme une gamine de primaire brûlant de se faire interroger par la maîtresse. L'amphi n'était plus qu'un seul et monstrueux salut nazi.

Une fois encore, le regard de Black John remontait et descendait les rangs, examinant chaque candidat.

C'est alors que Cassie vit Sean lever la main.

— Sean ! siffla-t-elle entre ses dents.

Il régnait un tel silence qu'elle n'osait pas parler. Suzan jeta un coup d'œil à l'intéressé. En le voyant la main levée, elle se ratatina sur son siège pour s'écarter au maximum de son voisin. Nick ne pouvait rien faire : il était trop loin.

— Sean ! répéta-t-elle.

Il ne semblait pas l'entendre. Ses yeux luisants paraissaient aimantés par l'estrade. Et il y avait une telle avidité, une telle tension sur son visage !

En désespoir de cause, elle se pencha, s'aplatissant devant Suzan pour agripper le bras gauche de Sean, et, avec toute la puissance du pouvoir qu'elle pouvait invoquer, elle pensa : « *Sean !* »

Elle la sentit jaillir d'elle comme une boule de feu : la magie. Exactement comme quand elle s'était retrouvée devant le molosse du plant de citrouilles. Une explosion de pure énergie. Sean tourna brusquement la tête vers elle avec une expression de stupeur.

— *Baisse la main !* chuchota-t-elle, encore toute tremblante – et carrément vidée, subitement : le contrecoup, sans doute.

Sean regarda sa main, comme s'il ne l'avait encore jamais vue, et, d'un geste vif, la baissa. Il se cramponna à son siège, sans quitter Cassie des yeux.

Et voilà maintenant que Suzan se recroquevillait pour s'éloigner… d'elle ! La jolie rousse semblait aussi terrifiée que Sean. Lorsqu'elle reporta son attention vers l'estrade,

Cassie s'aperçut, avec horreur, que le proviseur avait les yeux braqués sur elle, un imperceptible sourire aux lèvres.

« Génial ! Ça lui plaît, à lui, au moins, se dit-elle, caustique. Alors que je fais flipper mes propres copains ! »

Black John continua de la fixer pendant un moment, puis adressa son rictus figé au reste de l'amphi.

— Parfait. Ceux qui ont été sélectionnés, vous êtes priés de rester après la réunion pour vous voir informés de vos nouveaux devoirs. Les autres, vous pouvez sortir. Bonne journée.

Cassie en eut des frissons jusque dans la nuque.

— « Sélectionnés » ? murmura-t-elle, en jetant un regard circulaire.

Il n'y avait eu aucune sélection. Pourtant, certains des élèves qui avaient levé la main se dirigeaient bel et bien vers l'estrade, dans le calme et sans la moindre bousculade. Portia et Sally étaient du nombre.

« Mais vous n'voyez donc pas ? s'insurgea intérieurement Cassie, en se tournant vers M. Humphries, qui se tenait dans l'allée. Vous ne pouvez quand même pas ne pas voir à quel point ce qui se passe ici est bizarre ! »

M. Humphries ne semblait, toutefois, pas le moins du monde surpris par la façon dont les choses se déroulaient. Il avait l'air parfaitement serein et même plutôt content, en faisant sortir sa classe. « Apaisé, comme sous tranquillisants, pensa Cassie avec un tressaillement. Hypnotisé. »

Black John était toujours derrière son pupitre. Elle perçut son regard dans son dos, quand elle franchit le seuil de l'amphi.

Elle ralentit le pas, se détachant de sa classe, qui remontait le couloir, pour se laisser rattraper par Nick, Suzan et Sean.

Suzan et Sean la regardaient drôlement, mais Nick passa un bras autour de ses épaules.

— Pas mal joué, commenta-t-il à voix basse.

Cassie se sentit beaucoup mieux, tout à coup. Jusqu'à ce qu'elle s'aperçoive qu'il n'avait pas son polycopié.

— J'l'ai laissé à ma place, lui dit-il.

Son moral plongea encore d'un cran.

— C'est interdit de jeter des papiers, lui rappela-t-elle. Et c'est une infraction de 1re catégorie. Il faut qu'on fasse attention, Nick. Il est fermement décidé à nous coincer.

— Sans blague ! s'exclama Adam, en venant se joindre à eux. (Son regard bleu-gris se posa bien, une fraction de seconde, sur le bras de Nick autour de ses épaules, mais son visage ne trahit pas la moindre émotion.) Vous avez lu les « Infractions de 3e catégorie » ?

Cassie n'était pas allée jusque-là. Elle ouvrit son document à la dernière page.

— « La pratique du skate-board, des rollers, de la bicyclette… allumer ou transporter un baladeur, une radio ou tout autre appareil bruyant dans l'enceinte du lycée… fumer ou faire usage des produits du tabac… » Et c'est censé être pire que les infractions de 2e catégorie, comme consommer de la drogue ou se battre ?

— Celles-là semblent un peu mieux ciblées, insinua Adam, d'un air sinistre.

Et, tout à coup, Cassie comprit. Elle se souvenait de son premier jour au lycée de La Nouvelle-Salem, quand elle avait bien failli se faire renverser par les frères Henderson – sauf qu'à l'époque, elle ne savait pas qu'il s'agissait des frères Henderson. Elle avait juste vu deux tarés, à la tignasse blonde hirsute et portant des tee-shirts hard rock, débouler dans les couloirs à rollers, le Walkman à fond dans les oreilles.

Elle déglutit bruyamment.

— Elles sont pour nous, murmura-t-elle. Spécialement pour nous.

Adam plongea les yeux dans les siens et hocha la tête.

— « Fumer », dit Cassie, en étreignant la main de Nick et en se tournant vers lui pour le regarder en face. Nick, j't'en prie, il faut que tu fasses attention. Il veut nous avoir et on n'est pas encore prêts à l'affronter... Nick !

Elle avait un horrible pressentiment. Nick détestait tout ce qui représentait l'autorité et considérait toutes les règles comme autant de défis. Et, rien qu'à voir son expression, il n'était pas près de changer.

— Nick ! s'affola-t-elle.

— La sanction pour les infractions de 3e catégorie, c'est le bureau du proviseur direct, renchérit Adam. Il essaie vraiment d'nous coincer, Nick. Il nous a tendu un piège.

— Je veux que tu me promettes de tout faire pour éviter les problèmes, Nick, le pressa alors Cassie. J't'en prie, Nick. Il faut que tu m'promettes.

Nick baissa les yeux vers elle, lentement. Cassie serra sa main, plus fort, et soutint son regard pénétrant. « J't'en prie, le suppliait-elle intérieurement. Pour moi, j't'en prie. »

Nick fronça les sourcils et se détourna.

— O.K., murmura-t-il, en hochant faiblement la tête, les yeux au plafond. O.K., j'ferai tout... pour pas m'faire choper.

La tension qui nouait ses muscles se relâcha.

— Merci, chuchota-t-elle, juste au moment où Diana arrivait avec Mélanie et Laurel.

Elles tiraient toutes une tête d'enterrement.

— Vous avez entendu ce truc au début, à propos de l'équipe pédagogique qui laissait « certaines activités » se poursuivre sans sévir ? leur demanda alors Mélanie. C'était de nous qu'il s'agissait. Il parlait de nous. Le Club et tous ses « singuliers privilèges ». Et il a dit que ça allait changer, maintenant.

— Il leur faisait comprendre qu'on n'avait plus la main, ajouta Cassie à mi-voix. Autant leur donner tout d'suite la permission de...

Sa voix mourut sans qu'elle achève sa phrase. Ils se regardaient tous en silence.

— Aux armes, citoyens ! persifla Nick. Comme qui dirait qu'la chasse aux sorcières est ouverte.

Il passa de nouveau son bras autour des épaules de Cassie.

— Faut qu'on s'tire d'ici, s'énerva Suzan.

— Impossible : « Quitter l'enceinte de l'établissement sans autorisation » est une infraction, lui rappela Laurel.

— Mais *tout* est une infraction !

— Où sont passés Chris et Doug ? s'alarma tout à coup Cassie. Et Deborah ?

Panique à bord. Avec Nick, les frères Henderson et la motarde étaient ceux qui risquaient le plus de s'attirer des ennuis.

— Ils ont histoire en première heure, mais j'crois qu'leur classe est rentrée en cours sans eux, annonça Sean. J'crois qu'ils sont encore dans l'amphi.

— On y va, lança Adam sans hésiter.

Chris et Doug se trouvaient juste devant l'auditorium, au milieu d'un groupe d'élèves de l'extérieur, et à deux doigts d'en venir aux mains.

— … plus vous en tirer comme ça, claironnait triomphalement un des mecs du dehors.

— Ah ouais ? lui rétorqua Chris sur le même ton.

— Ouais ! Fini d'rigoler, les mecs ! Ou c'est « chez le proviseur » direct.

— Ils ont pas mis longtemps, commenta Nick à l'oreille de Cassie.

— Vous allez tous finir chez l'proviseur leur balança Adam, en fendant les rangs des élèves pour parvenir jusqu'aux jumeaux. (Il se planta devant eux, brandissant le polycopié comme un talisman.) Se battre dans le lycée est une infraction de 2e catégorie. Faites ça et vous vous faites *tous* choper.

Il y eut un moment de flottement. Et puis ceux de l'extérieur reculèrent, en se jetant des coups d'œil en coin.

— On se r'trouvera, conclurent-ils finalement, avant de s'éloigner dans le couloir.

Doug voulut leur courir après.

— Quand vous voulez ! brailla-t-il, comme Nick le retenait par le bras. Mais lâche-moi ! grogna-t-il, en s'arrachant à son emprise.

— On ne peut pas prendre le risque d'une confrontation maintenant. Pas encore, le raisonna Diana. Bien joué, ajouta-t-elle à l'intention d'Adam.

— Ça a marché… pour cette fois, tempéra Adam. Mais, si je vois clair dans son jeu, ils vont vite se rendre compte que toutes ces règles sont principalement dirigées contre nous. Ils n'auront peut-être aucun problème, *eux*, s'ils se battent dans le lycée, mais *nous*…

Au grand soulagement de Cassie, Deborah apparut au même moment, à l'angle du couloir.

— T'étais passée où, Deb ? lui lança-t-elle.

— J'regardais les surveillants recevoir leurs consignes. On leur file des insignes comme aux S.S.

— C'est exactement comme chez les nazis, renchérit Cassie.

— Il est en train d'organiser une chasse aux sorcières, en conclut Adam.

— J'me d'mande s'il l'a pas déjà fait..., lâcha Suzan.

Cassie s'apprêtait déjà à lui demander : « Qu'est-ce que tu veux dire ? », quand elle s'arrêta net pour la regarder avec de grands yeux. Voilà que Suzan – qui avait tout de la ravissante petite idiote, et qui, à l'instant même, fouillait encore dans son sac pour se repoudrer le nez – remettait ça. Et en plein dans le mille, comme d'habitude.

— Et Faye travaille pour l..., enchaînait déjà Diana, quand Cassie l'interrompit.

— Non, attendez ! Vous avez entendu ce que Suzan vient d'dire ? Vous n'avez pas tilté ? « J'me d'mande s'il l'a pas déjà fait. » Vous savez quoi ? Je parie qu'si.

— En 1692, murmura Adam, lentement. À Salem. Comment on a pu être aussi bêtes ?

— Hein ? fit Chris.

— Je crois qu'ils sont en train d'insinuer que Black John aurait très bien pu être à l'origine de la chasse aux sorcières de Salem, lui expliqua Diana. Mais...

— À l'origine, peut-être pas, la reprit Cassie. Mais il y aurait participé, apporté sa contribution. Il aurait veillé à ce que le soufflet ne retombe pas, jeté de l'huile sur le feu pour alimenter l'hystérie collective. Comme il vient d'le faire.

— Mais... pourquoi ? s'interrogea Laurel.

Un ange passa. Et puis Adam releva brusquement la tête. Son froncement de sourcils disparut. Mais sa voix était grave quand il lui répondit :

— Pour obliger le coven originel à partir. Pour obliger les vraies sorcières de Salem à le suivre, lui. L'atmosphère était devenue irrespirable pour elles, à Salem. Alors, elles l'ont suivi jusqu'à La Nouvelle-Salem... avec leurs objets magiques... y compris les Artéfacts Primordiaux...

— Vous m'avez dit qu'il était leader du coven initial, embraya Cassie. Mais je me demande s'il était leur leader *avant* que le coven déménage à La Nouvelle-Salem, ou seulement *après*...

Tous les visages s'étaient rembrunis.

— Je pense qu'il essaie de recommencer, avança Adam. De monter tout l'monde contre nous pour qu'on n'ait plus personne vers qui se tourner... sauf lui. Il est le seul à pouvoir nous défendre.

— Il peut aller s'faire foutre ! cracha Deborah, persuadée qu'elle était d'exprimer l'opinion générale.

— Ouais, bon, il espère quand même pas qu'on va s'traîner à ses pieds, là, maint'nant, j'imagine, marmonna Nick. Mais, dans une quinzaine de jours, on verra peut-être les choses autrement...

— Je crois qu'on ferait mieux d'avoir une petite conversation avec Faye..., déclara Diana.

Ils allèrent tous attendre Faye à la porte de service, derrière l'amphi, là où il y avait le plus de chances qu'elle sorte, d'après Deborah. Quand elle apparut, elle avait toujours son écritoire sous le bras.

— Enfin seuls ! lâcha Nick, tandis qu'ils l'entouraient tous les onze, l'obligeant à s'arrêter.

En dévisageant les membres du Cercle, à ce moment-là, Cassie se souvint de Faye, de Suzan et de Deborah, telles qu'elles lui étaient apparues, quand elles l'avaient surprise en train de les espionner, devant le lycée : belles, résolues, fatales. Dangereuses.

Faye jeta un regard circulaire et secoua la tête – avec ses cheveux ramassés en chignon, ça lui gâchait un peu son effet.

— Dégagez. J'ai du boulot, leur lança-t-elle froidement.

— Pour lui ? demanda Adam, en serrant les dents.

Diana posa la main sur son bras et prit la parole.

— On sait bien que tu ne peux pas discuter maintenant, Faye, lui dit-elle posément. Mais on va célébrer un rituel, ce soir, parce que c'est la nuit d'Hécate et…

— Et notre anniversaire, intervint Chris, vexé.

— … et on aimerait que tu sois là.

— *Vous* allez célébrer un rituel, hein ? lui rétorqua Faye, qui, pour le coup, ressemblait nettement moins à la secrétaire particulière d'un milliardaire qu'à la panthère noire qu'ils avaient l'habitude de voir. Le problème, c'est que vous n'pouvez pas. Parce que, au cas où vous l'auriez oublié, le leader de ce coven, c'est moi.

— Comment tu veux être leader d'un coven que tu ne présides pas ? On va célébrer ce rituel ce soir, Faye. Au croisement de Crowhaven Road et de Marsh Street. Avec ou sans toi. Si tu viens, libre à toi de diriger la cérémonie.

Faye chercha des yeux le soutien de Deborah et de Suzan, ses supporters de toujours. Mais la motarde arborait une mine plus renfrognée que jamais et les prunelles de porcelaine de Suzan demeuraient d'un bleu parfaitement limpide : aucune aide à attendre de ce côté-là.

— Vendues ! siffla Faye, dédaigneuse, avant d'ajouter, l'air pincé, avec une moue boudeuse : J'y s'rai. Et c'est moi qui célébrerai le rituel. Et, maint'nant, vous feriez mieux de dégager, avant de vous faire repérer par un surveillant.

Elle se retourna avec raideur et remonta le couloir au pas cadencé.

Ils parvinrent tous à passer cette journée sans trop de problèmes, quoique Suzan se soit pris une colle pour ne pas avoir jeté l'emballage de son *cupcake*. Pas pour l'avoir laissé sur une table ni jeté par terre, non, juste pour ne pas l'avoir mis à la poubelle dès qu'elle avait fini de manger son gâteau. C'était une infraction de 1re catégorie.

Ce soir-là, ils fêtèrent l'anniversaire des frères Henderson. Sagement, chez Adam. Chris et Doug étaient carrément déçus. Ils auraient voulu une fête sur la plage avec bain de minuit et « tout un tas d'délires », maugréait Chris. Adam lui rétorqua que c'était à prendre ou à laisser.

Faye débarqua vers dix heures du soir, dans le fourreau de soie sauvage noire qu'elle avait porté la nuit de son élection.

— Elle était blanche, de mon temps, gloussa Mme Franklin, en la conduisant dans le salon – un peu fouillis, le salon, et aux meubles franchement défraîchis, mais confortables. Les temps changent…

Faye ne prit même pas la peine de lui répondre.

— Me voici, annonça-t-elle, en jetant alentour un regard souverain. Allons-y.

Cassie examina le diadème d'argent couronnant la crinière de nuit de la sculpturale brune, le brassard d'argent refermé sur son bras d'albâtre, et la jarretière de cuir vert doublé de soie bleu ciel qui lui ceignait la cuisse. Elle se demanda à quoi ressemblaient les vrais, ceux du coven originel.

Les sept filles n'étaient pas très loquaces, en descendant Crowhaven Road. Diana et Faye ouvraient la marche et Cassie entendait Diana parler à voix basse. La jolie blonde portait un gros sac blanc renfermant le matériel nécessaire au rite d'ouverture du cercle qui débutait toute assemblée.

Quand elles atteignirent le carrefour, Diana prit la parole :

— Il faut que ce soit « à la croisée de trois chemins », leur expliqua-t-elle. Pour symboliser les trois étapes d'une vie de femme : vierge, mère et vieillarde.

À cet endroit, Marsh Street débouchait sur Crowhaven Road qui, quant à elle, se dirigeait, d'un côté, vers le sud et, de l'autre, vers le nord.

— Est-ce qu'il faut vraiment qu'on soit en plein milieu d'la route ? s'alarma Suzan. Et si y a une voiture qui arrive ?

— On débarrasse le plancher vite fait, railla Laurel.

— Je pense qu'on ne risque rien, les rassura Diana. Il n'y a pas beaucoup de circulation à cette heure-ci. Allez, les filles, allons-y, il ne fait pas chaud.

— C'est *mon* rituel, lui rappela Faye, en empoignant l'athamé, la dague sacrée à manche noir.

— Je n'ai jamais dit le contraire, lui rétorqua posément Diana.

Elle recula pour laisser Faye officier. Cassie sentit le sang lui monter aux joues, tandis qu'elle se repliait derrière Diana, regardant Faye faire ce que Diana avait toujours fait, ce que Diana ferait encore si elle, Cassie, ne l'avait pas trahie. Elle s'apprêtait déjà à chuchoter quelque chose à l'oreille de son amie, quand elle se ravisa.

« D'une manière ou d'une autre, je me ferai pardonner, je rétablirai la situation, lui promit-elle plutôt, dans le secret de son cœur. Faye ne sera pas éternellement à la tête du coven. J'y veillerai, quel que soit le prix à payer. » Et elle ajouta, presque sans y penser : « Je le jure, par la Terre, par l'Eau, par le Feu et par l'Air. »

8

Faye traça un cercle sur le sol avec l'athamé. Après, elle en fit le tour, d'abord avec une tasse d'eau, en l'aspergeant tout le long du parcours, ensuite avec un bâton d'encens, et enfin avec une bougie allumée, invoquant ainsi symboliquement les quatre éléments que Cassie avait énumérés : la Terre, l'Eau, l'Air et le Feu. Portée par l'air froid de la nuit, l'odeur âcre et douceâtre de l'encens flotta jusqu'à Cassie.

— Bon. Maintenant, entrez dans le cercle, leur commanda Faye.

Elles empruntèrent, en file indienne, la brèche ouverte au nord-est, puis s'assirent en rond à l'intérieur. « Ça fait bizarre de ne voir que des filles dans le cercle », songea Cassie.

— Tu veux fournir toi-même les explications ou c'est moi qui m'en occupe ? demanda Diana, la main posée sur le gros sac blanc.

Il n'était pas encore vide, apparemment.

— Oh ! pour ce qui est des explications, tu peux bien t'en charger, lui jeta négligemment Faye.

— D'accord. Donc, chacune prend une bougie, l'allume et la pose au milieu, à côté des autres, pour former un deuxième cercle. Et chacune dit un mot pour désigner une des facettes de la féminité. Pas les étapes d'une vie de femme, comme vierge, mère et vieillarde, non, mais une qualité, vous voyez ? Une...

— Vertu ? suggéra Mélanie.

— C'est ça. Une vertu. Quelque chose qui est propre aux femmes. Après, quand on les a toutes énumérées, on présente les bougies aux quatre éléments pour obtenir leur bénédiction. C'est un peu une reconnaissance de ce qu'on est, nous, les filles. Une sorte de célébration.

— C'est une très jolie idée, moi, j'trouve, commenta Cassie entre haut et bas.

— Bon. Allons-y. Qui veut la rouge – comme si j'avais besoin de poser la question ?

Diana sortit une bougie rouge du sac. Cassie crut percevoir, alors, un subtil arôme chaud et épicé de cannelle.

— C'est moi, la rouge, affirma Faye.

Elle fit rouler la bougie dans ses paumes pour en vérifier la régularité, appréciant, au passage, la douceur de la cire, puis, la tenant bien droite dans une main, referma vivement l'autre autour de la mèche, comme pour la protéger du vent. Cassie vit alors une flamme surgir du néant, brillant entre les doigts de Faye soudain changés en coquillages roses et transformant ses longs ongles vernis en joyaux étincelants.

Diana reposa la pochette d'allumettes qu'elle tendait à Faye.

— La passion, déclara alors la grande brune d'une voix de gorge.

Elle avait recouvré son sourire languide de femme fatale et l'adressait à la cantonade, en faisant couler la cire sur la route pour y planter sa bougie.

— Parce que c'est une vertu, ça ? s'étonna Mélanie, manifestement sceptique.

Faye arqua un élégant sourcil.

— C'est une « facette de la féminité ». C'est celle que je veux célébrer, en tout cas.

— Puisque c'est c'qu'elle veut, plaida Laurel. Va pour la passion.

Dans la nuit, la bougie rouge brillait comme une étoile.

— Et, maintenant, orange, annonça Diana. C'est pour qui ?

— Je prends ! lança Suzan. (La teinte de la bougie rappelait le blond vénitien de ses cheveux. Elle la huma.) Hmm... la pêche.

Cassie pouvait sentir le voluptueux parfum sucré d'où elle était.

— O.K., la beauté, déclara Suzan, avant d'allumer sa bougie de façon plus conventionnelle : avec une allumette.

— Alors là ! la beauté n'est certainement pas...

— Eh bien, ce n'est pas une vertu, reconnut Cassie. Mais c'est typiquement féminin.

Mélanie leva les yeux au ciel. Suzan ficha la bougie orange dans sa propre cire, à côté de la rouge.

— À mon tour ! File-moi ça, s'impatienta Deborah. Je sais comment la jouer, moi.

Elle s'empara du grand sac blanc et fourragea dedans pour en sortir une bougie jaune.

— Allumettes, ordonna-t-elle à Suzan.

La jolie rousse lui présenta la pochette sur sa paume, comme sur un plateau. Deborah alluma la bougie jaune.

— Le courage, articula-t-elle distinctement – pour une fois –, en inclinant la bougie de telle manière qu'un filet de cire jaune translucide puisse dégouliner sur la chaussée.

Cassie perçut une nette odeur de citron, vive, acide, qui lui rappela Deborah, le courage de Deborah. La flamme de la bougie jaune éclaboussa les cheveux bruns de la motarde et crépita follement sur le cuir de son blouson quand elle la posa à côté des deux autres.

— O.K. Vert, reprit Diana, en récupérant le sac.

— Moi, lança Mélanie, en tendant la main vers la quatrième bougie.

Cassie n'eut qu'à se pencher vers sa voisine pour en sentir le parfum : une odeur de sous-bois. « Comme un sapin de Noël, se dit-elle. »

— La sagesse, déclara sereinement Mélanie, son froid regard gris braqué sur la mèche qu'elle allumait.

Elle respira la senteur boisée un moment, avant de placer la bougie verte sur la route. Les quatre bougies formaient à présent un demi-cercle.

— La bleue, maintenant, poursuivit Diana.

Cassie se sentit soudain fébrile. Le bleu était sa couleur préférée et c'était la bougie qu'elle voulait, mais… est-ce qu'elle avait vraiment le droit de la réclamer ? Elle hésitait. Pourtant, ni Diana ni Laurel ne réagissaient. Et puis, si ses souvenirs étaient bons, Laurel aimait l'améthyste et portait souvent du violet. Elle s'éclaircit la voix.

— J'la veux bien, moi, hasarda-t-elle, avant de prendre la pâle bougie bleue que Diana lui présentait.

Elle était supercontente de l'avoir, de représenter le bleu dans l'arc-en-ciel du coven. Cependant... elle n'avait pas réfléchi à ce qu'elle allait dire. « À quoi te fait penser le bleu ? se demanda-t-elle, en humant la bougie pour gagner du temps. Quelle est la vertu que tu veux célébrer, une vertu féminine ? »

Elle ne parvenait pas vraiment à identifier ce parfum, un parfum doux, mais âcre.

— C'est du myrte, lui apprit Mélanie, en la voyant renifler désespérément la bougie. Une odeur chargée d'histoire. Les colons fabriquaient tous des chandelles en cire de myrte.

— Ah !

C'était peut-être pour ça que l'odeur lui semblait familière. Peut-être que sa grand-mère avait brûlé des chandelles en cire de myrte – sa grand-mère faisait tout un tas de trucs d'un autre âge. Cassie savait, maintenant, quelle vertu elle voulait célébrer.

— L'inspiration, déclara-t-elle. C'est comme l'imagination... ou plutôt comme ce flash quand on a soudain une brillante idée, vous savez ? Quand ma grand-mère m'avait aidée à confectionner mon déguisement pour halloween, elle m'avait dit que c'était ce que faisaient les Muses : elles « inspiraient » ; elles incitaient les gens à trouver des trucs nouveaux, à avoir des idées lumineuses. Et c'étaient des femmes, les Muses.

Elle n'avait pas du tout eu l'intention de faire un tel discours ! Elle baissa les yeux, gênée. « On ne m'a pas donné les allumettes », réalisa-t-elle subitement. Et puis elle eut une illumination. Refermant sa main autour de la mèche, à la manière de Faye, elle se concentra de toutes ses forces en pensant au feu, un feu vif, bondissant, et puis elle « poussa » mentalement, comme elle l'avait fait avec le doberman et avec Sean. Elle sentit l'énergie exploser hors d'elle comme un geyser de lave et se focalisa sur la mèche. Soudain, une flamme jaillit, si haut qu'elle dut retirer précipitamment sa main pour ne pas se brûler.

— Une idée... exactement comme ça, bredouilla-t-elle, un peu secouée quand même, avant de faire couler la cire bleue sur la chaussée pour y planter sa bougie.

Les autres filles la regardaient toutes avec de grands yeux – sauf Faye qui l'observait entre ses paupières mi-closes.

— On a plus d'une allumeuse dans l'coin, on dirait, commenta Deborah, avec un petit sourire goguenard.

Faye n'eut pas vraiment l'air de trouver ça drôle.

— Euh... violet, balbutia Diana.

Elle dut faire un effort pour se ressaisir et prendre la bougie couleur lavande au fond de son grand sac blanc.

— Elle est pour moi, celle-là, affirma Laurel. Mais comment t'as fait ça, Cassie ? O.K., je n'vais pas perturber la cérémonie. Je voulais juste savoir... (Elle regarda sa bougie.) Je n'vois pas comment concentrer mon truc en un seul mot... Je voulais prendre la conscience de l'environnement... Cette espèce de « connexion » aux choses. On fait partie d'un écosystème, l'écosystème de la terre, et on devrait faire attention à tous les autres trucs qui vivent sur cette planète avec nous.

— Qu'est-ce que tu dirais de la compassion ? lui proposa Mélanie à mi-voix. Ça recouvre plus ou moins cette notion, non ?

— C'est bien, la compassion, approuva Laurel, en allumant sa bougie violette.

— Ça sent quoi ? chuchota Suzan, tandis que Laurel fichait sa bougie dans la cire sur la chaussée, entre la bougie bleue de Cassie et la bougie rouge de Faye, complétant ainsi le cercle arc-en-ciel.

— C'est sucré et floral. Je crois que c'est censé sentir la jacinthe, lui répondit Laurel dans un murmure.

— Attends, intervint brusquement Cassie. Si ta bougie va là, elle fait quoi Diana ? Tu n'as pas une bougie, toi aussi ? demanda-t-elle, en se tournant vers la jolie blonde.

Elle était jalouse pour Diana. Elle voulait que son amie ait le droit de participer, elle aussi.

— Si. La blanche va au milieu, et comme je suis la seule qui reste pour achever le rituel…

« Et c'est parfait », pensa Cassie, en regardant Diana prendre la bougie blanche aux effluves de vanille.

Diana personnifiait la blancheur aussi sûrement que Faye personnifiait le rouge.

La vertu que choisit Diana était là pour le prouver, si besoin était :

— La pureté, dit-elle tout simplement, en allumant la bougie blanche avec une allumette, avant de se pencher au-dessus du cercle de bougies colorées pour la placer au centre.

Dans toute autre bouche que la sienne, le mot aurait sans doute pu paraître ridicule. Mais, telle qu'elle était assise là, son beau visage éclairé par la flamme des bougies, ses longs cheveux de cette couleur incroyable tombant dans son dos comme un rideau de soie, Diana semblait la pureté incarnée. Son expression était grave et n'avait rien d'affecté. Quand Diana disait « pureté », elle était sérieuse et même Faye n'osa pas ricaner.

C'était joli, ce cercle de bougies. Sept langues de feu dansant dans la nuit. Sept senteurs se mélangeant en une délicieuse fragrance versatile. Les caprices de la brise lui apportaient l'arôme de la cannelle, puis une bouffée de pin, puis l'acidité du citron.

— Passion, beauté, courage, sagesse, inspiration, compassion et pureté, récapitula Laurel, en désignant successivement toutes les bougies qui représentaient les vertus énumérées.

— Que chacune…, souffla Diana à Faye, en lui donnant un petit coup de coude.

— Que chacune d'entre nous les reçoive toutes, embraya aussitôt Faye. Terre, Eau, Feu, Air, soyez témoins – comme si on n'les avait pas déjà, ajouta-t-elle, en considérant le cercle flamboyant avec un sourire satisfait.

Laurel fit un clin d'œil à Cassie, à travers le cercle de flammes, et Cassie ne put s'empêcher de lui répondre.

— Enfin, à nous toutes, on doit bien y arriver, ouais, rectifia Deborah, avec un petit sourire sarcastique.

Diana sourit à son tour. Ah ! le doux sourire de Diana ! Il y eut alors un moment où toutes les filles se souriaient au-dessus des bougies et où Cassie eut la sensation qu'elles participaient de quelque chose de plus vaste, que chacune apportait sa contribution essentielle à ce grand tout et, qu'ensemble, elles signifiaient plus que la simple somme de leurs singularités.

— Et maintenant, on est censées les laisser brûler toute la nuit, annonça Mélanie, en désignant les bougies.

— Et si quelqu'un roule dessus ? demanda Suzan, toujours aussi prosaïque.

— Eh bien, si on ne le voit pas, ça ne compte pas, j'imagine, lui répondit Diana. Ah mais ! attendez ! Avant, il y a encore quelque chose que je voudrais faire. Ça ne fait pas partie de la nuit d'Hécate, mais c'est un autre truc grec : l'Arretophoria. Ça signifie la Fête de la Confiance. (Elle recommença à fouiller dans le grand sac blanc.) Les prêtresses d'Athéna pratiquaient ce rite. C'est quand une des plus âgées de la communauté – c'est-à-dire moi – donne une cassette à la plus jeune de la communauté – c'est toi, ça, Cassie. Il faut que tu ailles enterrer la cassette quelque part sans regarder ce qu'il y a dedans. C'est censé être un affreux périple semé d'embûches, mais je crois que Nick a raison et que tu ferais mieux de ne pas trop t'éloigner. Contente-toi de l'emporter juste à côté de la route et enfouis-la.

— Et c'est tout ?

Cassie examina la petite boîte que Diana lui remettait. Elle était en bois clair entièrement sculpté de minuscules motifs finement travaillés : des abeilles, des ours, des poissons. Quelque chose remuait à l'intérieur.

— Il faut juste que je l'enterre ? insista-t-elle.

— C'est tout, confirma Diana, en lui tendant le dernier objet contenu dans le sac : une petite truelle. Le truc, c'est que tu ne regardes pas ce qu'il y a à l'intérieur. C'est pour ça que ça s'appelle la Fête de la Confiance. C'est pour célébrer la confiance, la responsabilité et l'amitié. Un jour, plus tard, on reviendra la déterrer.

— D'accord.

La truelle dans une main et la cassette dans l'autre, Cassie sortit du cercle et s'éloigna du groupe, laissant la ronde de petites flammes vacillantes derrière elle.

Elle ne voulait pas enterrer la petite boîte trop près de la route. D'abord, parce que le sol était trop dur et recouvert de gravier. Ce n'aurait pas été très facile de creuser là. Elle aurait à peine pu égratigner la surface. En plus, si près, quelqu'un pourrait voir que la terre avait été retournée et creuser pour sortir la boîte avant l'heure.

Elle continua donc à marcher vers l'est. C'était de cette direction que lui parvenaient le murmure de l'océan et le souffle salé d'une légère brise marine. Elle escalada de gros cailloux. La plage s'étendait à ses pieds, déserte et un peu angoissante, bizarrement. De petites vagues de dentelle blanche venaient lécher le rivage.

Un gros quartier de lune jaune – un peu plus qu'une demi-lune, en fait – pointait au-dessus de la mer. « La Lune du Deuil », se souvint Cassie. Elle était exactement de la même couleur que les yeux de Faye. Elle ressemblait à un gros œil, justement, le mauvais œil des anciens, et, quand Cassie planta la truelle dans le sable froid et commença à creuser, elle eut la désagréable impression qu'on l'épiait.

Voilà, c'était assez profond. Le sable que ramenait à présent la truelle était compact et elle n'aurait pas voulu que la jolie boîte de Diana finisse rongée d'humidité. Comme elle plaçait la cassette au fond du trou, le fermoir de cuivre étincela au clair de lune. La petite boîte n'était pas cadenassée. Pendant une fraction de seconde, elle fut tentée de l'ouvrir.

« Fais pas l'idiote, se tança-t-elle. Après tout c'que vous avez traversé, Diana et toi ! Si tu n'es même pas capable de faire un truc aussi simple qu'enfouir une boîte sans regarder ce qu'il y a dedans… »

« Mais personne ne saurait… », objecta la petite voix dans sa tête.

« Moi, j'le saurais, là ! » Et, d'un geste décisif, elle jeta une poignée de sable sur la boîte, puis s'aida de la truelle pour la recouvrir plus vite.

Ça faisait déjà un moment qu'elle enfouissait la boîte quand elle remarqua le truc noir.

« C'est juste une ombre », se rassura-t-elle. La lune était, désormais, assez haut dans le ciel pour projeter l'ombre étirée de ce rocher qui se trouvait plus près du rivage qu'elle. Cassie l'examina du coin de l'œil, tout en lissant le sable qui recouvrait la mystérieuse petite boîte. « Voilà, comme ça, personne ne pourra se douter qu'il y a quelque chose de caché là. » L'ombre s'étirait vers elle... Eh bien, c'était juste parce que la lune montait.

« Faux. » Elle cessa net de se frotter les mains et la regarda.

« Les ombres rétrécissent quand la lune monte. Exactement comme avec le soleil. » Celle-là s'était pourtant indubitablement rapprochée.

Le murmure de l'océan lui parut soudain assourdissant.

« Tu aurais dû écouter Diana. Tu n'aurais pas dû t'éloigner des autres », se sermonna-t-elle. Lentement, prudemment, elle tourna la tête pour jeter un coup d'œil par-dessus son épaule. Les gros cailloux qu'elle avait escaladés semblaient à des années-lumière et il n'y avait aucune trace du cercle de bougies derrière eux. Pas de bruit non plus, outre le mugissement des vagues. Elle se sentit terriblement vulnérable, tout à coup, et très, très isolée.

« Ne montre pas que tu as peur. Lève-toi et va-t'en », se dit-elle. Son cœur cognait contre ses côtes. Comme elle se levait, l'ombre avança.

« Oh ! Mon Dieu ! » Impossible de prétendre que c'était un phénomène normal. L'ombre n'était même plus en contact avec le rocher, maintenant. C'était juste une flaque noire sur le sable qui se répandait, exactement comme de l'eau, coulant vers elle. Elle était… vivante.

« Va-t'en ! Va-t'en ! » hurlait la petite voix sans sa tête. Mais ses jambes refusaient d'obéir. Elles étaient soudées, paralysées, et elle n'avançait pas d'un millimètre.

Cassssie. Elle releva brusquement la tête, chercha celui qui avait parlé. Mais ce n'était pas quelqu'un. C'étaient les vagues.

Cassssssie.

« Il faut qu'je fiche le camp d'ici », se pressa-t-elle. Mais ses jambes ne voulaient toujours pas bouger.

La noirceur se répandait sur le sol comme du goudron, dégoulinant vers elle en éventail. La flaque bitumeuse se divisa, comme une rivière rencontrant un obstacle, et se referma derrière elle pour l'encercler.

Cassssssie.

L'ombre lui parlait avec la voix de Black John ! Ténèbres informes, elle s'entortilla autour d'elle, tel un tourbillon de fumée. Quand elle la regarda, là, sur le sable, Cassie crut voir des serpents, des scarabées noirs, tout un flot d'horreurs rampantes qui tournaient autour d'elle. Pas pour la tuer, non : pour… entrer dans sa tête.

Cassie pouvait la sentir essayer de s'infiltrer dans son esprit, une pression qui s'accentuait, tandis qu'elle tourbillonnait à ses pieds. Et tout ce qu'elle pensait c'était : « Dieu merci ! je n'ai plus l'hématite. »

« J'aurais dû écouter Diana. Mais pourquoi je n'l'ai pas écoutée ? » se répétait-elle en boucle. Les filles ne s'inquiéteraient pas avant un bon moment. Trop longtemps. Elle aurait voulu hurler, mais sa gorge aussi était paralysée. Elle ne pouvait que rester piquée là à regarder la noirceur tourbillonner à ses pieds.

« Repousse-la mentalement », se dit-elle. Mais elle avait bien trop peur. Elle n'aurait pas pu faire, avec cette horreur, ce qu'elle avait fait au doberman. Elle n'en avait pas la force.

« Oh ! par pitié, aidez-moi ! » implora-t-elle intérieurement.

Et, tout à coup, elle n'eut plus que cette idée en tête. « Oh ! par pitié, aidez-moi ! J'vous en prie, venez m'sauver ! Je n'peux pas m'en sortir tout'seule. Oh ! j'vous en prie… quelqu'un… »

Casssssie.

Les vagues, le tourbillon de noirceur et le mauvais œil de la lune, tous semblaient l'appeler dans un même souffle.

« Au s'cours ! »

— Cassie !

C'était un cri, pas un murmure. Et, plus loin, Cassie entendit un chien qui aboyait. Un flot de visions de sécurité et de réconfort la submergea. Elle tourna la tête, aux cent coups. Et ces maudites jambes qui ne voulaient toujours pas bouger.

— Je suis là ! cria-t-elle.

Au même moment, elle sentit l'étau se desserrer. Déjà, la noirceur se repliait lentement vers le rocher, se fondant dans l'ombre, la véritable ombre qu'il projetait sur le sable.

— Cassie !

C'était une voix familière, une voix qu'elle aimait.

— Je suis là, répéta-t-elle, en titubant dans sa direction.

Les images de réconfort, de sécurité, d'intimité déferlaient toujours en elle, l'aspiraient. Elle les suivit. Alors même qu'elle atteignait les gros cailloux, des bras puissants la soulevèrent de terre, l'enlacèrent étroitement. Elle sentit la chaleur d'un corps humain contre le sien.

Par-dessus l'épaule de Nick, elle croisa le regard d'Adam.

La lune l'éclairait en pleine face, donnant à ses yeux d'étranges reflets, bleu-mauve comme la naissance d'une flamme. Comme le ciel avant une tempête d'apocalypse. Il lui sembla voir des éclats argentés dans ses pupilles. Raj bondissait à côté de lui, sans cesser d'aboyer. Le berger allemand remuait frénétiquement la queue en s'élançant vers elle. Adam l'empoigna par le cou pour le retenir.

— Ça va ? Tu n'as rien ?

Nick lui parlait à l'oreille.

— Non, je vais bien, lui répondit-elle dans un souffle.

Elle ne savait même pas ce qu'elle disait.

— T'aurais pas dû partir tout' seule, gronda-t-il. Elles auraient pas dû t'laisser partir tout' seule.

— Ça va, Nick.

Elle se cramponna à lui de toutes ses forces et enfouit son visage dans son cou, juste au moment où Adam faisait demi-tour en tirant un Raj récalcitrant derrière lui. Alors, elle s'agrippa encore plus fort, même si elle savait qu'il la sentirait trembler.

— Cassie, répéta-t-il, en lui caressant le dos pour la calmer.

Elle s'écarta légèrement. Adam était parti. Elle regarda Nick au clair de lune, admira la beauté de ses traits parfaits, comme sculptés dans le marbre. Sauf que sa froideur habituelle avait déserté ses prunelles, à présent.

« La passion », songea-t-elle, en revoyant la bougie rouge de Faye. C'est alors qu'elle l'embrassa.

Elle n'avait jamais vraiment embrassé quelqu'un, à part Adam, mais elle savait à peu près comment s'y prendre. Enfin, elle supposait. Les lèvres de Nick étaient chaudes contre les siennes. Hmmm ! C'était super. Elle s'était bien rendu compte qu'il était pris au dépourvu, au début, mais la surprise avait vite été balayée par quelque chose de plus intense, de plus doux aussi. Elle le sentit répondre à son baiser.

Elle l'embrassait pour ne pas penser. C'était parfait, pour ça, les baisers. Suzan s'était complètement plantée sur Nick : il n'avait rien d'un iguane. C'était comme si des courants de feu lui remontaient le long des nerfs. Elle en avait des fourmillements jusque dans les doigts. Une brusque chaleur l'embrasa de la tête aux pieds.

Ils finirent par desserrer leur étreinte. Les doigts toujours noués aux siens, Cassie leva les yeux vers Nick.

— Désolée, dit-elle d'une voix mal assurée. C'est juste que… j'étais morte de trouille.

— Rappelle-moi de te foutre la trouille plus souvent, chuchota Nick.

Il avait l'air un peu hagard.

— On ferait mieux d'y retourner. Black John était là.

Il faut bien reconnaître, à sa décharge, que Nick ne hurla pas « Quoi ? » en la secouant comme un prunier. Au lieu de ça, il jeta un vif coup d'œil alentour, tout en changeant de position, l'enlaçant du bras gauche pour libérer sa main droite.

— Il est parti maint'nant, affirma-t-elle. C'était une ombre qui s'est détachée de ce rocher. Mais elle n'est plus là.

— Après ça, plus personne se balade en solo, décréta Nick, en la guidant vers les cailloux qu'ils devaient escalader pour rejoindre la route.

— Je crois qu'il essayait d'entrer dans ma tête, racontait Cassie, quand ils se retrouvèrent tous dans la maison d'Adam. (Elle était assise à côté de Nick qu'elle agrippait par la main.) Pour m'influencer, prendre possession de mon esprit ou un truc comme ça. Je n'savais pas comment l'arrêter. Si vous n'étiez pas arrivés, les garçons, il aurait réussi.

— Personne ne devrait plus s'retrouver tout seul dehors, asséna Nick, en lançant à Diana un regard noir.

Ça ne lui ressemblait pas d'intervenir dans les assemblées, mais, là, il avait parlé d'un ton ferme, catégorique : pas de discussion.

— Je suis d'accord, approuva Mélanie. Je pense qu'on devrait aussi faire quelque chose pour se défendre, trouver une sorte de bouclier contre lui.

— T'as déjà une petite idée ? lui demanda Adam.

Il était assis sur l'accoudoir du fauteuil de Diana, le visage parfaitement calme, la voix parfaitement égale.

— Un cristal pourrait éventuellement nous aider. De l'améthyste peut-être ? Ça devrait nous permettre de nous focaliser sur lui pour le combattre, de nous protéger contre toute agression psychique. Bon, évidemment, avec quelqu'un qui porterait en même temps un autre cristal qu'il pourrait utiliser contre lui – comme l'hématite –, ça ne servirait à rien.

Elle regardait Faye en disant ça.

Faye eut un geste d'impatience.

— Comme je l'ai déjà dit à ma cousine – qui se mêle de c'qui n'la regarde pas –, je n'ai pas cette ridicule hématite. Je n'ai pas besoin de voler les cristaux des autres, moi, merci.

— O.K., O.K., on ne va pas se disputer pour ça, répondit Diana. Tu as assez d'améthystes chez toi, Mélanie ? À moins que tu en aies quelques-unes à nous prêter, Laurel ? Je crois qu'on ferait mieux de les avoir sous la main pour que tout le monde rentre avec, cette nuit.

— Oui. Et ne s'en sépare pas, renchérit Mélanie. Ni pour prendre un bain, ni pour dormir, ni en cours... jamais. Mais portez-la sous vos vêtements pour qu'il ne la voie pas, si possible. Elle n'en sera que plus efficace.

— Tu parles d'une façon d'finir un anniv', toi ! maugréa Doug, en récupérant sa veste.

— Tu n'as qu'à voir ça comme un cadeau d'départ, lui rétorqua froidement Nick. Ça t'f'ra un p'tit souvenir.

Il étreignit la main de Cassie, en lui lançant un bref coup d'œil en coin, comme pour lui dire qu'il savait bien, lui, quel petit souvenir il garderait de la soirée.

Ça lui fit chaud au cœur. Mais, quand ils se dirigèrent vers la porte pour se rendre chez Mélanie, elle demanda d'un air détaché :

— Au fait, comment ça s'fait que vous êtes venus me chercher ?

— Ouais, ça vous gavait cette fête ou quoi ? leur lança Deborah, en lorgnant vers Chris, les yeux pétillants. Vous vous êtes enfin rendu compte qu'vous pouviez pas vous passer des filles, qu'vous pouviez pas assurer sans nous ?

Chris la regarda bizarrement.

— Non, on assurait un max. C'est Adam qui nous a dit d'venir. Il a dit qu'Cassie était en danger.

9

L'améthyste de Cassie était d'une taille honnête. C'était un gros pendentif : une pierre retenue par les serres d'une chouette d'argent aux ailes déployées. Elle était froide contre sa peau. Cassie vérifia dans le miroir de Diana qu'elle ne faisait pas une bosse sous son pull bleu et blanc. Elle y porta une main fébrile. C'était sa quatrième pierre : il y avait d'abord eu la rose de calcédoine qu'Adam lui avait donnée, puis la larme de cristal de roche du collier que Mélanie lui avait prêté pour la Fête de la Rentrée et, enfin, l'hématite qu'elle avait trouvée au numéro 13. Elle ne les avait pas gardées très longtemps. Elle avait dû rendre la calcédoine à Adam ; elle avait perdu le quartz, la nuit même, dans le cimetière, et on lui avait volé l'hématite. Elle espérait bien qu'il n'arriverait rien à son améthyste.

Les nuages s'étaient amoncelés pendant la nuit et, quand elles prirent la voiture de Diana pour aller en cours, le ciel plombé avait viré au gris acier. Et ce n'était pas au lycée que ça allait s'arranger : le lycée, en ce moment, c'était à peu près aussi réjouissant que le temps. Des surveillants étaient postés dans tous les couloirs. Arborant fièrement leur insigne et une froideur de banquise, ils n'attendaient qu'une seule chose : que quelqu'un enfreigne le règlement. Ce qui ne tardait pas, en général – il y avait tellement de règles qu'il était impossible de ne pas en enfreindre une ou deux rien qu'en respirant.

— On a failli être convoqués pour « port d'appareil bruyant », racontait Chris, tandis qu'ils traversaient le hall d'entrée à l'heure du déjeuner.

Cassie se raidit.

— Qu'est-ce que vous avez fait ?

— On a acheté l'mec, jubila Doug, avec un rictus sardonique. On lui a filé l'Walkman.

— *Mon* Walkman, grommela Chris, écœuré.

— Je m'demande quelle est la punition pour avoir soudoyé un surveillant..., lâcha Laurel d'une voix songeuse, en arrivant devant la cafétéria.

Cassie ouvrait déjà la bouche pour lui répondre, quand les mots se figèrent sur ses lèvres. À travers la vitre, elle venait de voir un truc si hallucinant que ça lui avait lavé le cerveau d'un coup.

— Oh non ! souffla Laurel.

— Je-ne-le-crois-pas, chuchota Diana.

— Moi si, gronda Adam.

Au beau milieu de la cafét' était dressée une structure en bois que Cassie reconnut pour l'avoir vue dans ses livres d'histoire. L'instrument se composait de deux parties qui, quand on les fermait, emprisonnaient les poignets et le cou, lesquels ressortaient de l'autre côté des trous.

Le pilori.

Et il y avait quelqu'un dedans.

Un garçon. Un grand mec balèze que Cassie avait repéré parce qu'il était en cours de maths avec elle. Et puis, il l'avait invitée à danser à la Fête de la Rentrée – il avait eu les mains baladeuses, entre parenthèses. Il aimait bien répondre aux profs, aussi. Mais elle ne l'avait jamais vu faire quoi que ce soit qui ait mérité un truc pareil.

— Il ne s'en tirera pas comme ça, fulmina Diana.

Ses yeux verts flamboyaient de colère.

— Qui ? Brunswick ? lui lança Deborah. (Elle les attendait près de la porte de la cafét', avec Suzan et Nick.) Tu parles ! Y a pas cinq minutes, il faisait faire le tour du proprio à des parents d'élève et, quand ils sont arrivés ici, il leur a carrément fait la promo, j'te jure ! Il leur a dit que ça faisait partie du traitement « à la dure », qu'les autres établissements faisaient monter les « agitateurs » sur les tables pour que tout l'monde les voie et qu'il trouvait qu'ça, c'était « plus humain » parce qu'on pouvait s'asseoir ! Il est presque arrivé à rendre ça « raisonnable ». Et les parents qui souriaient, qui opinaient du bonnet... ils ont tout go-bé.

Cassie avait mal au cœur. Elle repensait au Cachot des Sorcières de Salem, à ces étroits couloirs bordés de petites cellules obscures qu'elle avait arpentés avec Chris et Doug. Le pilori provoquait en elle le même malaise. Comment des êtres humains pouvaient-ils faire subir ça à d'autres êtres humains ?

— … passer ça comme si ça faisait partie d'notre patrimoine, était en train de dire Nick, avec une moue dégoûtée.

Il éprouvait manifestement la même chose qu'elle.

— On pourrait pas parler d'ça à table ? s'impatienta Suzan, en se balançant d'un pied sur l'autre. J'ai la dalle, moi.

Mais, alors qu'ils se dirigeaient vers l'arrière-salle – le domaine exclusif du Club durant ces quatre dernières années –, une fille – un petit format avec un casque de cheveux rouille – s'interposa.

— Désolée, leur annonça Sally Waltman, d'un air narquois. Cette salle est réservée aux surveillants, dorénavant.

— Ah ouais ? lui cracha Deborah.

Surgissant de nulle part, deux grands types avec des insignes vinrent aussitôt encadrer Sally.

— Ouais, lui rétorqua l'un d'eux.

Cassie jeta un coup d'œil dans l'arrière-salle à travers les baies vitrées – plus de foule de courtisans ébahis pour lui boucher la vue, aujourd'hui – et reconnut la chevelure de Portia. Elle était au centre d'un cercle d'admirateurs qui la couvaient des yeux. Tous portaient un insigne.

— Vous allez juste être obligés d'vous installer ailleurs, poursuivait Sally. Et, comme y a pas de table assez grande, vous allez aussi être obligés d'vous séparer. Comme c'est dommage !

— Venez, on va dehors, riposta Nick, en prenant Cassie par le bras.

Sally s'esclaffa.

— J'crois pas, non. Terminés les déjeuners sur l'herbe ! Si vous ne trouvez pas de places assises ici, vous n'avez qu'à rester d'bout.

Cassie sentit les muscles de Nick se contracter et s'agrippa à son bras. Diana en faisait autant avec Adam – ses yeux, braqués sur les gardes du corps de Sally, étincelaient comme des escarbilles d'acier chauffé à blanc.

— Ça n'en vaut pas la peine, déclara posément Diana – mais elle se contenait, ça s'entendait. C'est ce qu'il cherche. On n'a qu'à aller là.

En les voyant tous se diriger vers le mur, Sally sembla déçue. Et puis, un éclair de triomphe zébra ses prunelles.

— Lui ! s'écria-t-elle, en pointant Doug du doigt. Il est déjà en infraction : il a un baladeur.

— C'est juste une F.M. et elle est pas allumée, protesta Doug.

— Ça ne change rien. F.M. ou pas, avoir un baladeur au lycée, c'est déjà une infraction de 1re catégorie. Viens avec moi, je te prie.

Les deux types avancèrent brusquement d'un même pas pour aider Doug à obéir. Déjà Nick s'élançait.

— Non, Nick ! Attends…, hoqueta Cassie, en s'interposant d'un bond.

« Seigneur ! Une bagarre en pleine cafétéria : il ne manquerait plus qu'ça ! »

Les yeux de Doug luisaient dangereusement. Il était tellement hors de lui qu'il en aurait frappé Sally – sans même parler des deux gros bras de service.

— Emmenez-le, ordonna Sally.

Elle exultait.

Les deux types tendirent les mains et Doug reculait déjà le poing, quand une voix de gorge s'éleva, fendant le silence comme une lame.

— Qu'est-ce qui s'passe ici ? aboya Faye, de l'or en fusion dans les prunelles.

Elle portait un autre de ses petits tailleurs de femme d'affaires – noir et jaune, celui-là.

Sally la fusilla du regard.

— Ils refusent de se soumettre aux ordres d'une surveillante, lui répondit-elle. Et lui, là, il a une radio.

Faye se pencha pour décrocher le Walkman pendu à la ceinture de Doug.

— Plus maintenant, lui répliqua-t-elle. Et moi, je leur dis d'aller manger ailleurs... dehors, peut-être. De *mon* propre chef et sous *ma* responsabilité.

Sally écumait de rage. Faye ricana et entraîna le Club hors de la cafétéria.

Diana s'empressa de la remercier. Pendant un instant, Faye et Diana se regardèrent droit dans les yeux. Cassie pensa au cercle de bougies sur la route. « Une nouvelle étape de la vie, avait dit Diana. Est-ce que Faye serait en train de franchir une nouvelle étape ? Est-ce qu'elle reviendrait vers le coven ? »

Mais les paroles que la belle brune prononça alors eurent tôt fait de la détromper.

— Il n'y a aucune raison pour que vous ne déjeuniez pas dans l'arrière-salle, vous savez, leur déclara-t-elle d'une voix doucereuse. Vous pouvez tous devenir surveillants. Il ne demande que ç...

— Il veut nous mettre le grappin d'ssus, l'interrompit Deborah, avec une moue méprisante.

— Il veut se joindre à nous. Il est l'un des nôtres.

— Non, c'n'est pas vrai, Faye, intervint Cassie, en repensant à l'ombre sur la plage. Il n'a rien à voir avec nous.

Faye lui lança un drôle de regard.

— Il y a une réunion de surveillants dans la C-207, en dernière heure, se contenta-t-elle de leur annoncer. Réfléchissez-y. Plus vite vous rejoindrez ses rangs, plus ça simplifiera les choses.

Elle rendit son Walkman à Doug, en le lui balançant d'un geste négligent, et s'en retourna comme elle était venue.

On avait déjà vu plus agréable comme déjeuner. Il faisait froid, dans la cour du lycée, et personne n'avait grand appétit – sauf Suzan. Sean arriva sur le tard, bien après la fumée des cierges. Ils tentèrent d'échafauder des plans de bataille pour combattre Black John, mais, au final, ils en revenaient toujours au même problème : le pouvoir. Ils avaient besoin de plus de pouvoir pour avoir la moindre chance contre lui. Ils avaient besoin des Artéfacts Primordiaux.

Chacun avait sa petite idée sur l'endroit où chercher. Adam proposa la plage – autour de Devil's Cove, plus particulièrement, là où M. Fogle, le précédent proviseur, avait été victime d'une « avalanche ». Deborah penchait pour l'ancien cimetière.

— Il est là depuis l'XVIIe, argua-t-elle. Le coven initial peut très bien y avoir planqué des trucs.

Diana et Mélanie étudièrent la possibilité de créer un pendule « spécial énergie positive » pour repérer celle que les Artéfacts Primordiaux auraient pu éventuellement dégager.

Sagement assise près de Nick, Cassie ne parlait pas beaucoup. Elle avait cette stupide mais impérieuse envie d'oublier tout ça et de se blottir contre son épaule. Elle ne connaissait pas La Nouvelle-Salem aussi bien que les autres : comment aurait-elle pu proposer une idée potable, de toute façon ? Et puis elle angoissait tellement. Elle avait l'impression que des trucs terribles allaient arriver, n'attendant qu'un signal pour se déclencher.

« On n'a aucune chance, songeait-elle, tout en écoutant les autres discuter, une perceptible inquiétude dans la voix. On est juste des ados, alors qu'il a des siècles d'expérience derrière lui. On n'a aucune chance. »

Son angoisse ne cessa de croître au fil de la journée. En allant à son dernier cours, elle tomba sur Nick dans le couloir. Il s'arrêta pour lui parler.

— Tu as une de ces têtes ! s'exclama-t-il.

— Merci.

Elle s'essaya au sourire ironique, sans grand succès.

— Non, j'veux dire, tu es toute pâle… Ça va ? Tu veux pas rentrer ?

— Interdiction de « quitter l'enceinte de l'établissement sans autorisation », récita-t-elle machinalement, d'un ton las.

Mais, déjà, elle était dans ses bras.

— Ils peuvent se mettre leur autorisation où j…

Elle se cramponna à lui. Nick lui faisait tellement de bien. Elle ne demandait qu'à l'aimer. Elle réussirait bien à l'aimer, si elle le décidait. Peut-être qu'ils feraient mieux de retourner à Crowhaven Road, d'aller dans un endroit tranquille où ils pourraient se retrouver seuls tous les deux. Nick n'appréciait pas trop de faire ce genre de choses devant tout le monde.

— Serre-moi fort, souffla-t-elle.

Il l'enlaça. Et puis il l'embrassa.

Oh oui ! Juste se laisser aller. Ne plus faire qu'un – elle ne risquait rien avec Nick. Il s'occuperait d'elle. Elle pouvait tout oublier, maintenant. Arrêter de penser.

— Tiens, tiens, tiens… Voilà qui m'a tout l'air d'une infraction de 1re catégorie, déclara une voix importune. « Démonstrations d'affection en public, incompatibles avec le sérieux et la dignité de l'Instruction publique. » Qu'est-ce que tu en dis, Portia ?

Nick et Cassie se séparèrent. Cassie était écarlate.

— J'en dis que c'est tout simplement répugnant, répondit Portia Bainbridge.

Elle avait, à ses basques, tout un troupeau de surveillants – en route pour leur réunion, apparemment. Il y en avait bien une trentaine. Le cœur de Cassie se mit brusquement à battre la chamade.

— Et c'est sa faute à elle, poursuivait Portia, en la toisant du haut de son long nez aristocratique. Je l'ai entendue. C'est elle qui l'a poussé. Allez ! on l'embarque.

— Ça lui apprendra, à cette petite allumeuse, jubila Sally.

Cassie se souvint alors de la voix de Sally dans les toilettes, de cette colère rentrée, de cette hargne : « À la Fête de la Rentrée, la mienne avait tous les garçons qui lui couraient après. Ils bavaient d'vant. Y compris mon p'tit ami. » Ça avait tellement changé l'image qu'elle se faisait d'elle : elle ne se voyait plus de la même façon, depuis qu'elle avait entendu Sally Waltman parler d'elle comme ça, ce jour-là.

Nick regardait impassiblement le groupe de surveillants – comme l'ancien Nick, celui qu'elle avait vu, au début, quand ils s'étaient rencontrés : glacial. Un mur.

— L'embarquer où ? Une infraction de 1re catégorie est censée être sanctionnée par des heures de colle. Vous lisez pas votre propre règlement ou quoi ? la rembarra-t-il.

— C’est nous qui décidons des sanct…

Mais, déjà, Sally interrompait Portia :

— Elle a fait preuve d’« insubordination à l’égard d’une surveillante » au déjeuner, affirma-t-elle, récitant comme un perroquet. Voilà pourquoi on l’emmène chez Monsieur le Proviseur. M. Brunswick nous a donné des instructions formelles. On doit l’emmener dans son bureau. Elle n’aura qu’à lui parler, à lui.

— Ben, va falloir nous emmener tous les deux, alors, lui répliqua Nick, en resserrant son étreinte autour des épaules de Cassie.

Ils étaient trop nombreux. Cassie parcourut la troupe des yeux. Pas un seul visage amical. Tous des terminales et tous avec une haine farouche des sorcières dans les prunelles. Et pas de Faye en vue, cette fois-ci.

— Nick, lui dit-elle, d’une voix qui lui parut bien douce et bien mesurée, à côté des coups de boutoir de son cœur. Je crois que je ferais mieux d’aller avec eux. (Elle se retourna vers Sally.) Est-ce que je peux juste lui dire au revoir ?

Sally opina du bonnet d’un air narquois. Cassie passa ses bras autour du cou de Nick.

— Va chercher les autres, lui souffla-t-elle à l’oreille. Les surveillants seront tous en réunion. Il faudra que vous trouviez le moyen de me sortir de là.

Brisant leur étreinte, il riva ses yeux couleur acajou aux siens : il avait compris. Il posa alors sur Sally un regard impavide et recula.

Le groupe de surveillants encercla Cassie et l’escorta tout le long du couloir – à croire qu’ils avaient affaire à un dangereux terroriste. Elle faillit pouffer, mais, quand ils atteignirent le bureau du proviseur, toute envie de rire disparut, submergée par un flot de pure terreur.

« Il l'avait prévu, songea-t-elle. Peut-être pas aujourd'hui précisément, mais il savait qu'il finirait par nous avoir d'une façon ou d'une autre, un par un. » Elle tenta d'ignorer la petite voix qui lui chuchotait : *Il savait qu'il te coincerait. C'est après toi qu'il en a.*

Parce qu'elle était à moitié de l'extérieur – ou parce qu'elle n'entrait pas dans ses plans. Une vision de Kori lui traversa l'esprit : Kori gisant, raide et immobile, au pied de la colline, la nuque brisée. Elle avait vu ce qui était arrivé à ceux qui n'entraient pas dans les plans de Black John.

— Peut-être que si tu bats des cils, il te laissera partir, lui murmura Sally, fielleuse, avant de la pousser dans le bureau du proviseur.

Cassie ne lui répondit pas. Elle en était bien incapable.

Elle n'avait pas remis les pieds dans ce bureau, depuis qu'elle était venue se plaindre auprès de M. Fogle parce que Faye la persécutait. Rien n'avait changé, sauf qu'il y avait une belle flambée dans la cheminée, à présent. Et que l'homme qui se tenait derrière le bureau n'était pas le même.

« Ne le regarde pas », s'intima-t-elle, au moment où la porte se refermait derrière elle. Mais elle ne put s'en empêcher. Ces terribles yeux noirs la tinrent sous leur emprise, de la seconde où elle risqua un coup d'œil vers le bureau. Le visage d'aigle ne trahissait pas la moindre surprise de la voir.

À peine s'il y eut un cliquetis, quand le proviseur posa son fin stylo plaqué or sur la table.

— Cassandre, dit-il.

Cassie en eut les jambes coupées.

C'était la voix de l'ombre ! Une voix noire, liquide. Si calme, si insidieuse, si… maléfique. Sous ce regard d'hématite, elle se sentit sans défense, exposée. Comme si c'était dans son esprit qu'il regardait. Comme s'il cherchait une faille pour s'immiscer.

— Monsieur Brunswick, répondit-elle.

Sa propre voix lui parut bizarre. Polie, mais distante.

Il sourit.

Il portait un col roulé et une veste noirs. Il se leva, en appuyant ses doigts en éventail sur le bureau.

— Quel courage ! la félicita-t-il. Je suis fier de toi.

C'était bien la dernière chose à laquelle elle s'attendait. Elle le dévisagea, le souffle coupé. Sa main se porta machinalement à la bosse que faisait le pendentif d'améthyste sous son pull.

Il suivit son geste des yeux.

— Je ne me donnerais pas cette peine, si j'étais toi, commenta-t-il, en esquissant un léger sourire. Ce cristal est beaucoup trop petit pour offrir la moindre protection.

Sa main retomba mollement. Comment il savait ? Elle se sentait tellement perdue, tellement déstabilisée. Elle examina l'homme qui se tenait devant elle, essayant de faire le lien avec la créature recroquevillée au-dessus de sa grand-mère, dans la cuisine du numéro 12 ; avec le sorcier du XVIIe siècle qui avait conduit un coven apeuré jusqu'à La Nouvelle-Salem. Comment pouvait-il être encore là ? Quelle était donc la source de son pouvoir ?

— L'améthyste est une pierre faible, une pierre de cœur, poursuivait-il avec une surprenante douceur. Un seul objectif, pur et clair, Cassie, là est le secret. Pureté et clarté. Ne perds jamais ton objectif de vue.

Elle eut l'étrange impression qu'il répondait à sa question. « Oh mon Dieu ! mais pourquoi Nick ne vient pas ? » Son cœur battait si fort... Elle était absolument terrifiée.

— Laisse-moi te montrer. Si tu voulais bien me donner ce pendentif... Juste pour un instant, l'encouragea-t-il, en voyant qu'elle ne réagissait pas.

Alors, lentement, Cassie glissa les mains derrière sa nuque. De ses doigts glacés, elle dégrafa la chaîne et l'ôta. Comment aurait-elle pu faire autrement ?

Le geste mesuré, précis, il prit le collier.

Cassie eut la soudaine et absurde vision d'un prestidigitateur s'apprêtant à faire un tour de magie. « Non, il n'y a rien de caché dans ses manches, pensa-t-elle. Juste de la chair qui ne devrait même pas se trouver là, pour commencer. »

Tenant toujours le collier en l'air, le proviseur se détourna. Les flammes bondirent dans l'âtre et le feu crépita. Cassie sentait son pouls battre dans sa gorge et au bout de ses doigts. « Je n'vais pas pouvoir tenir encore très longtemps, comprit-elle. Oh Nick ! Nick, t'es où ? »

— Vois-tu, reprit le proviseur, d'une voix étrangement déformée, l'améthyste est une pierre criblée d'impuretés. Pour ce qui est du pouvoir, le quartz a toujours eu ma préférence...

Et il commença à se retourner.

« Non ! » Tout se passait maintenant au ralenti, comme si elle visionnait une vidéo image par image. Une vidéo projetée avec un appareil professionnel offrant une netteté, une clarté, un contraste exceptionnels. D'où ce « Non ! » était-il sorti ? Elle n'en savait rien. Elle sentait juste que, dans sa tête, tout au fond, quelque chose se rebellait et hurlait pour tenter de la mettre en garde. « Ne regarde pas, oh ! surtout ne regarde pas ! »

Elle aurait voulu dire : « Stop ! », faire un arrêt sur image. Mais elle était totalement impuissante. Cet épouvantable suspense n'en finissait pas : l'homme en noir se retournait toujours. Et, maintenant, il lui faisait face.

Elle vit l'élégante veste noire, le pull à col roulé noir. Mais, au-dessus du col roulé... une telle monstruosité qu'elle lui tira des larmes d'horreur et que son cri lui resta dans la gorge. Cet homme-là n'avait pas de visage.

Pas de cheveux, pas de sourcils, pas d'yeux, pas de nez. Pas de bouche non plus, juste un rictus découvrant deux rangées de dents serrées. Et même ça, même ces os, là, devant elle, étaient clairs comme de l'eau de roche.

Elle ne pouvait pas hurler, pas même respirer. Et, dans son cerveau, c'était la pagaille la plus complète.

« Oh mon Dieu ! Oh mon Dieu ! le crâne n'a pas disparu, pas étonnant qu'on n'l'ait pas trouvé, il n'a pas explosé du tout parce qu'il est dans sa tête ! Oh Diana ! Oh Adam ! il est *dans sa tête...* »

— Tu vois, Cassandre, reprit la voix – qui n'avait plus rien d'humain et semblait provenir de derrière les dents de cristal du crâne ricanant –, pureté plus clarté égale pouvoir. Et je détiens plus de pouvoir que vous, les enfants, n'en avez jamais rêvé.

« Oh mon Dieu ! C'n'est pas possible c'n'est pas possible ça n'peut pas arriver je n'veux pas je n'veux pas je n'veux pas continuer à voir ça... »

— Mon esprit n'est pas emprisonné dans ce corps, expliquait posément la voix, horriblement limpide. Il peut circuler, couler comme de l'eau vers n'importe quel lieu que je lui assigne. Je peux diriger son pouvoir n'importe où.

Les orbites creuses s'inclinèrent vers le pendentif d'améthyste qui se balançait au bout d'une main tout ce qu'il y avait de plus normale. Le feu scintilla au cœur du cristal. Et puis Cassie la sentit : une décharge d'énergie comme celle qu'elle avait elle-même envoyée pour effrayer le chien, pour alerter Sean et pour allumer sa bougie. Sauf que celle-ci était bien plus puissante et bien plus dense que ses piètres projections. Elle aurait presque pu la voir, comme un flash.

L'améthyste vola en éclats.

La chouette d'argent se balançait toujours, mais ses serres ne retenaient que du vide. Le cristal avait disparu.

Elle perçut bien le cliquetis des petits morceaux qui tombaient, mais ne l'enregistra pas vraiment. En proie à la panique la plus totale, elle ne voyait ni n'entendait plus rien.

— Maintenant, Cassandre…, reprit la voix d'outre-tombe, avant d'être soudain interrompue par un tel boucan que toute terrorisée qu'elle était, Cassie aurait difficilement pu l'ignorer. Une sorte d'énorme rugissement qui provenait de la cour du lycée, comme des cris de supporters, mais des supporters en colère. Des hurlements s'élevèrent alors, si stridents qu'ils parvenaient à dominer le vacarme ambiant.

Le proviseur lâcha la chaîne d'argent et se dirigea d'un pas martial vers la fenêtre qui dominait l'entrée de l'établissement.

C'est alors que, subitement, le cerveau de Cassie se remit en marche. Elle n'avait plus qu'un truc en tête : sortir d'ici. Profitant de ce que l'homme en noir regardait ailleurs, elle se rua vers la porte.

Elle fonça tout droit, traversant le secrétariat comme une flèche. C'était le chaos au premier. Toutes les classes déversaient des flots d'élèves dans les couloirs.

— Y a d'la baston en bas ! brailla un type dans l'escalier. V'nez voir ! V'nez voir !

« C'est comme une émeute : ils ne peuvent pas parvenir à maîtriser tout l'monde en même temps », comprit-elle confusément. Elle courait toujours. Elle dévala les marches, puis se précipita dans le couloir, piquant d'instinct vers le centre de la mêlée.

— Cassie, attends !

Ce n'était pas une voix d'homme, mais elle n'en était pas moins menaçante : Faye. Cassie interrompit sa course, juste le temps de chercher désespérément des yeux Nick, Diana ou Adam.

— Arrête, Cassie, bon sang ! Personne n'essaie de t'faire du mal. Je te cavale après depuis le bureau du proviseur.

Cassie recula prudemment, sur ses gardes. Le couloir était désert, maintenant. Tout le monde était dehors.

— Cassie, je te demande juste de *m'écouter*. Il n'essaie pas de te tuer, je te jure. Il veut t'aider. T'aider, Cassie. Il t'aime beaucoup, tu sais.

— T'es complètement folle, Faye ! (C'est alors qu'elle perdit complètement les pédales et se mit à hurler :) Tu n'sais pas c'qu'il est ! Tout c'que tu vois est faux : une illusion. C'est un monstre !

— Sois pas ridicule. Il est des nôtr…

— Oh Seigneur ! Oh *Seigneur* !

Elle subissait le contrecoup et ses genoux tremblaient tellement qu'elle dut s'adosser au mur. Elle glissa à terre, arrachant, par là même, l'affiche pour le match de foot de Thanksgiving.

— Tu n'l'as pas vu, Faye. Tu n'sais pas.

— Tout ce que je sais, c'est que tu te comportes comme une gamine. Tu n'es même pas restée pour écouter ce qu'il avait à te dire. Il allait tout t'expliqu...

— Mais ouvre les yeux, Faye ! s'écria-t-elle. Pour l'amour du Ciel ! vas-tu enfin te réveiller et le *regarder* ? Il n'est pas celui que tu crois. Tu es complètement aveugle.

— Et toi, tu crois tout savoir de l'histoire, hein ?

Faye se redressa et croisa les bras. Hautaine, la grande brune la considéra, avec un étrange éclat de triomphe dans les prunelles.

— Tu crois tout savoir, mais tu n'sais même pas quel nom il portait la dernière fois qu'il était ici, quand il est venu trouver nos parents et s'installer au numéro 13.

Cassie prit appui d'une main par terre. La terreur lui avait donné des ailes, mais, à présent, cette énergie du désespoir l'abandonnait et le sol lui paraissait soudain extrêmement instable. Faye la reluquait toujours avec ce drôle de regard triomphant entre ses paupières mi-closes.

— Non, souffla-t-elle.

— « Non », quoi ? « Non », tu n'sais pas ? Ou « Non », tu n'veux pas savoir ? Mais, moi, je veux te le dire, Cassie. Et il est grand temps que tu le saches. La dernière fois qu'il est venu, il se faisait appeler... John Blake.

10

Cassie la regardait fixement, la tête vide, sans voix. Elle ne pouvait pas… elle ne *voulait* pas le croire – pourtant, au fond, tout au fond, quelque chose en elle le savait déjà.

— C'est vrai. C'est ton père.

Cassie restait assise là, inerte.

— Et il ne veut que ton bonheur, Cassie. Il veut que tu sois son héritière. Il a plein de projets pour toi.

— Et toi, t'es quoi ? se rebiffa soudain Cassie, hors d'elle. (On l'avait vraiment poussée à bout, cette fois.) Ma nouvelle belle-mère ?

Faye ricana – ce langoureux petit rire de gorge, si satisfait, si horripilant.

— Peut-être. Pourquoi pas ? J'ai toujours aimé les hommes plus âgés – et il n'a que trois siècles de plus que moi.

— Tu m'dégoûtes ! (Elle n'avait pas de mot. Aucun n'était assez fort. Et elle refusait de croire ce qui était en train de lui arriver.) Tu es… tu…

— Je n'ai encore rien fait… concrètement, Cassie. C'est juste une relation de travail, entre John et moi.

Elle était tellement écœurée qu'elle pensa vomir. Écœurée pour elle, écœurée pour Faye…

— Tu l'appelles John ? souffla-t-elle.

— Je devrais l'appeler comment, à ton avis ? « Monsieur Brunswick » ? Ou par le nom qu'il s'est donné la dernière fois qu'il est venu ici : « Monsieur Blake » ?

Cassie en eut un haut-le-cœur. Tout tournait autour d'elle, à présent. Les murs vert pâle tourbillonnaient. Elle aurait voulu s'évanouir. Si seulement elle avait pu tomber dans les pommes pour ne plus avoir à penser !

Mais pas moyen d'y arriver. Peu à peu, le tourbillon s'arrêta et le sol redevint stable sous sa main. Non, impossible d'y échapper. Elle n'avait pas le choix. Il fallait assumer.

— Oh ! mon Dieu ! chuchota-t-elle. C'est vrai. C'est bien vrai.

— C'est vrai, lui répondit posément Faye. (Elle jubilait.) Ta mère était sa p'tite amie. Il m'a tout raconté : comment elle est tombée amoureuse de lui, le jour où il est venu chercher des allumettes au numéro 12. Ils ne se sont jamais vraiment mariés, semble-t-il… Mais je suis bien sûre qu'il ne lui en a pas voulu de prendre son nom.

C'était vrai… et c'était ce que sa grand-mère avait essayé de lui dire avant de mourir. « Mais y a encore… aut'chose… Il faut qu'tu saches », avait-elle ânonné, juste avant d'être interrompue par l'arrivée de Laurel. Ses dernières paroles n'avaient été qu'un faible murmure : « John » et un autre truc que Cassie n'était pas parvenue à comprendre sur le coup. Elle se souvenait, cependant, du mouvement de ses lèvres quand elle avait tenté de former le mot. Le mot « Blake ».

— Mais pourquoi elle a pas essayé de me le dire avant ? balbutia-t-elle, sans même se rendre compte qu'elle parlait tout haut. Pourquoi elle a attendu d'être en train d'mourir ? *Pourquoi ?*

— Qui ? Ta grand-mère ? Elle ne voulait pas te perturber, j'imagine. Elle a dû penser que ça te f'rait flipper. Et peut-être, ajouta-t-elle, en se penchant vers Cassie, qu'elle savait que ça vous rapprocherait, toi et lui. Tu es la chair de sa chair, Cassie. Sa fille.

Sourde à ses arguments, Cassie secouait la tête, le cœur au bord des lèvres.

— Les anciennes… elles devaient le savoir aussi ! Seigneur ! Tous ceux qui l'ont connu devaient l'savoir. Et personne ne m'a rien dit. Personne. Pourquoi ils n'm'ont rien dit ?

— Oh ! arrête de pleurnicher, Cassie ! Je suis sûre qu'ils ne te l'ont pas dit parce qu'ils avaient peur de ta réaction. Et ils n'avaient pas vraiment tort, apparemment : tu pètes complèt'ment les plombs.

« Grand-tante Constance, se lamentait Cassie. Elle devait savoir, elle. Comment elle a pu supporter de me voir ? Comment elle a pu accepter ma mère chez elle ? »

Et Mme Franklin avait bel et bien failli vendre la mèche, comprit-elle brusquement. Voilà ce que signifiait cette scène de dernière minute, dans le salon de tante Constance. La grand-mère d'Adam avait été à deux doigts de le lui révéler, à deux doigts de lui parler de son père. Si mamie Quincey et tante Constance n'étaient pas intervenues... Ils respectaient tous la loi du silence. Ils s'étaient tous ligués pour lui cacher la vérité.

« Sans doute pas les parents », concéda-t-elle mollement – la fatigue lui tombait dessus d'un coup. Oui mais, ils ne s'en souvenaient probablement pas. Ils avaient tout fait pour oublier, de toute façon. Cependant, tante Constance avait mis le Cercle en garde : il ne fallait pas remuer les vieux souvenirs. Et son regard s'était braqué sur Cassie, quand elle avait dit ça.

— Essaie d'y réfléchir, Cassie, poursuivait Faye – et il n'y avait ni triomphe ni jubilation dans cette voix un peu voilée, qui paraissait étonnamment raisonnable, à présent. Il veut juste ce qu'il y a de mieux pour toi. Depuis l'début. Ta naissance était programmée. Je te connais, Cassie, et tout n'a pas toujours été rose entre nous, mais John tient à ce qu'on s'entende bien, toutes les deux. Tu veux pas essayer ? Juste essayer, hein ?

Non sans mal, Cassie se força à se concentrer, à focaliser son regard peu à peu. Faye était à genoux devant elle. Son beau visage sensuel semblait rayonner de l'intérieur. « Elle est carrément sérieuse, réalisa Cassie. Elle est sincère. Peut-être même qu'elle est amoureuse de lui.

» Et peut-être que je devrais vraiment y réfléchir, songea-t-elle vaguement. Il y a tellement de choses qui ont changé, depuis que je suis arrivée à La Nouvelle-Salem : je n'suis plus du tout la même. L'ancienne Cassie, Cassie la Timide qui n'avait jamais eu de p'tit copain et qui ne trouvait jamais rien d'intéressant à dire, cette Cassie-là n'existe plus. Peut-être que c'est un nouveau passage, une nouvelle étape. Peut-être que je suis juste “à la croisée des chemins”. »

Elle dévisagea Faye un long moment, plongeant dans les profondeurs de ces prunelles d’ambre. Et puis, elle secoua lentement la tête.

Non.

Au moment même où elle parvenait à cette conclusion, elle sentit monter en elle une froide détermination. C’était là une voie qu’elle ne prendrait jamais, quoi qu’il puisse arriver. Elle ne deviendrait jamais ce que Black John – ce que *son père* – voulait faire d’elle. *Jamais.*

Sans un mot, Cassie se leva et s’en alla, plantant là Faye et ses maudits secrets, sans même se retourner.

Dehors, c’était toujours l’émeute. Cassie balaya du regard l’entrée principale du lycée et aperçut une cascade de cheveux blonds scintillant dans le froid soleil de novembre. Elle se dirigea vers elle.

— Diana…

— Cassie, Dieu merci ! Quand Nick nous a dit que tu étais toute seule dans son bureau… (Elle écarquilla les yeux.) Cassie, mais qu’est-ce qui t’arrive ?

— Il faut que je te dise quelque chose. À la maison. Est-ce qu’on peut rentrer maint’nant ?

Elle avait agrippé la main de son amie.

Diana la dévisagea encore un instant en silence, et finit par se reprendre.

— Oui. Oui, bien sûr. Mais Nick va te chercher. C’est lui qui a eu l’idée de déclencher une bagarre générale pour faire diversion : « de s’en choper une poignée et d’commencer à les secouer », je cite. Les garçons s’y sont tous mis. Deborah et Laurel aussi. Et ils sont tous en train de te chercher.

Cassie n'était pas en état de les affronter, aucun d'eux, et encore moins Nick. Quand il saurait qui elle était vraiment… qui il avait tenu dans ses bras, qui il avait embrassé…

— Est-ce que tu n'pourrais pas juste leur dire que je vais bien, s'te plaît ? Il faut vraiment que je rentre. (Apercevant Suzan qui se tenait non loin d'elles, elle la désigna du menton.) Est-ce que Suzan ne peut pas s'en charger ?

— Bon. D'accord. Suzan, dis à tout le monde que j'ai ramené Cassie à la maison, qu'ils peuvent arrêter de se battre, maintenant.

Diana entraîna Cassie vers le parking au pied de la colline. Elles n'avaient pas atteint la voiture de Diana qu'Adam déboulait.

— Les choses sont en train d'se tasser, là-haut, annonça-t-il. Et je viens avec vous.

Cassie aurait voulu l'en dissuader, mais elle n'en avait pas le courage. Sans compter que Diana allait peut-être avoir besoin du soutien d'Adam, quand elle lui raconterait toute l'histoire.

Elle hocha la tête et Adam monta dans la voiture sans se faire prier. Ils filèrent droit chez Diana et montèrent directement dans sa chambre.

— Maintenant, dis-nous ce qui s'est passé, avant que mon cœur ne finisse par lâcher, la pressa Diana.

Mais ce n'était pas si simple. Cassie alla à la fenêtre, là où le soleil, en ricochant sur les petits prismes en mouvement, projetait des rais de lumière multicolores qui dansaient sur les murs. Elle se retourna pour regarder les reproductions en noir et blanc affichées de chaque côté : la collection de déesses grecques de Diana. Il y avait là la fière Héra, impérieuse et souveraine, avec sa crinière de jais et cette fougue indomptable dans les yeux, sous le couvert de ses paupières mi-closes ; Aphrodite, déesse de la beauté, offrant généreusement aux regards ses seins dénudés ; Artémis, la vierge chasseresse qui n'avait peur de rien. Et, là, sur l'autre mur, se trouvaient Athéna, la déesse de la sagesse aux paisibles yeux gris, et Perséphone, la sylphide au visage juvénile, dans son décor luxuriant de fleurs épanouies. Et puis, enfin, la toute dernière : une gravure en couleurs qui représentait une déesse encore plus ancienne que celles de la Grèce antique, la grande déesse Diane, maîtresse de la lune, des étoiles et de la nuit. Diane, la Reine des Sorcières.

— Cassie ! s'impatienta Diana.

— Pardon, chuchota-t-elle, avant de pivoter lentement pour faire face à Diana, que ce suspense semblait mettre au supplice. (Elle s'excusa de nouveau, plus fort :) Je suis désolée. C'est juste que je n'sais pas comment vous dire ça, j'suppose. En revanche, je sais maintenant pourquoi je suis née si longtemps après vous tous… ou, en fait non, je n'sais pas. (Elle médita ça un moment.) Pas pourquoi je suis née si tard. À moins qu'il ait déjà su que le coven allait essayer de l'éliminer et qu'il ait pensé plus sûr d'avoir un plan B…

Elle examina cette hypothèse. Diana et Adam la regardaient comme si elle était devenue folle.

— Je ne sais pas tout, forcément, admit-elle. Mais je n'suis pas seulement à moitié des vôtres, comme on l'imaginait – moi, la première. Ce n'est pas pour ça qu'il en avait après moi. C'est pour une raison complètement différente. On croyait que, d'une certaine façon, on avait perturbé ses projets, Kori et m… Oh Seigneur ! (Elle s'interrompit brusquement. C'était comme un coup de poignard en plein cœur.

Les larmes lui montèrent aux yeux.) Je crois... Seigneur ! ça doit être ça. Je sais pourquoi Kori est morte. C'est à cause de moi. Si elle n'était pas morte, elle aurait rejoint le coven à ma place, et il ne pouvait pas laisser faire ça. Parce que c'était elle qu'il n'avait pas prévue. Alors il fallait qu'il s'en débarrasse.

Elle s'en serait presque pliée en deux de douleur. Elle crut qu'elle allait vomir.

— Assieds-toi, entendit-elle vaguement Adam lui dire d'un ton pressant.

Diana et lui la guidaient vers le lit.

— Ne me... Si vous saviez ! Vous n'voudriez peut-être pas me toucher.

— Mais bon sang, Cassie ! de quoi tu parles ? Tu délires !

— Non, je n'délire pas. Je suis la fille de Black John.

Si, à ce moment-là, l'un ou l'autre s'était écarté d'elle ou l'avait même seulement lâchée, elle aurait été capable de se jeter par la fenêtre. Mais Diana se contenta d'écarquiller les yeux – ses pupilles énormes comme des puits sans fond dans le vert clair de ses prunelles –, tandis que ceux d'Adam viraient au gris argent.

— C'est Faye qui me l'a dit. Et c'est vrai.

— Mais non, c'n'est pas vrai, protesta Adam, les mâchoires soudées.

— Ce n'est pas vrai et je vais la tuer, gronda Diana.

Ce qui, dans la bouche de la douce Diana, était carrément hallucinant.

Ils ne la lâchèrent pas, non. Au contraire. Diana la soutenait d'un côté tandis que, de l'autre, Adam les enveloppait toutes les deux d'un même bras protecteur, resserrant leur étreinte, si étroitement qu'ils tremblaient avec elle.

— C'est vrai, souffla Cassie, en essayant désespérément de se reprendre.

« Faut que j'me calme, maint'nant, se répétait-elle. Faut surtout pas qu'je perde les pédales. »

— Ça explique tout, argua-t-elle. Ça explique pourquoi j'ai rêvé de lui – de lui et de ce bateau qui coulait. On est... liés, d'une certaine façon. Ça explique pourquoi c'est toujours vers moi qu'il revient, comme à Halloween, quand on l'a invoqué. Et cette nuit, sur la plage. Il me veut dans son camp. Et Faye est amoureuse de lui. Exactement comme ma mère.

Elle frémit. Adam et Diana resserrèrent leur étreinte. Et, quand elle les regarda en face, aucun des deux n'eut le moindre mouvement de recul.

— Ça explique pour ma mère, persévéra-t-elle d'une voix enrouée. Pourquoi il est allé tout droit à la maison, cette nuit-là, quand il est rev'nu, quand on l'a sorti de sa tombe. Il est allé la voir. Voilà pourquoi elle est dans cet état, maint'nant. Oh Diana ! Il faut que je lui parle.

— Tout à l'heure, la raisonna Diana, d'une voix presque aussi éraillée, tant elle peinait à retenir ses larmes. Dans quelque temps.

Cassie réfléchissait. Pas étonnant que sa mère ait fui La Nouvelle-Salem. Pas étonnant qu'elle ait toujours eu cette terreur au fond des yeux. Comment ne pas être terrifiée quand l'homme que l'on aimait se trouvait être une créature de cauchemar ? Quand on a été obligée de partir pour mettre au monde l'enfant de ce monstre, loin, là où personne ne saurait jamais ?

Sa mère avait pourtant eu le courage de revenir et de ramener sa fille. Et, maintenant, c'était à son tour d'être courageuse.

« Rien d'effrayant dans l'noir si t'y fais face ». Mais elle ne savait pas comment faire face à un truc pareil. Il le faudrait bien, pourtant.

— Ça va maint'nant, murmura-t-elle. Et je veux aller voir ma mère.

Diana et Adam s'échangeaient de silencieux messages télépathiques derrière son dos.

— On vient avec toi, lui annonça alors Diana. On n'entrera pas dans la chambre, si tu ne veux pas, mais on va t'accompagner là-bas.

Cassie les regarda. D'abord Diana : ses yeux comme deux émeraudes, à présent ; plus sombres, peut-être, mais débordants d'affection et de compassion. Ensuite Adam : son visage aux traits si délicats affichant un calme olympien, une parfaite assurance. Elle leur étreignit la main.

— Merci, leur dit-elle, émue. Merci à tous les deux.

Ce fut tante Constance qui leur ouvrit. Elle parut surprise de les voir. Et un peu stressée aussi. Bizarre. Cassie n'aurait jamais imaginé que quoi que ce soit ait pu stresser la grand-tante de Mélanie.

Cependant, au moment où Cassie allait entrer dans la chambre d'amis, mamie Quincey et la vieille Mme Franklin en sortaient. Cassie regarda la frêle arrière-grand-mère de Laurel et la replète grand-mère d'Adam, avec son éternel côté bohème, puis leva des yeux interrogateurs vers tante Constance.

— Nous étions en train de… d'expérimenter deux ou trois petites choses pour essayer de soulager ta mère, s'empressa d'expliquer tante Constance, qui ne semblait pas très à l'aise, tout à coup. (Elle toussa.) Des remèdes de bonne femme, reconnut-elle. Ils pourraient avoir du bon… Si vous avez besoin de quelque chose, nous serons dans le petit salon, conclut-elle hâtivement, avant de refermer la porte derrière elle.

Cassie se tourna vers la forme couchée sous les draps blancs amidonnés, et alla s'agenouiller à son chevet.

Sa mère était presque aussi pâle que les draps. Tout, chez elle, était en noir et blanc : visage blanc, cheveux noirs ; croissant de cils noirs sur les joues blêmes. Cassie lui prit la main et s'aperçut alors qu'elle n'avait même pas la plus petite idée de ce qu'elle allait lui dire.

— Mère ? (Elle se reprit :) Maman ? Tu m'entends ?

Pas de réponse. Pas la moindre réaction.

— Maman, répéta Cassie avec difficulté. Je sais que tu es malade et je sais que tu as peur, mais il y a une chose dont tu n'as plus besoin d'avoir peur : je connais la vérité. Je sais pour mon père.

Elle attendit. Elle eut l'impression que les draps qui recouvraient la poitrine de sa mère montaient et descendaient un peu plus vite.

— Je sais tout, renchérit-elle. Et… si tu as peur que je sois en colère contre toi ou un truc comme ça, c'n'est pas la peine. Je comprends. J'ai vu ce qu'il peut faire aux gens. J'ai vu ce qu'il a fait à Faye, et elle est bien plus forte que toi.

Cassie serrait si fort la main glacée qu'elle redouta de lui briser les doigts. Elle reprit son souffle et avala sa salive.

— Enfin voilà, je voulais juste te dire que je savais. Et que ce sera bientôt fini, que je vais faire ce qu'il faut pour qu'il ne te fasse plus jamais de mal. Je vais l'en empêcher, d'une manière ou d'une autre. Je n'sais pas comment, mais je vais l'faire. J'te l'promets, maman.

Elle se releva, sans lâcher la main inerte de sa mère, si douce, et murmura :

— Si tu as peur, tu peux revenir maint'nant, maman. C'est plus facile que de fuir. C'est vrai, j'te jure. Quand on regarde les choses en face, elles ne sont pas si terribles.

Elle attendit de nouveau. Elle ne s'était pas rendu compte qu'elle espérait quelque chose, mais elle devait sans doute parce que, comme les secondes s'égrenaient et qu'il ne se passait toujours rien, une cruelle déception lui broya le cœur. Juste un petit signe, ce n'était pas trop demander, si ? Mais le petit signe ne venait pas et, pour ce qui lui sembla la centième fois de la journée, les larmes lui montèrent aux yeux.

— O.K., maman, murmura-t-elle.

Elle se pencha pour l'embrasser sur la joue.

C'est alors qu'elle remarqua une fine cordelette autour du cou de sa mère. Elle tira dessus et, sortant du col de la chemise de nuit maternelle, trois petites pierres émergèrent, trois petites pierres mordorées enfilées en chapelet sur la ficelle.

Elle remit le collier en place, attendit une seconde de plus, et, finalement, s'en alla.

« Est-ce que je pourrais le supporter, si ma mère devait mourir comme ma grand-mère ? » se demanda-t-elle, en refermant la porte. Elle ne le croyait pas. Mais il fallait se rendre à l'évidence : elle y serait peut-être bien obligée.

Dans le petit salon, Adam et Diana prenaient le thé avec les trois vieilles dames.

— Qui a mis ces cristaux autour du cou de ma mère ? Et qu'est-ce que c'est ?

Les trois vieilles dames se consultèrent du regard. Ce fut tante Constance qui lui répondit :

— C'est moi. (Elle s'éclaircit la voix.) Ce sont des œils-de-tigre. Pour écarter les mauvais rêves – c'est, du moins, ce que disait toujours ma grand-mère.

Cassie parvint à lui offrir un piètre sourire.

— Oh ! Merci.

Peut-être que l'affinité de Mélanie pour les minéraux était un trait de famille. Elle ne jugea pas utile de raconter à tante Constance ce que Black John pourrait faire de ses pierres, si l'envie lui en prenait.

— Les mauvais rêves, c'est une vraie plaie, commenta la vieille Mme Franklin, au moment où Adam et Diana se levaient pour prendre congé. Évidemment, pour les beaux rêves, c'est aut' chose.

Cassie regarda la grand-mère d'Adam, ses cheveux gris mal tressés qui s'écroulaient mollement, tandis qu'elle grignotait les petits gâteaux à la chaîne. Elle n'avait jamais vu quelqu'un qui prenait un tel plaisir à manger – sauf Suzan. Mais Mme Franklin cachait bien son jeu.

— Les rêves ? lui demanda-t-elle.

— Les beaux rêves, marmonna la grand-mère d'Adam. Pour faire d'beaux rêves, faut dormir avec une pierre de lune.

Cassie n'eut pas d'autre pensée de tout le trajet.

Elles avaient dîné en silence toutes les deux, puisque le père de Diana était encore à son cabinet d'avocats. Quant à

Adam, il était parti retrouver les autres membres du Cercle pour leur parler.

— Je n'peux pas leur dire, avait reconnu Cassie. Pas ce soir. Demain, peut-être…

— Je n'vois pas pourquoi tu le ferais, lui avait rétorqué Adam, d'un ton presque cassant. Tu en as assez vu pour aujourd'hui. C'est moi qui vais leur dire. Je saurai leur faire comprendre. Ne t'inquiète pas, Cassie. Ils ne te laisseront pas tomber.

Si seulement elle avait pu ne pas s'inquiéter ! Elle dut, pourtant, mettre cette inquiétude de côté, parce qu'elle avait autre chose à penser. Elle avait fait une promesse à sa mère.

Elle était assise dans le lit de Diana à lire le *Livre des Ombres* de sa grand-mère. Son *Livre des Ombres*. Elle cherchait tout ce qui avait trait aux cristaux et aux rêves.

Et voilà. C'était là, écrit noir sur blanc : « *Pour provoquer des rêves*. Placez une pierre de lune sous votre oreiller et, toute la nuit, vous ferez de doux et beaux rêves qui vous seront profitables. » Elle trouva aussi un passage qui parlait des cristaux en général. Les gros cristaux valaient mieux que les petits. Oui, eh bien, ça, elle le savait déjà. Mélanie l'avait dit, et Black John le lui avait démontré aujourd'hui de façon magistrale.

Elle posa le grimoire et se leva pour aller jusqu'au bureau de Diana.

Il y avait là une petite aumônière de velours blanc doublée de soie bleu ciel. Ça faisait bien longtemps que Diana lui avait donné la permission de l'ouvrir. Elle emporta la petite bourse sur le lit et en vida le contenu sur le drap replié. Les pierres formaient une constellation multicolore sur le fond blanc.

Agate dentelle bleue – elle souleva la petite pierre triangulaire, toute lisse, toute douce, et s'en caressa la joue. Elle repéra le jaune pâle de la citrine – la pierre de Deborah : excellente source d'énergie. Et là, la cornaline orangée que Suzan avait une fois utilisée pour déchaîner les passions de toute une équipe de foot. Et ici, le vert translucide du jade, la pierre que Mélanie utilisait pour faciliter une réflexion calme et posée. Et le pourpre royal de l'améthyste aussi : la pierre de Laurel, « une pierre de cœur » avait dit Black John. Il y en avait des dizaines d'autres : l'ambre chaud, si léger qu'on aurait cru du plastique ; l'héliotrope, vert foncé éclaboussé de rouge ; un grenat, couleur lie de vin ; le péridot vert pâle dont Diana s'était servie pour dépister l'énergie négative…

Cassie tria du bout des doigts ce cliquetant trésor jusqu'à ce qu'elle trouve une pierre de lune. Elle était translucide avec un éclat bleu argenté. Cassie la posa sur la table de chevet, de son côté du lit.

Quand Diana revint, toute fraîche après son bain, Cassie rangeait les pierres dans la petite bourse.

— Tu as trouvé quelque chose dans ton *Livre des Ombres* ? lui demanda Diana.

— Rien de précis.

Cassie ne voulait pas expliquer ce qu'elle était en train de faire, pas même à Diana. Plus tard, si ça marchait.

— Ma grand-mère n'a peut-être jamais voulu dire qu'il y avait des infos sur Black John, dans c'bouquin, en fait, ajouta-t-elle. Elle voulait peut-être seulement que je devienne une bonne sorcière, une sorcière instruite. Elle pensait peut-être que, comme ça, je pourrais me montrer plus maligne que lui.

Diana se coucha et éteignit la lumière. Il n'y avait pas de lune et la fenêtre dessinait un gros rectangle noir. C'était si paisible. Elles étaient là, allongées toutes les deux, dans le grand lit de Diana – un peu comme pour une soirée pyjama. Ça lui rappelait « le bon vieux temps » : quand elles avaient décidé de devenir sœurs adoptives.

— Il faut qu'on trouve le moyen de le tuer, lâcha-t-elle.

Une soirée pyjama avec un thème plutôt sinistre, et même carrément sanguinaire. Diana demeura silencieuse un moment, et puis elle répondit avec un calme olympien :

— Eh bien, on sait au moins qu'il y a deux choses qui ne fonctionnent pas : l'Eau et le Feu. Il s'est noyé la première fois, quand son bateau a coulé, et il a été brûlé la deuxième fois, quand nos parents ont incendié la maison du numéro 13. Mais, dans un cas comme dans l'autre, ça n'a pas suffi à le tuer.

Cassie apprécia le « nos parents ». Sa mère à elle n'avait pas dû essayer de brûler grand monde, à son avis.

— Il a dit que son esprit n'était pas attaché à son corps, reprit-elle. Je crois qu'il peut le diriger où il veut. Peut-être que, quand il est mort, il l'a juste envoyé ailleurs.

— Dans le crâne, par exemple, enchaîna Diana. Et il y est resté jusqu'à ce qu'on les réunisse, le corps et l'esprit. Oui mais, de quoi on peut se servir contre lui ?

— La Terre ou… l'Air, répondit vaguement Cassie, qui réfléchissait en même temps. Sauf que je n'vois pas comment l'Air peut tuer qui qu'ce soit.

— Moi non plus. La Terre, ça peut vouloir dire des cristaux… Mais on n'a pas de cristal assez gros pour l'utiliser contre lui.

— Non. On dirait bien que c'est les Artéfacts Primordiaux ou rien. Il faut qu'on les trouve.

Elle sentit Diana hocher la tête dans le noir.

— Oui, mais comment ?

Cassie tendit la main pour prendre la pierre de lune et la glisser sous son oreiller.

« Peut-être que ce n'est pas la taille qui compte, mais la façon dont on s'en sert », songea-t-elle.

— Bonne nuit, Diana, murmura-t-elle.

Et elle ferma les yeux.

11

Dès le début, ce rêve-là était plus clair que les autres. Ou peut-être que c'était elle qui était plus claire : plus calme, plus consciente de ce qui se passait. Des gifles d'eau salée. Elle en avala un peu. Elle avait tellement froid qu'elle ne sentait plus ni ses mains ni ses pieds.

Elle coulait. Elle allait se noyer... Mais pas mourir, non. Dans un ultime effort de volonté, elle projeta son esprit vers cette place qu'elle lui avait réservée : dans le crâne enfoui sur l'île. Elle y avait déjà mis un peu de son pouvoir et, maintenant, elle allait le rejoindre. Et, un jour, quand le moment serait venu, quand ses chairs se seraient suffisamment dissoutes dans la mer pour être rejetées sur l'île, elle reviendrait à la vie.

« De beaux rêves, j'avais dit de beaux rêves », s'affola-t-elle, comme le couvercle d'eau se refermait au-dessus de sa tête.

Changement de décor…

Le soleil l'aveuglait.

— Tu peux aller jouer dans le jardin avec Kate, déclara une voix douce.

« *Yesss !* » Elle avait réussi ! Elle était revenue !

Le jardin se trouvait à l'arrière de la maison. Cassie se tourna vers la porte de derrière.

— Jacinthe ! Tu n'aurais pas oublié quelque chose ?

Elle réfléchit, troublée. Elle n'en avait aucune idée. La longue dame brune, tout de noir vêtue comme une Puritaine, regardait par terre. Là, sur les lames de pin brossées, était posé un Livre des Ombres de cuir rouge. Cassie s'en souvenait, à présent : il était tombé de ses genoux quand elle s'était levée.

— Pardon, mère.

Le mot lui était spontanément venu aux lèvres. Et ses yeux s'étaient réhabitués à l'ombre. Mais elle ne voyait vraiment pas où le grimoire était censé aller. Dans un endroit spécial… Oui, mais où ? C'est alors qu'elle aperçut la brique descellée dans le manteau de la cheminée.

— Voilà qui est mieux, approuva la longue dame en noir, comme Cassie glissait le livre dans le trou et le refermait avec la brique. N'oublie jamais, Jacinthe : nous devons toujours rester vigilantes. Même ici, à La Nouvelle-Salem, où tous nos voisins sont comme nous. Et, maintenant, file dans le jardin.

Kate passait déjà la porte. Dans le soleil qui brillait dehors, Cassie remarqua que les cheveux de Kate étaient exactement de la même couleur que ceux de Diana. Non, un peu plus clairs, tel un flot de lumière. Les yeux de Kate étaient dorés aussi, comme le soleil. C'était, littéralement, une fille en or.

— Ciel et mer, gardez-moi de l'enfer ! chantonna une Kate riante et virevoltante, en regardant par-dessus les arbustes pour admirer l'étendue bleue de l'océan au pied de la falaise.

Il n'y avait pas de mur, en ce temps-là – il n'était pas encore bâti. Et puis elle s'élança en avant pour aller cueillir des fleurs.

— Non mais, sens-moi donc cette lavande ! s'exclama-t-elle, en tendant un bouquet mauve vers Cassie. Est-ce que ça ne sent pas délicieusement bon ?

Mais Cassie s'attardait à la porte. Deux autres personnes étaient entrées dans la cuisine : le père et la mère de Kate, devina-t-elle. Ils parlaient tout bas, d'un ton pressant.

— … juste d'apprendre la nouvelle. Le navire a coulé, disait l'homme.

Elle entendit une exclamation de surprise et de joie, reconnut la voix de la mère de Jacinthe.

— Mais alors, il est mort !

L'homme secoua la tête, mais les mots qu'il prononça ne parvinrent pas jusqu'à elle. Elle avait peur de se faire surprendre en train d'écouter aux portes et surtout qu'on lui ordonne de s'en aller.

« Le crâne… » saisit-elle au vol. Et puis « … qui peut savoir… revenir… »

— Et ça, c'est du jasmin, fredonnait Kate. N'est-il pas magnifique ?

Cassie aurait voulu la faire taire.

C'est alors qu'elle entendit des mots qui, même sous ce soleil de plomb, lui donnèrent la chair de poule.

— … les cacher, acquiesçait la mère de Kate. Mais où ?

Oui, oui, voilà. Où ? *Où ?* Si ce rêve avait la moindre signification, c'était bien de lui révéler ça. Kate essayait de la prendre par la taille pour l'emmener sentir le jasmin. Mais Cassie lui agrippa le bras pour l'obliger à se tenir tranquille et tendit l'oreille.

Les adultes ne semblaient pas d'accord : des exclamations angoissées et désapprobatrices lui parvenaient.

— Ne pourrions-nous pas… ?

— Non, non, pas là !

— Mais alors où ?

— Oh miséricorde ! Voilà mon pain qui brûle !

Et puis, un petit rire étouffé.

— Bien sûr ! Comment n'y avons-nous pas pensé plus tôt !

À quoi ? Repoussant Kate, Cassie se tordit le cou pour essayer de jeter un œil à l'intérieur.

— Mais qu'est-ce que tu as, Jacinthe ? s'impatienta Kate. Tu n'écoutes pas un mot de ce que je te dis. Jacinthe ! Mais regarde-moi donc !

Cassie se crevait les yeux à essayer de distinguer quelque chose dans la pénombre de la cuisine. Mais il faisait trop sombre. Et déjà le rêve se dissipait.

Non ! Il fallait qu'elle le retienne. Il fallait qu'elle voie la fin. « Grand-mère, aide-moi ! pensa-t-elle. Aide-moi à voir… »

— Jacinthe !

De plus en plus sombre…

Un froufrou de longues jupes qui s'écartaient. Oh ! juste l'apercevoir…

— Cette bonne vieille cachette, se félicitait la mère de Jacinthe. Les voilà en sécurité… jusqu'à ce que le besoin de les ressortir se fasse sentir.

Et puis l'obscurité l'engloutit.

Elle se réveilla complètement perdue.

Elle ne parvenait pas à se rappeler ce qu'elle avait voulu trouver dans ce rêve, au début. Elle se souvenait du rêve, pourtant. Qui était Jacinthe ? Une de ses ancêtres ? Une de ses arrière-arrière-arrière-arrière-arrière-grand-mères, sans doute. Et Kate ?

Et, brusquement, tout lui revint.

Les Artéfacts Primordiaux. Les membres du premier coven les avaient cachés parce qu'ils savaient que Black John pouvait revenir. Et elle, elle avait provoqué ce rêve pour savoir où. Et elle avait trouvé.

Elle s'était bien demandé pourquoi Black John en avait eu après sa grand-mère, la nuit même où il avait été libéré. Ce n'était pas seulement pour le *Livre des Ombres*, comprenait-elle à présent. Pas seulement parce qu'il avait connu sa grand-mère et sa mère avant. Il était venu chercher autre chose : il était venu chercher les Artéfacts Primordiaux.

Mais sa grand-mère ignorait où ils étaient, elle en était persuadée. Sinon, jamais elle. Non, tout ce que sa grand-mère savait, c'était ce que sa propre grand-mère lui avait dit : que la cheminée faisait une bonne cachette. Et, maintenant, grâce à son rêve, Cassie avait découvert que la brique descellée servait déjà du temps de Jacinthe.

Mais il n'y avait qu'une seule brique descellée et il n'y avait que le *Livre des Ombres* caché derrière. Elle le savait et elle savait aussi que le premier coven avait cherché une solution à long terme, un endroit où cacher les Artéfacts Primordiaux « jusqu'à ce que le besoin de les ressortir se fasse sentir » pour l'une des générations futures. Pas une simple brique descellée donc. Cassie repensa à ce bref aperçu qu'elle avait eu de l'âtre entre les jupes des deux femmes, juste avant que son rêve ne s'achève. La cheminée avait une forme différente, à cette époque…

Elle demeura allongée dans le noir velouté de la chambre. Et puis elle se tourna sur le flanc et secoua doucement sa voisine par l'épaule.

— Diana, réveille-toi. Je sais où sont les Artéfacts Primordiaux.

Elles réveillèrent Adam en lançant des cailloux dans sa fenêtre. Ils se rendirent ensuite tous les trois au numéro 12. Avec une pioche, une masse, plusieurs marteaux, des tournevis, un pied-de-biche et Raj. Le berger allemand trottait allégrement à côté de Cassie, comme si rien ne lui plaisait autant que ce genre d'expédition nocturne improvisée.

La lune décroissante était déjà très haute dans le ciel quand ils arrivèrent à destination. Il faisait encore plus froid dans la maison de sa grand-mère qu'à l'extérieur, et il régnait, dans cet endroit, un silence qui avait de quoi doucher son enthousiasme.

— C'est ici, chuchota-t-elle, en pointant du doigt le côté gauche de l'âtre, là où des briques avaient été ajoutées depuis l'époque de son rêve. C'est ici que ce n'est pas pareil. C'est ici qu'elles doivent les avoir emmurés.

— Dommage qu'on n'ait pas de marteau-piqueur, plaisanta joyeusement Adam, en soulevant le pied-de-biche.

Il ne semblait pas perturbé par le silence et le froid et, sous les néons blafards de la cuisine, ses cheveux avaient des reflets exactement de la même couleur que les grenats dans l'aumônière de Diana. Raj était assis aux pieds de Cassie. Sa queue noir et feu balayait le sol de la cuisine. Rien que de les regarder tous les deux, elle se sentait déjà mieux.

Il leur fallut du temps, beaucoup de temps. Elle s'écorcha les doigts en aidant à enlever le vieux mortier, se servant d'un tournevis comme ciseau. Mais, en définitive, les briques commencèrent à tomber dans les cendres froides de l'âtre, au fur et à mesure qu'elles étaient descellées. Chacune était de couleur différente, certaines rouges, d'autres orange, d'autres encore d'un violet si foncé qu'elles en paraissaient presque noires.

— Il y a vraiment un truc là-d'dans, annonça soudain Adam, en glissant la main dans l'ouverture qu'ils avaient pratiquée. Mais il va falloir qu'on déloge encore quelques briques pour le sortir… Voilà ! (Il s'apprêtait à replonger la main dans le trou, quand il se tourna vers Cassie.) Allez, à toi l'honneur. Ne t'inquiète pas : il n'y a pas de bébête qui grouille à l'intérieur.

Coup de chance ! Elle n'avait aucune envie de tomber sur un cafard tricentenaire, justement. Elle lui adressa un hochement de tête reconnaissant et plongea, à son tour, la main dans l'ouverture. Ses doigts se refermèrent aussitôt sur quelque chose de lisse et de froid. C'était si lourd qu'elle dut y mettre les deux mains pour le sortir.

— Un coffre à documents, murmura Diana, comme Cassie posait le truc par terre devant la cheminée.

Pour elle, ça ressemblait plutôt à une malle au trésor, une petite malle au trésor de cuir et de laiton.

— Les gens s'en servaient pour stocker des papiers importants au XVIIe, poursuivait Diana. C'est dans un petit coffre exactement comme celui-là qu'on a trouvé les lettres et les affaires de Black John. Vas-y, Cassie, ouvre-le.

Elle les regarda. Diana d'abord, puis Adam, en appui sur sa pioche, le visage noir de suie. Ses doigts tremblaient quand elle souleva le couvercle.

Et si elle s'était trompée ? Et si ce n'étaient pas du tout les Artéfacts Primordiaux qui se trouvaient là-dedans, mais seulement de vieux papiers ? Et si…

À l'intérieur du coffret, aussi propres et nets que s'ils avaient été cachés la veille, intacts, se trouvaient un diadème, un bracelet et une jarretière.

— Oh ! souffla Diana.

Cassie savait que le diadème couramment utilisé par le Cercle était en argent. Celui qui était dans le coffret aussi, mais il semblait plus lourd, plus précieux, avec un plus bel éclat et, bizarrement, d'un métal plus tendre. Comme le bracelet, il avait un petit côté « artisanal » – rien d'industriel dans ces bijoux-là. Chaque caractère des inscriptions du bracelet, chacune des circonvolutions élaborées du diadème portait l'empreinte d'un maître de l'art. Le cuir de la jarretière était d'une remarquable souplesse et, au lieu d'un simple fermoir d'argent, elle en avait sept. Elle était lourde dans sa main.

Sans un mot, Diana tendit un doigt fébrile pour suivre la courbe du croissant de lune couronnant le diadème.

— Les Artéfacts Primordiaux, soupira Adam. Après tout ce temps passé à les chercher. Dire qu'on les avait juste sous notre nez !

— Un pouvoir pareil, quand on y songe, murmura Diana. Ça m'étonne qu'ils soient restés si sagement cachés là.

J'aurais imaginé qu'ils auraient... je ne sais pas... provoqué une perturbation psychique, au moins, ou... (Elle s'interrompit brusquement et releva les yeux vers Cassie.) Tu ne m'aurais pas raconté que tu avais du mal à dormir, ici, quand tu y habitais ?

— Tu parles ! Ça craque et ça grince du soir au matin, là-d'dans, lui confirma Cassie. (Et puis elle vit le regard de Diana.) Oh ! tu veux dire que... tu penses...

— Que la maison n'y est pas pour grand-chose, oui. Des objets magiques aussi puissants peuvent provoquer tout un tas de manifestations bizarres.

Cassie ferma les yeux, atterrée par sa propre stupidité.

— Comment j'ai pu être aussi bête ! C'était si simple. J'aurais dû m'en douter !

— Tout paraît toujours très simple *a posteriori*, lui rétorqua Adam. Personne ne s'est douté que les Artéfacts étaient ici, pas même Black John. Au fait, je n'crois pas qu'on devrait parler de tout ça à Faye.

Les deux filles le dévisagèrent. Et puis Diana hocha lentement la tête.

— Elle avait prévenu Black John, pour les améthystes. J'ai bien peur que tu aies raison : on ne peut pas lui faire confiance.

— Et moi, je crois qu'on n'devrait en parler à personne, intervint Cassie. Pas tout d'suite, en tout cas. Pas avant qu'on ait décidé de ce qu'on va en faire. Moins il y aura de gens au courant, mieux ça vaudra pour tout l'monde. Ce sera plus sûr.

— C'est vrai, approuva Adam. (Et il commença à replacer les briques.) Si on remet tout à peu près comme c'était, et si on trouve une bonne cachette pour le coffret avant l'aube, personne ne devrait se rendre compte de rien.

— Tiens, dit Cassie, en remettant la jarretière dans la boîte pour la tendre à Diana. Faye a les autres, mais les vrais sont à toi.

— Non, ils appartiennent au leader du coven et je...

— Le leader du coven est une garce. Ceux-là sont à toi, Diana. C'est moi qui les ai trouvés : c'est à moi de décider.

Adam se retourna, une brique à la main, et ils se regardèrent tous les trois dans la lumière glauque de la vieille cuisine silencieuse. Ils étaient tous sales – même Diana avait des traînées grises sur ses jolies pommettes. Cassie était encore épuisée, et elle ne se sentait pas tout à fait remise de ce qui avait été l'un des plus longs et des plus horribles jours de sa vie, mais, en cet instant, elle éprouva une telle chaleur, une telle complicité, que toute sa douleur et toute sa fatigue en furent d'un seul coup balayées. Ils étaient... liés, tous les trois. Chacun faisait partie de la vie des deux autres. Et, ce soir, ils avaient gagné. Ce soir, ils tenaient leur victoire.

« Comment on aurait fait, si Diana ne nous avait pas pardonné ? Où on en s'rait, aujourd'hui ? » s'interrogeait Cassie, en baissant de nouveau les yeux vers la cheminée.

« Je suis contente que ce soit toi qui sortes avec lui, dit-elle alors en secret à son amie. Vraiment, du plus profond de mon cœur. » En relevant la tête, elle vit que Diana avait les larmes aux yeux, comme si elle avait lu dans ses pensées.

— D'accord, acquiesça finalement Diana. Je les accepte. En attendant. Jusqu'à ce que le moment de les utiliser soit venu.

— Voilà, j'ai fini, annonça Adam.

Ils rassemblèrent leurs outils et quittèrent la maison.

Ce fut pendant le trajet du retour qu'ils aperçurent la silhouette sur le bord de la route.

— Black John, souffla Cassie, en se raidissant brusquement.

— Je n'crois pas, non, la rassura Adam, en se rangeant sur le bas-côté. Trop petit. Plutôt Sean, à mon avis.

C'était Sean. Il était en jean et en veste de pyjama, et il avait l'air complètement endormi.

— Qu'est-ce qui s'passe ? demanda-t-il, ses petits yeux de fouine furetant en tous sens sous des paupières lourdes de sommeil. J'ai vu d'la lumière chez Cassie, et puis une voiture qui r'montait l'allée... Merde ! j'vous ai pris pour Black John, les mecs !

— Drôlement courageux d'ta part d'être venu tout seul, le félicita Cassie, en se rappelant qu'elle s'était promis d'être plus gentille avec lui.

Elle dut pourtant faire un effort, refouler ce petit malaise qui l'avait saisie. Diana et Adam se consultaient du regard et Sean jetait des coups d'œil en coin, à leurs visages noircis, aux outils posés dans la jeep, à la bosse sous la veste d'Adam.

— Je pense qu'on ferait mieux de lui dire, chuchota Diana.

Cassie hésitait. Il avait été convenu de n'en parler à personne. Ils n'avaient pourtant pas le choix, apparemment. Elle hocha la tête à regret.

Sean monta donc à l'arrière et on lui fit jurer de garder le secret. Il était tout surexcité que les Artéfacts Primordiaux aient enfin été trouvés. Mais il eut beau le supplier, Adam ne voulut pas le laisser y toucher.

— On va essayer de leur dénicher une bonne cachette, lui expliqua ce dernier. Tu ferais mieux de retourner te coucher. On s'verra demain.

— O.K. (Sean descendit de la jeep. Il allait refermer la portière, quand il suspendit son geste pour regarder Cassie.) Oh ! au fait, tu sais, ce truc comme quoi Black John c'est ton père ? Eh bien, euh, j'voulais juste te dire, euh... ça m'va, moi. J'veux dire, si tu voyais *mon* père ! Enfin, voilà quoi.

Il claqua la portière et fila.

Cassie sentit sa gorge se serrer et des larmes lui piquer les yeux. Elle avait oublié qu'Adam leur avait raconté. Elle allait devoir tous les affronter le lendemain matin. En attendant, Sean lui avait fait du bien : ça lui avait fait plaisir, ce qu'il avait dit. Et ça l'avait remise à sa place, aussi.

« Je devrais vraiment être plus sympa avec lui », résolut-elle.

Ils cachèrent les Artéfacts Primordiaux dans la cave, chez Adam.

— Tant qu'on n'y touchera pas, personne ne devrait pouvoir les repérer, affirma Diana. C'est ce qu'on avait pensé, Mélanie et moi, en tout cas. Mais ils sont dangereux, Adam. C'est quand même risqué de les avoir chez toi.

Elle le regarda d'un air sombre.

— Eh bien, pour une fois, laissez quelqu'un d'autre que vous deux prendre un p'tit risque, lui rétorqua-t-il d'un ton léger. Pour changer.

Cassie retourna au lit encore plus fatiguée que lorsqu'elle s'était couchée, mais grisée par sa victoire. Elle reposa la pierre de lune sur la commode : elle avait fait assez de rêves comme ça pour cette nuit. « Est-ce que je reverrai Kate un jour ? » se demanda-t-elle pourtant en s'endormant.

— Et alors ? Même si son père était Adolf Hitler, qu'est-ce que vous voulez qu'ça m'fasse ?

Toujours aussi douce, la voix de Deborah résonnait jusqu'au premier. Cassie se tenait à la porte de la chambre de Diana, cramponnée au chambranle.

En bas, Deborah enfonçait le clou :

— Qu'est-ce que ça a à voir avec Cassie ?

— On sait, Deborah, mais baisse d'un ton, tu veux ?

Et ça, c'était la voix de Mélanie, nettement plus modulée, mais toujours parfaitement audible.

— Pourquoi on va pas la chercher là-haut direct ? demanda Doug – la voix de la raison.

— Elle va jamais descendre sinon, renchérit Chris.

— Elle doit avoir une trouille bleue de vous voir, les sermonna Laurel, sur le ton d'une cheftaine qui se retrouve avec une bande de louveteaux récalcitrants sur les bras. Suzan, ces muffins sont pour elle.

— T'es sûre qui sont au son d'avoine ? On dirait d'la terre...

— Il faudra bien que tu descendes un jour, lui fit aimablement remarquer Diana, qui se tenait derrière elle.

Cassie hocha la tête et posa un instant le front contre le mur frais, près de la porte. La seule voix qu'elle n'avait pas entendue était justement celle qu'elle redoutait le plus. Enfin, pas sa voix, mais sa réaction. La réaction de Nick. Elle se redressa, ramassa son sac à dos et se força à avancer. « Maint'nant, je sais c'que ça fait de monter à l'échafaud », se dit-elle.

Tout le Cercle était là – sauf Faye –, regroupé au pied des marches, le regard levé vers le haut de l'escalier. Et, soudain, Cassie eut l'impression, non plus d'être un condamné, mais bel et bien une future mariée attendue par ses invités. Elle était contente d'avoir mis un jean propre et ce pull en cachemire à rayures bleues et violettes que Diana lui avait prêté.

— Salut, Cassie ! lui lança Chris. Alors, comme ça, y paraît que… Aiiie !

Il chancela sous la violence du coup de pied que Laurel venait de lui balancer.

— Tiens, Cassie, s'empressa gentiment la tortionnaire aux allures de sylphide, prends un muffin.

— Fais pas ça ! lui conseilla Suzan à l'oreille, comme elle passait devant elle.

— J'les ai cueillies pour toi, lui déclara Doug, en brandissant une poignée de trucs verts mouillés. (Il y jeta un œil incertain.) J'crois qu'c'est des marguerites. Enfin, elles avaient une meilleure tête quand elles étaient pas fanées.

— Tu veux aller au bahut en moto ? lui proposa Deborah.

— Non, elle veut pas. Elle y va avec moi.

Assis sur le coffre de l'entrée, Nick se leva.

Cassie avait tellement appréhendé de le regarder qu'elle n'avait même pas osé lever les yeux vers lui. Mais comment aurait-elle pu s'en empêcher, maintenant ? Il avait l'air cool, imperturbable, comme toujours. Au fond de ces incroyables prunelles acajou, elle décela pourtant une chaleur qui n'était destinée qu'à elle. Quand il lui prit son sac à dos des mains, ses longs doigts étreignirent fugitivement les siens.

C'est à ce moment-là qu'elle comprit son erreur : elle s'était fait inutilement des frayeurs.

Elle leur jeta un regard circulaire.

— Je n'sais pas quoi vous dire... Vous êtes tous... Merci. (Elle se tourna vers Adam, qui avait si bien su leur expliquer.) Merci.

En se dirigeant vers la porte, elle se retourna vers Doug.

— Qu'est-ce qui t'est arrivé ? lui demanda-t-elle.

— Il a toujours eu cette gueule d'affreux, lui assura Chris.

— C'est la baston au bahut, lui répondit Doug, en touchant son œil au beurre au noir – non sans une certaine fierté, d'ailleurs. Mais si tu voyais la tronche des cinquante autres ! lui lança-t-il, après coup, au moment où elle franchissait le seuil.

— Est-ce qu'on n'va pas tous avoir des problèmes à cause de cette bagarre, s'enquit-elle auprès de Nick, une fois dehors.

— Nan. Ils savent pas d'où c'est parti. Faudrait qu'ils collent tout l'bahut.

Il se trouva que le proviseur avait plus ou moins eu la même idée : le match de foot de Thanksgiving avait été annulé. Ce qui provoqua pas mal de ressentiment parmi les lycéens. Cassie priait seulement pour qu'aucun ne découvre contre qui ce ressentiment aurait dû être dirigé.

— Est-ce qu'on ne pourrait pas faire profil bas jusqu'aux vacances de Thanksgiving, la semaine prochaine ? leur demanda Diana, pendant le déjeuner.

Cassie et Adam étaient les seuls à savoir vraiment pourquoi elle tenait absolument à ce qu'ils ne se fassent pas remarquer : pour qu'ils aient le temps de décider comment utiliser au mieux les Artéfacts Primordiaux. Mais les autres acceptèrent de jouer le jeu – d'essayer, du moins. Personne n'avait très envie de déclencher une nouvelle bagarre générale – sauf Doug et Deborah qui rêvaient « d'remettre ça ».

— J'ai peur quand même, confia Cassie à Diana, lorsqu'elles se retrouvèrent toutes les deux. Il pourrait nous faire cueillir par les surveillants sans aucune raison.

Il n'en fit rien. Un calme étrange enveloppa même le Lycée de La Nouvelle-Salem, cette semaine-là. Comme si tout le monde attendait quelque chose, mais que nul ne savait quoi.

— N'y va pas toute seule, lui dit Diana. Attends deux minutes et je viens avec toi.

— Je sais très exactement où est ce bouquin, lui assura Cassie. Je ferai juste un saut.

Ça faisait une éternité qu'elle s'était promis de prêter *Le Morte D'Arthur* à Diana. C'était un de ses livres préférés et sa grand-mère en possédait un magnifique exemplaire datant de 1906.

— Je pourrais prendre un peu de sauge pour la farce, pendant qu'j'y suis, ajouta-t-elle.

— Non, non, non. Ne fais rien d'autre. Reviens aussitôt, lui conseilla Diana, en repoussant une mèche humide d'un revers de main graisseuse.

Elles venaient de passer un moment difficile – mais pas inintéressant – à essayer de farcir une dinde pour Thanksgiving.

— D'accord.

Cassie décida d'y aller en voiture. Elles avaient pris du retard avec la dinde et le soleil était déjà bas sur l'horizon.

« Tu rentres et tu sors », se rappela-t-elle, en franchissant la porte à toute vitesse.

Elle trouva le pavé en question sur une des étagères de la bibliothèque et le coinça sous son bras. Elle n'avait pas de crainte particulière – la semaine avait été si calme. Le Cercle avait célébré l'anniversaire de Suzan sans problème, l'avant-veille, le 24.

« Tu vois, je te l'avais bien dit, rassurait-elle déjà Diana dans sa tête, en ressortant du numéro 12. Pas la peine de flip… »

C'est alors qu'elle aperçut la voiture, une BMW grise, garée le long de la Panda blanche de sa grand-mère. Elle réagit en une fraction de seconde, reculant d'un bond vers la porte. Elle ne l'atteignit jamais. Une main se plaqua brutalement sur sa bouche. Déjà, on l'entraînait.

12

— Bouge de là avant qu'un d'tes potes nous voie, lui ordonna une voix tranchante.

Une odeur âcre de transpiration.

« Jordan, se dit-elle. Celui qui était armé. Celui du club de tir. » L'autre, c'était Logan, celui du Club des Rhéteurs de Harvard. Il était plus jeune que Jordan – à moins que ce ne soit le contraire ? Elle n'avait jamais été fichue de différencier les frères de Portia, pas même à l'époque où leur propre sœur lui faisait l'article, là-bas, à Cape Cod.

Cassie avait les idées claires et réfléchissait calmement.

Ils l'emmenèrent hors de La Nouvelle-Salem pour la conduire sur le continent, la maintenant aplatie comme une crêpe entre les deux banquettes pendant tout le trajet. Jordan lui écrasait le dos avec le pied et lui pressait quelque chose de froid et de dur contre la nuque. « Comme si j'étais un dangereux criminel ou un truc comme ça, songeait-elle, consternée. *Seigneur !* Mais qu'est-ce qu'ils s'imaginent ? Que je vais les changer en crapauds ? »

Les autres pieds posés sur elle étaient ceux d'une fille. Portia ? Non, Sally. Portia était bien trop distinguée pour écrabouiller les jambes de quelqu'un.

Cassie entendit le bruit mat des pneus, quand ils traversèrent le pont qui reliait l'île au continent. Après ça, il y eut pas de mal de virages, et puis une longue route cahoteuse. Quand ils s'arrêtèrent enfin, elle eut une impression de calme, un calme inhabituel.

Ils étaient au milieu d'une forêt. Bouleaux, frênes et chênes – les arbres typiques du Massachusetts – s'élevaient en rangs serrés tout autour d'eux. Ils la firent descendre de voiture, et puis les garçons l'entraînèrent à travers bois. Elle percevait, toutefois, le pas plus léger des filles qui les suivaient. La marche lui parut longue. Ils s'écartaient de plus en plus de la route, laissant derrière eux toute trace de civilisation. À la tombée de la nuit, ils débouchèrent dans une clairière.

Ils n'étaient pas les premiers à venir ici : la torche de Logan éclaira successivement un foyer creusé dans le sol et des cordes pendues à un arbre. Portia et Sally – elle ne s'était donc pas trompée : c'était bien Sally – se mirent à faire un feu, pendant que les garçons la ligotaient à l'arbre. Ils employèrent, pour ce faire, bien plus de corde qu'elle ne l'aurait jugé nécessaire.

Et ce feu-là ne lui revenait pas.

— Pourquoi vous faites ça ? demanda-t-elle à Logan, au moment où il s'écartait, après l'avoir attachée.

Quand elle pouvait voir leurs visages, elle parvenait à les différencier. Jordan était celui qui avait les yeux de squale.

— Parce que t'es une sorcière, lui répondit Logan, guère plus loquace que son frère.

— C'est pas une raison, ça, si ?

Portia s'approcha.

— Tu as menti, lui cracha-t-elle, d'un ton accusateur. Pour ce garçon sur la plage. Pour tout. Tu t'es moquée de nous : tu es une sorcière depuis le début.

— Pas à c'moment-là, lui rétorqua-t-elle, en essayant de maîtriser le tremblement de sa voix. Mais j'en suis une maint'nant.

— Ah ! tu l'admets. Eh bien, nous allons pouvoir faire, « maint'nant », ce que nous aurions dû faire, « à c'moment-là ».

La boule d'angoisse qu'elle avait au creux de l'estomac se contracta et elle jeta, une nouvelle fois, un coup d'œil anxieux vers le feu. Jordan y plongeait quelque chose, quelque chose de long et de métallique.

« J'suis mal, comprit-elle. J'suis très, très mal. »

Elle avait besoin d'aide, aucun doute là-dessus. Et elle ne voyait qu'un moyen pour l'obtenir : son pouvoir. C'était sa seule arme.

« Bon, se dit-elle. Fais ce que tu as fait avec Sean. Concentre-toi. Ne panique pas… Maint'nant ! »

Adam ! (Elle essayait d'entrer en contact avec lui mentalement.) *Adam, c'est Cassie. J'ai des ennuis.*

Elle regrettait de ne plus avoir la rose de calcédoine. Adam lui avait affirmé qu'en cas de problème, la pierre l'avertirait, qu'elle n'aurait qu'à la serrer dans sa main. Mais la rose de calcédoine appartenait à Diana.

« C'est pas l'moment de penser à ça, se tança-t-elle. Pense à Adam. Il faut que tu réussisses à le joindre. »

Adam ! Elle l'appelait de toutes ses forces.

Curieux comme ce pouvoir, cette faculté de… eh bien, de faire ce qu'elle faisait pour projeter l'énergie magique à distance, ne semblait pas s'émousser. Au contraire, il paraissait fonctionner comme un muscle : plus elle l'exerçait, plus il se renforçait.

Adam ! appela-t-elle encore, en veillant à envoyer un message simple. *C'est Cassie. Au secours !* Difficile de faire plus clair.

« Il va v'nir, tenta-t-elle de se rassurer. D'une manière ou d'une autre, il saura bien te trouver. Il viendra. Il faut juste que tu gardes ton calme. Voilà, garder son calme et attendre. » C'était l'idée de ce qui pouvait lui arriver *avant* l'arrivée d'Adam qui lui glaçait le sang.

Elle était donc coincée là, au beau milieu de nulle part, avec quatre fanatiques de la chasse aux sorcières. Et ce silence commençait sérieusement à lui taper sur les nerfs.

— La moindre des choses, leur lança-t-elle posément, s'adressant à Logan et à Sally – elle ne pensait pas que Jordan et Portia lui auraient répondu, de toute façon –, ce serait d'vous expliquer. Vous m'avez amenée ici et le moins que vous puissiez faire, c'est de me dire pourquoi vous détestez tellement les sorcières. Parce que, franchement, je n'comprends pas.

— T'es demeurée ou quoi ? lui rétorqua Logan, comme si ça tombait sous le sens. (Et puis, comme elle continuait à le regarder fixement sans broncher, il lâcha :) Parce qu'elles sont démoniaques.

— Logan…, soupira-t-elle, en tentant de distinguer son visage à la lueur des flammes, on est exactement comme vous. On est juste plus… « en phase » avec la nature, c'est tout. On l'étudie ; on la respecte ; on la fête et il nous arrive, quelquefois, de réussir à lui faire faire deux ou trois trucs pour nous. Mais on n'a rien de « démoniaque ». Écoute, insista-t-elle, en voyant Logan se détourner, on a nos défauts comme tout l'monde, mais, à la base, on essaie plutôt de faire le bien.

— Et Faye Chamberlain ? lui lança Sally, se mêlant d'autorité à la conversation. Elle « fait le bien », elle aussi ?

— Il y a du bon, chez Faye, lui assura Cassie, d'un ton encore plus prudent. Diana me l'a dit un jour, et c'est vrai. Il faut juste qu'elle en prenne conscience. Mais, de toute façon, vous ne pouvez pas tous nous cataloguer en vous basant sur un seul exemple.

— Et c'qu'ils ont fait subir à tout l'lycée pendant des années, t'appelles ça faire le bien ? Ils traitaient les autres comme des esclaves !

— Ils n'auraient pas dû, je l'reconnais. Mais Diana n'a jamais fait ça – et si les autres la traitaient comme une reine, c'est quand même pas sa faute. C'est Faye qui prenait les autres pour des esclaves. Et ceux qui l'imitaient ne se rendaient pas compte de ce qu'ils faisaient. En tout cas, c'n'est sans doute pas comme ça qu'on pourra résoudre le problème !

— M. Brunswick va résoudre le problème, trancha Portia.

— M. Brunswick est un assassin ! Il n'est pas votre allié, Portia, loin de là ! C'est lui qui a tué Kori Henderson, la sœur de Chris et de Doug. Il l'a tuée parce qu'elle n'entrait pas dans ses plans. Et il a tué M. Fogle, l'ancien proviseur, pour pouvoir prendre sa place. Et... il a tué Jeffrey, Sally ! Oui, oui. Et par pure méchanceté, pour c'que j'en sais – ou alors pour creuser encore l'écart entre les sorcières et ceux de l'extérieur. Il veut nous monter les uns contre les autres.

— C'est ridicule, railla Logan. Pourquoi voudrait-il ça ?

— Parce que, lui répondit Cassie (elle ferma les yeux : elle savait tellement que ça ne servirait à rien), c'est un sorcier. Et pas un gentil, ça, je peux vous l'assurer. Le seul sorcier cent pour cent mauvais que j'aie jamais rencontré. Et je crois qu'il veut nous pousser à vous éliminer. Ou peut-être qu'il veut juste nous emmener ailleurs et éliminer les gens là-bas. Je sais pas ce qu'il veut, avoua-t-elle, en rouvrant les yeux. Mais, quoi qu'il cherche à faire, ça n'peut pas être bon. Ce n'est sûrement pas quelque chose qui va vous faire plaisir, en tout cas.

— Oh ! arrête ton baratin et passons aux choses sérieuses, s'impatienta Jordan.

— Non, attends ! Je veux tirer un truc au clair.

Sally s'était levée pour venir se planter devant Cassie et la regardait droit dans les yeux.

— Tu dis que Brunswick a tué Jeffrey. Mais il aurait pas pu : il était même pas à La Nouvelle-Salem, cette nuit-là – ni quand les autres crimes ont été commis, d'ailleurs.

— Oh ! il était là. Il n'était juste pas encore assez frais pour se balader dans la nature, marmonna-t-elle, avant de rendre à Sally son regard de défi. Il n'avait pas besoin d'être là. C'est un sorcier. Il s'est servi de ses pouvoirs : il a envoyé son énergie magique – de l'énergie négative – faire le boulot à sa place. À moins qu'il ne se soit emparé de l'esprit de quelqu'un pour le manipuler et le forcer à l'faire.

« Comme Faye, songeait sombrement Cassie. Si on en allait par là, Faye pouvait très bien avoir poussé Kori du haut de l'escalier pour qu'elle se casse le cou. Elle pouvait très bien avoir délogé un rocher pour provoquer l'avalanche qui avait écrasé M. Fogle. Elle pouvait même avoir attiré Jeffrey dans la chaufferie pour l'étrangler. Il aurait suffi de se faufiler derrière lui pour lui glisser la corde autour du cou. Les médecins de la police avaient bien dit qu'une personne seule aurait pu y arriver, non ? »

— Et puis qu'est-ce que ça change de savoir comment ? soupira-t-elle avec lassitude. Il l'a fait, c'est tout c'qui compte. Et c'est vraiment lui, Sally, j'te jure. Il a tué Jeffrey.

Le visage à quelques centimètres à peine du sien, avec, sur ses traits, cette pugnacité qui ne la quittait jamais, Sally scrutait ses prunelles, la regardant au fond des yeux. Et puis elle secoua la tête et se détourna.

— J'suis désolée, lui dit Cassie – parlant, semblait-il, à son casque de cheveux rouillé. Moi aussi, j'aimais bien Jeffrey. Je sais c'que tu penses : que j'essayais de te le voler ou un truc comme ça. Mais c'n'est pas vrai. J'étais seulement… J'étais tellement surexcitée, cette nuit-là – la nuit d'la Fête de la Rentrée. C'était la première soirée à laquelle j'allais où des garçons voulaient danser avec moi.

— Mais oui, c'est ça ! persifla Sally, sans se retourner.

— C'est vrai. J't'assure, Sally, se défendit Cassie avec fougue. Avant, en Californie, je n'connaissais aucun garçon. J'étais bien trop timide. Je n'sais même pas pourquoi ils voulaient danser avec moi, à la Fête de la Rentrée. Sally…

Elle jetait en vain un regard suppliant aux étroites épaules de la petite rousse qui lui tournait toujours le dos.

Sally pivota lentement.

— Tu t'regardes jamais dans une glace, j'suppose, lui balança-t-elle.

Mais il y avait moins d'animosité dans sa voix. Cassie cligna des yeux pour refouler les larmes qui menaçaient.

— Si, mais je n'vois rien de spécial. Et je n'voulais pas te prendre Jeffrey. J'étais juste hyperflattée qu'il m'ait invitée à danser. C'était une si belle nuit. Tout semblait si magique. Et puis… (Elle se tourna vers Logan, clignant des yeux de plus belle.) Vous n'pouvez pas savoir ce que j'ai ressenti quand j'ai compris qu'il était mort. J'aurais fait n'importe quoi pour retrouver celui qui a fait ça.

Logan s'approcha d'un pas, mais, vive comme une guêpe, Portia l'arrêta de sa langue de vipère :

— La voilà qui recommence ! Elle se sert de ses pouvoirs de sorcière contre vous, là, maintenant. Ne fais pas l'imbécile, Logan !

Cassie se tourna vers elle.

— Mais enfin, Por… !

— Portia a raison, la coupa Jordan. Si on l'écoute, on va s'faire avoir. Elle nous mène en bateau depuis l'début.

Il sortit le truc en métal du feu.

— C'est quoi, ça ? s'alarma Cassie.

— Un fer rouge.

Cassie enregistra cette donnée et tenta de conserver le peu de sang-froid qui lui restait. Jordan s'avança vers elle, la fine barre de fer au bout incandescent à la main. Ça ne l'étonnait pas vraiment de sa part. Ce qui la surprit, en revanche, ce furent les mots qu'il prononça à ce moment-là :

— Où sont les Artéfacts Primordiaux ?

Cassie n'en crut pas ses oreilles.

— Quoi ?

— M. Brunswick nous a tout raconté, lui expliqua Portia, d'une voix dure. Il nous a dit qu'ils étaient la source de votre pouvoir et que, s'ils étaient détruits, vous seriez complètement démunis. Il veut les détruire en personne et vous empêcher à tout jamais de nuire.

Cassie faillit en rire, mais elle savait que ça n'aurait fait qu'aggraver son cas. Alors, comme ça, c'était lui qui les avait poussés à jouer les justiciers... Et il savait qu'elle avait trouvé les Artéfacts Primordiaux... À l'instant même, il devait s'attendre à ce qu'elle révèle à Jordan où ils se trouvaient pour sauver sa peau. À moins qu'il ne soit en train de rôder dans les parages en espérant qu'elle allait l'appeler au secours.

« Jamais, songea-t-elle. Même si ça doit mal tourner, jamais je n'ferai ça. Je n'veux pas de son aide. »

Elle balaya la clairière du regard, fouillant l'obscurité et, en particulier, ces ombres que la clarté des flammes faisait danser.

— Ça, pour vouloir les Artéfacts, il les veut ! ironisa-t-elle à haute et intelligible voix. Mais pas pour les détruire, non. Il va s'en servir pour *vous* détruire. Vous, et nous aussi, s'il ne réussit pas à nous faire plier.

Jordan ne sembla pas s'en émouvoir plus que ça.

— Tu vas pas tarder à nous l'dire, affirma-t-il. J'me doutais bien que tu allais d'abord essayer d'nous l'faire au bluff.

Quand il approcha le fer rouge, tout son corps se raidit d'un coup. « Tu es courageuse, se dit-elle, en essayant de respirer profondément pour calmer les battements affolés de son cœur. Tu es assez solide pour tenir le coup. » Mais, quand elle sentit l'odeur du métal chauffé à blanc, une vague glacée la submergea : la terreur, la terreur la plus absolue.

— Stop ! Arrêtez ça tout d'suite, Jour-sans et Bas-d'gamme ou j'sais pas quoi !

C'était la voix de Deborah, une voix pleine de fureur vibrant d'une férocité tout animale. La motarde se tenait campée entre deux arbres, comme si elle venait juste de se matérialiser à cet endroit. Avec ses cheveux en bataille qui se fondaient dans l'ombre et sa gracieuse posture de reine outragée, elle aurait pu passer pour une déesse de la forêt venue accomplir une vengeance divine.

Jordan lâcha le fer rouge pour se saisir de son pistolet et le braqua droit sur Deborah.

C'est alors que s'éleva une autre voix, par-delà le rideau d'arbres.

— Si tu t'écartes de Cassie et si tu poses ton arme, articula soigneusement Adam, sans hausser le ton, on ne te fera aucun mal.

Il était apparu tout aussi silencieusement que Deborah et avait l'air tout aussi dangereux qu'elle. Cassie pensa au costume qu'il avait revêtu pour halloween : la ramure et les feuilles d'automne du Dieu Cornu. Elle n'aurait pas été autrement surprise de voir un cerf à ses côtés.

Il y eut un autre mouvement furtif, et Cassie reconnut Diana.

C'était comme si un clair de lune venait de pénétrer dans la clairière. Une aura irréelle l'enveloppait. Grande et élancée, la fille de lumière se tenait là, avec sa longue chevelure ruisselant comme une cape étincelante. Il émanait d'elle une telle souveraineté qu'elle aurait aisément pu passer pour la déesse Diane, soudainement incarnée, avec la lune et les étoiles à ses pieds. Elle riva ses clairs yeux d'émeraude sur ceux de l'extérieur et prit la parole :

— Laissez mon amie tranquille, leur intima-t-elle.

Pendant deux secondes, Cassie crut qu'ils allaient s'exécuter sous l'effet de sa seule autorité. Le pistolet de Jordan trembla, et puis se redressa brusquement, pointé sur Adam, pendant que, vif comme l'éclair, Logan attrapait une branche enflammée. Il la projeta à la face de Cassie, comme Jordan l'avait fait avec le fer rouge incandescent.

— Reculez ou c'est elle qui va trinquer, leur lança-t-il.

Adam soupira :

— On vous aura prévenus.

Cassie ne pouvait détacher les yeux des prunelles de Diana. Elle jeta un bref coup d'œil à la branche enflammée de Logan, puis replongea dans l'émeraude étincelant. Elle sut alors que Diana pensait au rituel des bougies.

Le Feu… si près qu'elle pouvait sentir sa chaleur sur sa joue. Les flammes qui changeaient constamment de forme, irradiant leur clarté comme un flot de lumière jeté à la face du ciel. Il y avait du pouvoir dans le Feu. Elle l'avait appris à ses dépens, quand Faye lui avait agité un bout de papier enflammé sous le nez, dans l'ancien bâtiment des sciences. Un pouvoir à portée de la main…

Cette fois, c'est elle qui s'en saisit.

La branche s'embrasa brusquement, comme si on l'avait aspergée d'essence, et Cassie détourna la tête, fermant les yeux pour se protéger de l'éclat aveuglant. Logan hurla et jeta le bout de bois. Jordan tourna la tête une fraction de seconde : un instant d'inattention. Il n'en fallut pas plus. Il se retrouva à terre, quand, surgissant de nulle part, les frères Henderson bondirent sur lui tels deux éclairs jumeaux. Le coup partit en l'air, mais, déjà, ils plaquaient Jordan au sol, l'immobilisant, un sur chaque bras. Cassie vit alors Nick émerger de l'obscurité pour attaquer Logan à revers. Logan se débattit, mais Adam vint à la rescousse. En quelques secondes, le combat était terminé.

Le temps que Cassie regarde ce qui se passait de l'autre côté, le compte des deux filles de l'extérieur était déjà réglé. Sally était face contre terre, avec les genoux de Deborah dans le dos, sous l'œil vigilant de Mélanie, qui les dominait, debout à ses pieds. Et Portia était aplatie contre un arbre, parfaitement immobile. À cinquante centimètres d'elle, Raj grognait, les babines retroussées et tous les poils hérissés. Laurel se tenait derrière lui, la toisant de toute sa hauteur, terriblement impressionnante.

— Ces arbres, dit-elle à Portia, ont déjà dû tant supporter de ceux de votre espèce. Si tu tentes de fuir, tu te perdras dans leur dédale. Sans parler de ce que le chien pourrait te faire subir. Si j'étais toi, je ne bougerais pas un cil.

Portia ne cilla pas.

Diana vint couper les liens de Cassie avec un couteau à manche blanc. Il lui fallut un bon moment.

— Beau boulot, commenta Suzan, en coulisses.

— Ça va ? lui demanda Diana.

La fille de lumière était toujours nimbée de cette effrayante aura irréelle. Cassie opina en silence.

— On était déjà en chemin, quand tu as appelé Adam, lui expliqua Diana. Laurel avait vu leur voiture filer en trombe sur Crowhaven Road et Adam avait senti qu'il se passait quelque chose d'anormal. C'est lui qui nous a guidés jusqu'à leur voiture. Mais c'est Raj qui a suivi ta piste à travers bois.

Cassie se contenta de hocher la tête avec gratitude. Elle n'aurait pas pu parler.

— Comme Cassie n'a rien, nous n'avons aucune raison de nous en prendre à vous, déclara la belle blonde à haute voix. Mais nous allons emporter ça. (Elle ramassa le pistolet de Jordan et le tint du bout des doigts comme s'il s'agissait d'un serpent venimeux.) Et nous allons vous abandonner ici. Votre voiture a quelques pneus crevés : vous rentrerez à pied.

Les quatre intéressés ne répondirent pas. Toujours face contre terre, Sally haletait ; le bras de Nick autour du cou, Logan ne bougeait pas d'un pouce – même s'il tremblait ; Portia était restée paralysée contre son arbre. Mais ce fut Jordan qui retint l'attention de Cassie. Gisant dans l'herbe, les bras en croix, il rivait sur Diana un tel regard de haine ! On aurait dit un chien enragé.

« Ça n's'arrêtera jamais, songea-t-elle. Ils nous haïront encore plus après ça. Ils nous feront un autre truc, et on leur fera un autre truc, et ça n'en finira pas. »

Sur un coup de tête, elle se dirigea vers Jordan et lui tendit la main.

— On n'est pas obligés d'être ennemis, lui dit-elle. Est-ce qu'on ne pourrait pas faire la paix, là, maint'nant ?

Jordan lui cracha dessus.

Elle en resta clouée sur place, sciée. Personne ne lui avait jamais craché dessus. Elle regarda, d'un air éberlué, sa main tendue et, au bout d'un moment, finit par l'essuyer sur son jean.

Ce qui se passa après, c'est Laurel qui le lui raconta, parce qu'elle avait les yeux baissés, à ce moment-là. Nick se rua sur Jordan. Mais il devait d'abord se débarrasser de Logan et Adam fut beaucoup plus rapide, de toute façon. Vif comme l'éclair, il chopa Jordan par le devant de sa veste pour le lever à bout de bras et le renvoya en un clin d'œil au tapis, lui balançant son poing en pleine figure. Derrière elle, les flammes du feu de camp fusèrent à trois mètres, d'un orange flamboyant. Jordan atterrit sur le dos, les deux mains plaquées sur le nez.

— Debout ! gronda Adam.

Les flammes rugissaient, crépitaient, envoyant une pluie d'étincelles qui criblaient l'obscurité de la forêt.

Nick avait rejoint Adam, à présent. Il avait recouvré son visage de marbre, son calme olympien : l'imperturbable Nick, le Nick d'avant.

— Nan, mon vieux, j'crois qu'il a eu son compte, lâcha-t-il d'une voix traînante, en retenant Adam par le bras.

Jordan leva une de ses mains. Il avait le nez en sang.

— Elle ment comme elle respire, tu verras, nasilla-t-il d'une voix pâteuse, son regard alternant entre Cassie et Adam.

Pendant un moment, Cassie crut qu'Adam allait se jeter de nouveau sur lui. Mais, finalement, il fit volte-face. À croire qu'il avait oublié jusqu'à l'existence de Jordan. Il ne sembla pas enregistrer la présence de Nick non plus. Il lui prit la main, celle sur laquelle Jordan avait craché, la retourna et y déposa un baiser.

Cassie pria très fort pour que quelqu'un fasse quelque chose. Et vite.

— On devrait les ligoter, déclara soudain Mélanie, sa voix posée brisant le silence qui avait envahi la clairière. Trois d'entre eux, du moins – le quatrième pourra délivrer les autres pendant qu'on s'en ira.

— Pas trop serré, alors, concéda Diana. (Pendant que Jordan, Logan et Sally étaient attachés, elle alla planter le couteau dans le sol, à côté de Portia.) Tu pourras les délivrer avec ça, quand on sera partis, lui lança-t-elle. Et n'essaie pas de nous suivre.

Portia n'avait pas l'air d'en avoir très envie. On voyait le blanc de ses yeux et elle avait les pupilles agrandies par l'effroi.

Diana suivit son regard rivé aux flammes qui rugissaient, évoquant plus un puits de pétrole embrasé qu'un simple feu de camp. Elle se pencha vers Cassie.

— Tu ne pourrais pas baisser d'un ton, à ce niveau-là, lui demanda-t-elle doucement, en désignant le feu du menton. Je crois qu'ils ont assez peur comme ça.

Comme elle n'y était pour rien, Cassie marmonna un truc inintelligible et se précipita vers Sally pour vérifier la solidité de ses liens.

— J'me suis trompée sur ton compte, marmonna alors Sally, sans même remuer les lèvres, en lui jetant un regard en coin.

Cassie s'efforça de cacher sa surprise et se pencha pour examiner ses poignets ligotés.

— T'as p't-être raison pour Brunswick, poursuivit Sally, si bas que ses mots en devenaient pratiquement inaudibles. Si oui, j'te plains. Parce qu'il va faire un truc le 9. C'est la pleine lune ou quelque chose comme ça et c'est le jour qu'il a choisi pour passer à l'action. C'est pour ça qu'il voulait les Artéfacts avant.

— Merci, lui répondit Cassie dans un souffle, en lui étreignant fugitivement la main.

— Allons-y, annonça Diana, au moment où Cassie se redressait.

En partant, Cassie donna un discret coup de coude à Adam.

— C'est toi, le feu ? chuchota-t-elle.

— Hein ? Oh !

Les flammes retombèrent, s'effondrant brutalement pour redevenir un simple feu de camp.

— J'imagine, commenta-t-il.

Ils marchèrent à travers bois, Laurel et Deborah les guidant d'un pas assuré, Raj trottinant à leurs côtés. Cassie pensa à Nick durant tout le trajet.

Quand ils rejoignirent la route, elle monta dans la voiture des Armstrong avec lui. Il conduisait sans parler, le bras nonchalamment posé sur le dossier du siège passager. Les autres roulaient devant, leurs phares éclairant la route déserte tandis qu'ils regagnaient La Nouvelle-Salem.

Cassie essayait de trouver les mots qu'il fallait. Elle n'avait jamais eu à faire un truc pareil et elle avait peur de s'y prendre comme un pied. Elle avait peur de faire du mal à Nick.

Pas moyen d'y échapper, pourtant. À la seconde où Adam lui avait embrassé la main, elle avait su. Que ça lui plaise ou non, elle ne pouvait rien y changer.

— Nick...

Elle s'étrangla.

— Pas la peine, lâcha-t-il, reprenant ce ton détaché, blasé – du style « rien n'm'atteint » – du beau ténébreux d'avant.

Mais Cassie entendait, elle, la souffrance sous la glace. Et puis il la regarda et sa voix se fit plus tendre.

— Je savais c'que j'faisais quand j'me suis embarqué là-d'dans, lui assura-t-il. Et t'as jamais prétendu quoi qu'ce soit. C'est pas ta faute.

Il avait dit qu'elle n'avait pas besoin de parler, mais ce n'était pas vrai. Elle avait besoin de lui expliquer ou, du moins, d'essayer.

— Ce n'est pas à cause d'Adam, lui affirma-t-elle doucement. J'veux dire : ce n'est pas *pour* lui, parce que je sais que c'est sans espoir. Je... j'me suis fait une raison, maint'nant, et je suis heureuse pour eux, pour lui et pour Diana. C'est juste que je...

Elle secoua la tête avec un geste d'impuissance.

— Je sais que ça va avoir l'air carrément nul, mais je n'peux pas être avec quelqu'un d'autre. Je pourrai jamais. Je vais juste devoir...

Elle tenta de trouver une façon d'exprimer ça, mais tout ce qui lui vint à l'esprit, c'était une phrase tout droit sortie d'un livre de savoir-vivre datant de l'époque victorienne qu'elle avait lu, par un après-midi de pluie, chez sa grand-mère.

— Je vais devoir assumer une existence de « solitude dans la béatitude », marmonna-t-elle.

Nick rejeta la tête en arrière et s'esclaffa de bon cœur. Un bon gros rire. Cassie le regarda, mal à l'aise – quoique contente de le voir prendre ça avec le sourire. Sa voix était plus normale aussi, quand il lui répondit – en lui jetant un coup d'œil en coin quand même et en retirant son bras du siège passager.

— Ah ! tu crois ça ?

— Eh bien, qu'est-ce que tu veux qu'je fasse d'autre ?

Nick secoua juste la tête en se marrant.

— Cassie, je suis vraiment heureux de t'avoir rencontrée, tu sais, lui déclara-t-il. Tu es... unique en ton genre. Parfois, je me dis que tu serais mieux au Moyen Âge. Toi et Diana, et... lui. Tous les trois. Mais, n'empêche, j'suis content de t'avoir connue.

Elle était encore plus mal à l'aise. Et elle ne comprenait pas.

— C'est moi qui suis contente de t'avoir connu, lui rétorqua-t-elle. Tu as été si sympa avec moi. T'es vraiment quelqu'un de bien.

Il ricana de plus belle.

— J'en connais pas beaucoup qui diraient ça. Mais je suis pas si mauvais. J'ai intérêt à faire attention à n'pas l'être, en tout cas, sinon tu vas encore me fusiller avec ces grands yeux-là...

Il s'apprêtait déjà à prendre une cigarette, quand, lorgnant vers elle, il la remit dans le paquet qu'il avait sorti de sa poche.

Cassie sourit. Elle aurait bien aimé pouvoir lui prendre la main, mais ça n'aurait pas été très honnête de sa part. Elle allait devoir réapprendre la solitude, maintenant.

Alors, elle se laissa retomber contre le dossier de son siège et regarda, par la vitre, les lumières des maisons défiler.

13

— C'est la Lune des Longues Nuits, déclara Diana. Et ce n'est pas seulement la pleine lune, le 9 : c'est une éclipse.

— Une éclipse totale, renchérit Mélanie.

— C'n'est pas bon pour nous, ça, si ? s'alarma Cassie.

Diana réfléchit.

— Eh bien, la lune renforce toujours le pouvoir des sorcières : il vaut mieux jeter certains sorts pendant la lune noire, ou pendant la pleine lune, ou en respectant d'autres phases de la lune. Si Black John a décidé de passer à l'action cette nuit-là, je ne doute pas qu'une éclipse soit le meilleur moment pour lui, pour faire ce qu'il a derrière la tête. Et le pire pour nous, pour le combattre.

— Sauf, intervint Adam, si on sait qu'il va passer à l'action… et qu'il ne sait pas qu'on le sait. Il ne s'attendra pas à ce qu'on soit prêts.

Hochements de tête méditatifs à la ronde. C'était le lendemain de Thanksgiving et tous ceux qui étaient venus délivrer Cassie, la veille, s'étaient réunis chez Adam. Cassie leur avait raconté ce qui s'était passé dans la clairière avant leur arrivée – en omettant soigneusement la question de Jordan à propos des Artéfacts Primordiaux. Ça, elle ne l'avait confié qu'à Adam et à Diana, au retour, devant chez Diana. Et encore, dans un murmure. Mais, à présent, elle les interrogeait tous les deux du regard.

Adam et Diana considérèrent le groupe d'un œil morne. Ils n'avaient vraiment pas l'air ravis.

— Soit, se résigna finalement Adam. Je suppose qu'il vaut mieux leur dire. Puisque lui le sait, ça n'a plus grande importance, de toute façon, si ?

— Faye a dû le découvrir, d'une manière ou d'une autre, se désola Diana, de moins en moins ravie. Elle est allée trouver Black John et…

— Non.

Diana se tourna vers Cassie, étonnée.

— Mais…

— Non, pas Faye, insista Cassie, d'un ton résolu. *Sean.*

Adam jura en sourdine. Diana le dévisagea, interdite, puis dévisagea Cassie.

— Oh mon Dieu ! lâcha-t-elle dans un souffle.

— Quoi, Sean ? s'impatienta Deborah. Qu'est-ce qu'il a encore fait ?

Nick était passé en mode alerte maximale. Il plissait les yeux, le regard rivé sur Cassie.

Cassie consulta Diana en silence et, la voyant hocher la tête – avant de porter, atterrée, la main à son front –, répondit posément à Deborah :

— Il est allé raconter à Black John qu'avec Adam et Diana, on avait trouvé les Artéfacts Primordiaux.

— Que vous avez… ! Vous voulez dire que vous… vous voulez vraiment dire que… ?

La motarde en perdait ses mots. Quant aux autres, ils étaient tellement sciés qu'ils en restaient bouche bée.

— C'est Cassie qui nous a indiqué l'endroit, tint à préciser Adam. Ils se trouvaient dans la cheminée du numéro 12. En rentrant, on est tombés sur Sean, qui nous a dit qu'il avait vu d'la lumière. (Il se tourna vers Cassie.) Alors, tu crois que…

Elle respira un bon coup et se jeta à l'eau.

— Je crois que Black John le manipule depuis l'début. Je crois que c'est lui qui a volé l'hématite dans ma chambre. J'ai compris tout ça cette nuit. Je n'arrivais pas à dormir. J'ai commencé à me demander qui pouvait bien avoir vendu la mèche et j'avais sans arrêt des flashs de Sean tel qu'il était la première fois que je l'ai vu : il portait une ceinture avec son nom gravé dessus et tout un tas de p'tites pierres qui brillaient. Il la portait tout l'temps. Mais, maint'nant, comme il fait froid et que tout l'monde met des pulls, je n'ai pas remarqué s'il la portait encore. J'suis prête à parier qu'il l'a en d'ssous, et qu'il la portait aussi, cette nuit-là, quand il est sorti avec sa veste de pyjama. Et je parierais que ces petites pierres qui brillaient, c'était…

— De l'hématite, achevèrent en chœur une demi-douzaine de voix.

Tous les regards étaient braqués sur Mélanie.

— De l'hématite ou « pierre de sang », confirma l'experte ès cristaux. Oui, moi aussi, je l'ai vue. C'est bien ça. Mais comment on a pu être aussi bêtes ! Ça ne m'a même pas effleurée.

Nick se pencha en avant.

— Alors tu crois que, pour le coup des améthystes, c'est pas Faye qu'a cafté à Brunswick qu'on en portait pour s'protéger ? Tu crois que c'est Sean ?

Cassie remarqua le pli dur qui crispait sa bouche.

— Ce n'était pas sa faute, Nick. Si Black John a pris possession de son esprit… Eh bien, je sais c'que ça m'a fait, à moi. Sean n'aura pas pu résister. D'ailleurs, on a tous vu qu'il ne pouvait pas résister, le jour de la réunion dans l'amphi, quand il a levé la main. J'ai été obligée de lui crier d'ssus pour le faire réagir. Il était comme hypnotisé.

— Sean… C'est pas vrai ! souffla Laurel, en se calant dans son fauteuil. C'est juste trop… trop glauque.

— Et j'ai bien peur qu'il y ait encore pire…

Cassie baissa les yeux, appuyant la main bien à plat sur la table basse de Mme Franklin. Elle ne savait pas comment leur dire ça.

— Écoutez, je crois que… Je crois que Black John s'est servi de Sean pour commettre les meurtres.

Il y eut alors un silence assourdissant. Même Diana semblait trop horrifiée pour pouvoir la soutenir. Mais Adam la regarda droit dans les yeux, et puis, fermant les paupières, il hocha lentement la tête avec une moue dégoûtée.

— Oui, soupira-t-il.

— Oh *non* ! murmura Suzan.

— Je crois que… (Cassie déglutit) qu'il peut très bien avoir écrit un p'tit mot à Kori, la veille, pour lui donner rendez-vous devant le lycée. Elle ne se sera pas méfiée. Elle aura pensé que c'était juste un truc qui concernait le Cercle. Il aurait pu passer derrière elle et…

— J'vais l'tuer ! rugit Doug, en se levant d'un bond.

Nick et Deborah le rattrapèrent à temps, mais ce fut alors Chris qui se mit à hurler en se ruant vers la porte. Adam et Mélanie durent le plaquer au sol.

— C'n'était pas lui ! C'n'était pas Sean ! s'écria à son tour Cassie. Écoutez-moi, les garçons ! C'était Black John. C'est lui qui a tué Kori. Sean ne s'en souvient même pas, à mon avis. Il n'a été qu'un… qu'un *instrument* dont l'énergie négative s'est servie.

— C'est pas vrai ! répéta Laurel. C'est pas vrai ! … Vous vous souvenez du rituel du crâne dans le garage de Diana ? La fois où l'énergie négative a été libérée ? Sean et Faye ont commencé à s'bagarrer, la bougie s'est éteinte et l'énergie négative s'est échappée. Sean a dit que c'était Faye qui avait commencé, et on l'a tous cru. Mais Faye, elle, disait que c'était Sean qui avait essayé de briser le cercle. Et si c'était elle qu'avait raison ?

— J'parie qu'oui, lui répondit Cassie. Black John a toujours été là, avec nous. Tout ce que Sean voyait, il l'a vu. Et, quand il y a eu assez d'énergie négative échappée du crâne – et il faisait tout pour que ça arrive, dès que l'occasion s'en présentait –, elle a pris possession de Sean pour commettre les meurtres.

— Et ç'aurait pas été très compliqué d'attirer Fogle à Devil's Cove non plus, intervint à son tour Suzan. Sean peut lui avoir raconté qu'il avait quelque chose à lui balancer sur quelqu'un du Club. J'l'ai fait tellement d'fois, moi. De dire au dirlo des trucs sur… (Elle coula un regard vers Diana.) Eh bien, euh, c'était avant. Enfin bref, Sean peut très bien avoir dit à Fogle de le r'trouver sous les rochers et puis... hop ! (Elle fit le geste de pousser quelque chose.) Adieu, M. Fogle !

— On peut te lâcher, maint'nant ? demanda Adam à un Chris toujours écumant.

Pendant que, de son côté, Deborah demandait à Doug :

— On peut t'faire confiance ? Tu vas t'tenir tranquille ?

Les Henderson émirent de vagues grognements inarticulés. À peine libérés, ils se redressèrent, le feu aux joues et de telles flammes dans les yeux qu'on aurait dit deux paires de chalumeaux.

— On va l'crever, c'salaud, cracha Doug entre ses dents.

— Même s'il faut y laisser not' peau, renchérit Chris, sur le même ton.

Cassie espérait qu'ils parlaient bien de Black John.

— Et Jeffrey ? s'enquit Diana.

Cassie haussa les épaules.

— Je n'sais pas comment Sean a pu l'entraîner dans la chaufferie...

— En prétendant que tu y étais, sans doute, suggéra Laurel.

— ... mais, s'il l'a fait, il n'a eu qu'à arriver derrière lui pour l'étrangler avec une corde... Non, attendez, Sean est bien trop petit. Je n'vois pas comment il aurait pu...

— En s'débrouillant pour le faire asseoir ou même juste se pencher, avança Nick, d'une voix sourde. C'est c'que j'ferais, moi, en tout cas, si j'devais étrangler un mec beaucoup plus grand qu'moi. Et puis, hé ! si Sean carburait à l'énergie négative, il devait dépoter. Et il lui en a fallu, du jus, pour être capable de passer une corde autour du cou d'Lovejoy et d'le pendre à ce tuyau après !

Cassie crut qu'elle allait être malade.

— C'est vrai… J'n'ai vu ni Sean ni Jeffrey à la fête, pendant un moment, juste avant le meurtre. Et puis, brusquement, Sean est apparu sur la piste pour se diriger vers moi. Alors, j'me suis précipitée dans la chaufferie et… j'ai trouvé Jeffrey.

— Je crois qu'il faut qu'on ait une petite conversation avec Sean, déclara Diana.

— Non ! intervint soudain Adam – avec une véhémence pour le moins surprenante. C'est exactement ce qu'il ne faut pas faire. Si on lui parle maint'nant, Black John comprendra qu'on a découvert le pot aux roses. Mais, si on reste tranquilles, si on joue le jeu avec Sean et qu'on prétend ne rien savoir, on pourra lui faire de l'intox : lui raconter des trucs bateau pour qu'il les répète à Black John.

— Comme lui dire qu'on sait pas quand Black John va dégainer, par exemple, renchérit Deborah, de soudaines étincelles dans les yeux. Lui dire qu'on balise trop, qu'on sait pas quoi faire des Artéfacts Primordiaux, qu'on est carrément à la rue…

— Ou qu'on s'oppose sur tout et qu'on se prend la tête à longueur de journée, proposa Laurel. Qu'on n'arrive pas à se mettre d'accord et qu'on est au point mort.

— C'est ça ! s'emballa Adam. Et puis, cette fameuse nuit, en fait, on l'attendra de pied ferme. C'est quand, cette éclipse, Mélanie ?

— Vers dix-huit heures trente. C'est là, le vrai danger, d'après moi. Quand la lune sera dans l'ombre.

— La lune dans l'ombre, répéta tout bas Cassie. Je crois que je comprends pourquoi il a choisi ce moment-là…

« Une ombre dans l'ombre », songeait-elle.

— Et, d'ici là, tout ce qu'il nous reste à faire, c'est de prétendre que c'est l'anarchie totale au sein du Cercle, qu'on est tous terrifiés et qu'on se monte tous les uns contre les autres, affirma Mélanie.

— Ça devrait pas être trop dur, ironisa Suzan, en arquant un sourcil.

— Mais y a quelqu'un à qui je pense qu'on devrait vraiment parler, reprit Cassie. Sans pour autant rien trahir de nos petits secrets. Je pense que l'un d'entre nous devrait aller parler à Faye.

— Et j'crois qu't'es toute désignée, lui balança Nick. Je vois personne de plus qualifiée pour le job.

Il lui fit un clin d'œil, mais son visage était trop grave pour qu'elle ait envie de rire.

— On a besoin d'toi.

— Je n'en doute pas, lui répondit Faye, d'une voix nonchalante, en s'admirant dans la glace.

Elle essayait différentes coiffures : les cheveux rejetés en arrière, remontés sur le sommet du crâne, dans la nuque... Cassie n'était pas revenue dans la chambre de Faye depuis cette nuit fatidique où l'arrogante brune avait disposé toutes ces pierres rouges en cercle autour du crâne de cristal et avait libéré l'énergie négative qui avait fini par tuer Jeffrey. La pièce respirait toujours autant le luxe et la « gosse de riches » hypergâtée : le papier peint avec ses luxuriantes orchidées ; le lit jonché de coussins et d'oreillers ; la chaîne stéréo bourrée d'options hors de prix au design superstylé. Et, cette fois encore, les chatons vampires de la maîtresse des lieux dansaient, autour de ses chevilles, leur sinueux ballet.

Mais l'atmosphère avait changé. Les bougies rouges avaient cédé la place à des piles de dossiers. Sur le lit, à côté du téléphone sans fil, trônait un bipeur. Un carnet de rendez-vous était calé contre le miroir et les fringues, qu'on avait négligemment laissées traîner, faisaient plus dans le nouveau style « secrétaire sexy », que Faye avait récemment adopté, que dans la vamp sulfureuse.

L'ambiance était... stressante. Ça sentait la compétition, la course à la perfection : plus Portia que Faye.

— Tu sais, j'imagine, qu'avant-hier Portia Bainbridge et Sally Waltman m'ont kidnappée ?

Faye lui jeta un coup d'œil goguenard dans la glace.

— Et tu sais, j'en suis sûre, que tu n'aurais eu qu'à ouvrir ta jolie petite bouche pour que papa vienne à ton secours ?

Cassie refoula la nausée qui la saisissait rien que d'y penser.

— Je n'veux pas de son aide, martela-t-elle, en déglutissant avec peine.

Faye haussa les épaules.

— Plus tard, peut-être, chantonna-t-elle.

— Non, Faye. Pas « plus tard ». Je n'veux plus jamais le revoir. Mais, si tu es au courant pour mon enlèvement, tu dois aussi savoir ce qu'ils cherchaient. On a trouvé les Artéfacts Primordiaux. (Elle dévisagea cette Faye étrangère dans la glace, puis se retourna pour regarder l'originale en face.) Ils te reviennent, lui dit-elle sans hésiter. Tu es le leader de ce coven. Le problème, c'est que le coven a la ferme intention de combattre... Black John.

— Tu n'arrives même pas à le dire, hein ? Ça t'arrache. C'est pourtant facile. « Papa », « Père », « Papounet ». Quel que soit le petit nom que tu lui donneras, je suis sûre qu'il répondr…

— Tu vas m'écouter, oui ! (Elle avait presque crié.) Tu es assise là, à feindre l'innocence…

— Mais c'est qu'elle a du vocabulaire, en plus !

— … pendant qu'il se passe des trucs graves. Des trucs mortellement graves. Il va tuer des gens. Les tuer, Faye. Il n'est que ça, un concentré de haine mû par le seul désir de tuer. Je le sais. Je le sens en lui. Et, si tu le vois autrement, c'est qu'il te mène en bateau.

Les yeux d'or se rétrécirent brusquement. Faye n'avait plus l'air de trouver ça si drôle, tout à coup.

— Je te connais depuis un p'tit bout d'temps, maintenant, Faye, et il y a eu des moments où je t'ai vraiment détestée. Mais je n'aurais jamais cru que tu deviendrais cette caricature de la parfaite petite dactylo. Tu étais plutôt du genre à savoir c'que tu voulais et tu n'aurais pas léché les bottes de qui qu'ce soit. Tu te rappelles ? Un jour, tu m'as demandé si, sur ma tombe, je voulais voir écrit « Ci-gît Cassie. Elle fut… *gentille* ». Et toi, est-ce que tu veux voir écrit sur ta tombe « Ci-gît Faye. Elle fut une secrétaire modèle » ?

Une des mains de Faye – avec ses longs ongles parme, désormais – s'était crispée sur la coiffeuse. Les mâchoires serrées, Faye scrutait ses propres yeux dans le miroir.

Le pouls de Cassie s'accéléra.

— Quand je te regardais, je croyais voir un lion, une sorte de panthère noire aux yeux d'or. Maint'nant, je vois… (elle jeta un coup d'œil à ses pieds) un chaton. Le petit animal domestique d'un riche aristocrate.

Fébrile, elle attendit sa réaction. Peut-être... Il y avait peut-être une petite chance... juste une petite chance pour que le lien qu'elles avaient forgé, pendant le rituel des bougies, soit assez fort, pour que Faye ait assez de fierté, assez d'indépendance...

Le regard de Faye croisa le sien dans la glace. Et puis la belle brune secoua la tête. Elle avait le visage fermé, les lèvres pincées.

— Je crois que tu sais où est la porte, lui balança-t-elle, hautaine.

Quand Cassie se retourna, les chatons vinrent se mettre dans ses jambes et elle sentit la piqûre vive de leurs petites griffes aiguisées comme des lames de rasoir.

Non ! leur ordonna-t-elle en pensée. Elle vit alors les petites bêtes se figer, les oreilles soudain plaquées en arrière, terrifiées. Elle les souleva, une dans chaque main, et les jeta sur le lit de Faye.

Et puis elle s'en alla.

— Il faut lui laisser jusqu'au 9, plaida Diana. Peut-être qu'elle changera d'avis.

— « Plus tard, peut-être », cita Cassie.

Mais il n'y avait pas beaucoup d'espoir dans sa voix.

— Pour Sean aussi, on attendra jusqu'au 9, trancha Adam.

Ils réussirent à passer la semaine suivante sans trop de problèmes. Sauf entre eux. Au Lycée de La Nouvelle-Salem, les membres du Club ne se parlaient plus en public que pour s'incendier. Ni l'anniversaire de Laurel ni celui de Sean – respectivement le 1er et le 3 décembre – ne furent fêtés parce que, d'après une Diana désolée, aucun d'eux n'était parvenu à s'entendre assez longtemps avec les autres pour organiser une soirée. Cassie voyait bien les regards en coin et les messes basses : pas de doute, leur plan fonctionnait. Elle se contentait, quant à elle, de ressembler autant que possible à la Cassie d'avant : timide, discrète, qui rougissait ou se laissait impressionner pour un rien. Le rôle n'était pas très agréable à jouer, un peu comme une vieille peau qu'elle aurait dû endosser, une vieille peau devenue trop petite et dont elle avait hâte de se débarrasser. Mais, pour l'heure, il s'agissait de tromper Sean. Ils réussirent même à tromper Faye.

— J'ai entendu dire que vous avez cassé, Nick et toi, lui lança cette dernière, un jour, dans le couloir.

Sous les paupières mi-closes, les yeux d'or luisaient : elle exultait.

Cassie piqua un fard et se détourna.

— Et, sans moi, le Club ne ressemble plus à grand-chose, d'après ce que j'ai pu voir, ces derniers jours, embraya la sculpturale brune – tout juste si elle ne ronronnait pas.

Cassie se tordit les mains.

— Je pourrais me joindre à vous, un d'ces quatre… Pour la prochaine pleine lune, peut-être ? Si vous la célébrez, j'veux dire.

Cassie haussa les épaules.

Faye avait l'air de jubiler.

— On pourrait faire une fête *d'enfer*, susurra-t-elle. Pensez-y.

Pendant que Faye s'éloignait, Cassie aperçut Sally Waltman qui montait fidèlement la garde, à son poste de surveillante. Elle se faufila jusqu'à elle aussi discrètement que possible.

— On est prêts pour le 9, comme tu nous l'as dit, lui souffla-t-elle. Mais est-ce qu'on peut encore te demander un truc ?

Sally semblait aux cent coups.

— Avec lui, tout l'monde surveille tout l'monde, chuchota-t-elle. Personne n'est à l'abri.

— Je sais mais, quand arrivera le jour J, tu pourrais pas nous prév'nir s'il fait quelque chose d'anormal ? Quelque chose qui pourrait indiquer qu'il passe à l'action ? S'te plaît, Sally. C'est vrai, tout c'que j't'ai raconté sur lui, tu sais.

— O.K., murmura Sally, en jetant autour d'elle des regards de bête traquée. Maintenant, casse-toi, tu veux ? Si j'entends parler d'un truc, j'essayerai d'te faire passer un message.

Cassie hocha la tête et fila.

Le 9, la journée s'annonçait grise et venteuse, le genre de journée que Cassie préférait généralement passer pelotonnée devant une belle flambée. Ce matin-là, pourtant, elle enfila des fringues hyperchaudes : gros pull, gants, parka. Elle n'avait pas la moindre idée de ce que ce jour leur réservait, mais elle voulait être habillée pour parer à toute éventualité. Dans son sac à dos, en plus de ses cahiers, elle glissa son *Livre des Ombres*.

Elle sortait de son cours de français, quand Sally l'intercepta.

— Suis-moi, je te prie, lui intima la fille aux cheveux rouille, sur ce ton cassant propre aux surveillants.

Cassie la suivit dans le bureau désert de l'infirmerie voisine. Sally tomba aussitôt le masque.

— Si j'me fais coincer avec toi, tout est foutu, débita-t-elle d'entrée, dans un murmure haletant plein de rancœur, les yeux rivés au carreau de verre dépoli de la porte. Mais bon, voilà : je viens d'surprendre une conversation entre Brunswick et ta copine Faye. Peut-être que tu comprendras où il veut en v'nir, toi, parce que, pour moi, c'est du chinois. Ils parlaient d'arranger un accident sur le pont – apparemment, ils emmèneraient un car scolaire vide là-bas, et une voiture, ou peut-être deux. « Il suffira qu'ils brûlent une petite heure. Dans l'intervalle, la montée des eaux aura fait le reste. » J'te répète texto. Ça t'dit quelque chose ?

— Un accident ? Ça bloquerait le pont et l'accès au continent, réfléchissait Cassie à haute voix.

— Ben oui, forcément ! Mais pour quoi faire ? s'impatienta Sally.

— Je sais pas. Mais j'vais trouver. Écoute, Sally, si j'ai besoin de te reparler, est-ce que tu seras à la cafét' pour le déjeuner ?

— Oui, mais tu pourras pas me parler là-bas. Portia n'a pas arrêté de me reluquer bizarrement depuis cette fameuse nuit dans la clairière : je crois qu'elle se méfie. Ses frères sont repartis fous d'rage et elle n'a pas cru un mot de c'que tu as dit sur Brunswick. Si jamais elle me chope avec toi, j'suis morte.

— Oui, eh bien, tu seras peut-être vraiment morte, si je n'te parle pas, lui rétorqua Cassie. Maint'nant, vas-y. Je vais attendre une minute avant d'sortir.

Cassie rejoignit l'ancien bâtiment des sciences au pas de course et gravit les marches quatre à quatre. Au premier, tous les membres du Club l'attendaient – sauf Faye et Sean qui n'avaient pas été informés de la tenue de cette assemblée. Ils avaient prévu de coincer Sean juste après le déjeuner, même s'ils n'avaient rien appris sur les plans de Black John entre-temps.

— Oui mais… on sait… quelque chose, annonça Cassie, hors d'haleine, en se laissant tomber sur une caisse retournée. Écoutez ça.

Et elle leur rapporta ce que Sally lui avait raconté.

— Ah ! j'comprends mieux, s'exclama Deborah. J'viens d'voir Faye sortir avec lui du bahut et, au secrétariat, ils ont répondu qu'ils étaient absents pour l'après-midi. Ils sont donc partis foutre le feu à un car scolaire. Cool.

— Oui, mais pourquoi ? leur lança Cassie. J'veux dire : O.K., il veut couper le pont, mais *pour quoi faire* ?

Ce fut Adam qui lui répondit. Il s'était assis à côté de Doug, un des écouteurs du casque de son voisin collé à l'oreille.

— Pour bloquer tout l'monde sur l'île, affirma-t-il. Il vient d'y avoir un flash aux infos – quelqu'un se souvient de cet ouragan dont on parlait il y a deux ou trois jours ? Celui dont on craignait qu'il n'atteigne la Floride, mais qui a, en fait, bifurqué vers le nord pendant qu'il était encore sur l'Atlantique ?

Tous secouaient la tête : la plupart ne s'étaient pas beaucoup intéressés aux nouvelles, ces derniers temps.

— Je croyais qu'ils l'avaient rétrogradé en tempête tropicale, s'étonna pourtant Mélanie.

— Ouais, ils ont cru qu'il allait juste se dissiper tout seul au-dessus d'l'océan. Écoutez, j'm'y connais un peu en ouragans. Celui-là n'est pas censé représenter une menace parce qu'ils pensent qu'il va virer au nord-est au cap Hatteras. C'est ce que font habituellement les ouragans, quand ils rencontrent la zone dépressionnaire du coin. Mais… on sait tous ce qui s'passe dans le cas contraire…

Il jeta un regard sombre à la ronde et, cette fois, tous opinaient du bonnet. Sauf Cassie.

— Quand ils ne prennent pas la tangente au cap Hatteras, ils déboulent droit sur nous, lui expliqua alors Adam. Comme celui de 1938, et celui d'il y a quelques années, et... celui de 1976.

Un silence à couper au couteau avait envahi la pièce. Cassie tournait la tête de droite et de gauche, jetant, dans la pénombre, un coup d'œil alarmé aux visages fermés.

— Seigneur ! souffla-t-elle, prise de vertige.

— Comme tu dis ! soupira Adam. Des vents à deux cent quarante kilomètres-heure et de véritables murs d'eau de douze mètres de haut. Bon, en même temps, ils disent toujours qu'il va changer de cap – ils viennent juste de déclarer à la radio que, normalement, il devrait rester très au large du littoral atlantique. Mais... (il jeta un nouveau regard circulaire, le plantant délibérément dans les yeux de chacun d'eux) on parie ?

Laurel se leva d'un bond.

— Il faut qu'on l'empêche d'y aller ! s'affola-t-elle. Si le pont est barré, tous ceux qui sont sur l'île sont en danger.

— Trop tard, lâcha Deborah. Il est déjà en route. T'as suivi ? J'l'ai vu partir y a pas dix minutes.

— Et tout le monde n'est pas seulement en danger : tout le monde est mort, renchérit Mélanie. La tempête d'il y a deux ans n'a fait qu'écorner La Nouvelle-Salem. Mais celle-ci peut très bien nous rayer de la carte.

Cassie se tourna vers Adam.

— À quelle vitesse elle arrive ?

— Je n'sais pas. Ça peut être quatre-vingts kilomètres-heure comme ça peut être cent vingt. Si elle ne vire pas d'bord au cap Hatteras, ils déclencheront une alerte ouragan – mais il sera trop tard, à c'moment-là. Surtout si le pont est coupé. Ça peut nous arriver dessus dans sept heures, peut-être huit. Plus ou moins.

— En même temps que l'éclipse ?

— Peut-être. Peut-être un peu plus tard.

— Mais, avant qu'il ne nous frappe, il frappera Cape Cod et Boston, murmura Diana. Il fera des victimes, là-bas.

Elle semblait hagarde, comme assommée par la nouvelle.

— Eh bien alors, il nous reste qu'une seule chose à faire, déclara Cassie. Il faut qu'on l'arrête avant qu'il atteigne la côte. Il faut qu'on l'oblige à se dissiper, ou à retourner en mer, ou je sais pas, moi. Ou il faut qu'on l'oblige, lui, Black John, à faire ça. Et, surtout, il faut qu'on se débrouille pour prévenir les gens par nous-mêmes – leur dire de faire... ce qu'on fait quand il y a un ouragan.

— On... évacue, lâcha Adam, caustique. Ce qui ne sera peut-être pas possible, même en bateau. Vous entendez ce vent ?

Dès qu'il se tut, Cassie entendit non seulement le vent, mais aussi un crépitement sur les fenêtres barricadées : il pleuvait à verse.

— Si on peut pas s'barrer, va falloir creuser, balança Chris. Des partants pour une soirée ouragan ?

— Y a pas d'quoi s'marrer, le rembarra Nick.

— O.K., reprit Cassie. Alors, dites aux gens de faire ça. De faire... ce qu'ils peuvent. Et nous, on ferait mieux de retourner à Crowhaven Road pour...

— Avec Sean, l'interrompit Adam. Je lui mets le grappin d'ssus et je vous retrouve à la maison. Allez, *go* !

Ils abandonnèrent tous leurs déjeuners, auxquels ils n'avaient pratiquement pas touché – tous sauf Suzan, qui chopa le sien avant de courir pour rattraper les autres –, et se dirigèrent vers le lycée.

14

— … Alors, il faut que vous partiez tout d'suite, s'époumona Cassie, en essayant de reprendre son souffle. (Elle s'adressait non seulement à Sally, mais à toute la cafétéria.) Laissez tomber les cours. Laissez tout tomber. Fichez l'camp d'ici. Sauvez-vous, si vous l'pouvez, et, sinon… eh bien, faites le maximum pour vous protéger. (Elle se tut en voyant toutes ces mines sceptiques autour d'elle.) Hé ! Écoutez-moi ! C'est vrai. Dis-leur, Sally !

Le regard méfiant, la fille aux cheveux rouille n'avait pas quitté Cassie des yeux, prête à sauter de sa chaise pour s'écarter de cette pestiférée. Elle scruta encore un moment le visage de sa voisine. Et puis, elle donna un petit coup de menton résolu – comme pour vaincre ses ultimes réticences –, respira un bon coup, et se leva.

— O.K. Vous avez entendu ? lança-t-elle, de sa voix stridente qui portait d'un bout à l'autre de la salle. On va avoir un ouragan. Tout l'monde prévient tout l'monde et leur dit de prév'nir les autres. Allez ! On s'bouge !

Repoussant son siège, un garçon se leva.

— J'ai vu aux infos, hier soir, qu'y avait aucun risque que la tempête s'pointe par ici. Comment elle peut savoir si…

— C'est une sorcière, non ? l'apostropha Sally, braillant plus fort que lui. Vous croyez peut-être que les sorcières savent pas ces choses-là ? Les phénomènes naturels, c'est leur rayon. Elles en connaissent plus long sur la question qu'vous en saurez jamais ! Et maint'nant, remuez-vous !

— Sally ! As-tu perdu *l'esprit* ?

C'était de la porte de l'arrière-salle que la petite voix furieuse s'élevait, là où, à la tête de tout un groupe de lycéens arborant fièrement leur insigne, blême de rage, Portia se dressait.

— Tu es une surveillante et… ! s'indigna-t-elle.

— Plus maint'nant ! Allez, on s'bouge, j'ai dit !

— Mais c'est absolument contraire au règlement ! Je vais aller en informer M. Brunswi…

— C'est ça, mon chou, lui rétorqua Sally. *Si* tu l'trouves ! Bon, pour la dernière fois, vous autres, dégagez ! Vous allez écouter qui, là : elle ou moi ?

Les surveillants rangés derrière Portia hésitèrent. Et puis, brusquement, ils s'avancèrent comme un seul homme pour obéir à Sally. Portia chancela sous la violence de cette ruée qui la laissait seule dans la salle déserte. Elle resta piquée là, raide comme un piquet, écumante de rage et complètement isolée. Ce fut la dernière image que Cassie emporta de l'arrogante Portia.

Sally relayait encore ses instructions aux employés de la cafétéria, quand Cassie prit la direction de la sortie. Mais, comme elle atteignait la porte, les deux filles marquèrent un même temps d'arrêt et se regardèrent à travers la vaste salle désertée.

— Ça va aller ? lui lança Sally.

Cassie savait qu'elle ne parlait pas seulement d'elle, mais de tous les membres du Cercle.

— Oui.

— O.K. Alors, bonne chance.

— Bonne chance à toi aussi. Adieu, Sally.

Niveau dialogue, ça ne volait pas très haut, se disait Cassie, en traversant le parking en trombe pour retrouver Diana. Mais c'était déjà ça : une trêve entre sorcière et fille de l'extérieur. Plus qu'une trêve, d'ailleurs.

« Et maint'nant, songea-t-elle, il faut que tu te les sortes de la tête – tous ceux de l'extérieur. Sally va s'occuper des siens ; à nous de nous occuper des nôtres. »

Il pleuvait des cordes, à présent, et, plus la voiture se rapprochait de Crowhaven Road, plus ça tombait. De grandes rafales secouaient déjà la Honda, quand elle emprunta l'allée qui menait chez Adam.

Sa jeep vint se garer juste derrière elles.

— Ils ont Sean, commenta Cassie, en se retournant sur son siège.

Elles se dépêchèrent de descendre pour aller leur prêter main-forte.

Nick et Doug maintenaient le frêle garçon sur la banquette arrière. Ils l'entraînèrent vers la porte, comme les frères de

Portia l'avaient menée à travers bois vers son poteau d'exécution improvisé. Ça faisait bizarre : Sean était si chétif… Et puis, elle vit ces regards qu'il jetait en tous sens, ces étincelles dans ses yeux noirs.

— Vous feriez mieux de lui enlever ces hématites tout d'suite, leur conseilla-t-elle.

Nick souleva le pull de Sean et… elle était bien là, cette fameuse ceinture que Cassie avait remarquée pendant sa première semaine de cours. Adam la dégrafa et la jeta à terre. On aurait dit un serpent mort.

— Où est l'autre ? demanda-t-il à Sean, en le secouant.

Les yeux fous, pantelant, Sean se débattit pour tenter de s'enfuir. Il leur fallut s'y mettre à trois pour le retenir. Et encore ! si Laurel, Chris et Deborah n'étaient pas arrivés à ce moment-là, il aurait bien été capable d'y parvenir. À eux cinq, ils réussirent à lui enlever son pull et sa chemise. En dessous, là où les autres membres du Cercle avaient caché leurs améthystes, Sean portait une petite bourse de cuir. Adam la secoua avec précaution. Un fragment d'hématite s'en échappa : le cristal de Cassie.

— Sale voleur ! s'écria Deborah, en lui agitant son poing sous le nez.

Toujours haletant, mort de trouille, Sean posa sur elle un regard vide.

— Il ne savait même pas qu'il l'avait, sans doute, intervint Mélanie. Il est sous l'emprise de Black John depuis le début. Quelqu'un s'occupe d'enterrer l'hématite ? Est-ce que ton bain aux plantes est prêt, Laurel ?

— C'est prêt ! cria l'intéressée, dont la voix leur parvenait du rez-de-chaussée, couvrant un bruit d'eau qui coulait. Amenez-le-moi.

Le Cercle avait prévu ce rituel de purification, dès qu'ils avaient découvert le problème de Sean, et chacun savait ce qu'il avait à faire. Les garçons durent le traîner et le faire entrer de force dans la salle de bains, pendant que Laurel patientait devant la porte.

« Je me fiche qu'il soit déshabillé ou non, Cassie l'entendit-elle brailler. Tout ce que je veux, c'est que vous me le colliez dans cette baignoire. »

Deborah ramassa l'hématite avec une pelle et alla l'enterrer, tandis que, de son côté, Diana se dépêchait d'achever la confection d'une amulette qu'elle avait sortie de son sac à dos. Elle consacra la petite pochette de toile remplie de simples, en la dédiant à la Terre, à l'Eau, à l'Air et au Feu – elle la saupoudra de sel, l'aspergea avec le contenu d'un verre, souffla dessus et la fit passer au-dessus d'une flamme (une bougie avait été allumée sur la table basse tout exprès).

— Voilà, c'est fait, annonça-t-elle. Et toi, Mél ?

Mélanie leva les yeux du cercle de cristaux blancs qu'elle était en train de disposer sur le tapis.

— C'est bon pour moi aussi. Quand on en aura fini avec lui, Sean sera si pur qu'on ne le reconnaîtra même pas.

Cassie aurait bien voulu regarder un truc dans son *Livre des Ombres*, mais il y avait plus urgent.

— Il faut qu'on avertisse les parents du quartier, s'avisa-t-elle. Ceux qui sont chez eux, qui ne travaillent pas. Quelqu'un peut s'en charger ?

— J'vais rentrer chez moi, annonça Chris. Mes remps sont à la maison.

— Ma mère travaille, se défaussa Deborah.

— Il ne reste plus que la mère de Faye, en conclut Diana.

— J'vais y aller, se dévoua Suzan, à la surprise générale. Elle me connaît : elle le prendra p't-être mieux, si c'est moi.

— Et les vieilles ? s'inquiéta Cassie, avant de se reprendre précipitamment : Euh, la grand-mère d'Adam, mamie Quincey et tante Constance.

— Elles sont toutes les trois chez moi, les informa Mélanie. Elles sont venues ce matin. Ça a quelque chose à voir avec ta maman, je crois, Cassie. Mais je ne peux pas laisser ce rituel en plan.

— J'y vais, résolut Cassie.

Diana lui sourit.

— Je crois que « vieilles » leur va bien, la rassura-t-elle. C'est ce qu'elles sont. Et je crois que mamie Quincey, en tout cas, serait fière d'être la « vieille » de ce coven.

« Ma grand-mère aussi, j'parie », se dit Cassie, avant de replonger dans le froid.

Il y avait une drôle d'odeur, dehors, une odeur de marée basse, de trucs qui grouillent, de décomposition. Elle courut jusqu'à la falaise, décidant de prendre par la côte pour se rendre chez Mélanie. La mer n'était plus qu'une masse sombre, déchaînée. L'eau n'était ni bleue, ni verte, ni grise, mais comme un mélange des trois : une couleur glauque, grasse, crasseuse. Le vent charriait de vaporeux lambeaux blancs et projetait de l'écume partout.

Dans le ciel, les nuages bouillonnants prenaient des formes chimériques, sans cesse changeantes, comme façonnées par des mains invisibles. La pluie lui cinglait le visage. C'était un spectacle sauvage, primitif, terriblement impressionnant.

Personne ne vint lui ouvrir, quand elle frappa au numéro 4. Elle n'était toutefois pas très sûre qu'on puisse l'entendre avec le vacarme du vent et de l'averse.

— Tante Constance ? appela-t-elle, en risquant un coup d'œil à l'intérieur. Y a quelqu'un ?

Elle se dirigea vers la chambre d'amis, et puis, prise de scrupules, fit demi-tour pour aller essuyer sur le paillasson ses Reebok pleines de sable et de boue – ce qui ne l'empêcha pas de mettre de l'eau partout sur le beau parquet ciré qui brillait comme un miroir. Une étrange clarté tremblotante filtrait par la porte légèrement entrouverte.

— Hou hou ! ... Y a quelqu... Oh ! ben ça alors !

Elle avait passé la tête par l'entrebâillement et s'était brusquement figée, clouée sur place. Des dizaines de bougies blanches éclairaient la pièce et, autour du lit, se dressaient trois personnages : trois femmes d'apparence si étrange et si irréelle que, sur le moment, Cassie ne les reconnut pas.

La première était grande et mince ; la deuxième, petite et boulotte, et la troisième, si minuscule qu'on aurait dit une poupée de porcelaine. Elles avaient toutes trois les cheveux longs : ceux de la grande mince étaient noirs et épais – et plus longs même que ceux de Diana ; ceux de la petite boulotte – qui cascadaient jusqu'à ses omoplates –, d'un gris argenté et mal peignés, et ceux de la poupée miniature, blancs et vaporeux comme des lambeaux d'écume portés par le vent. Et toutes les trois étaient... nues comme des vers, ainsi que l'aurait dit sa grand-mère !

Cassie avait les yeux qui lui sortaient de la tête.

— Tante Constance ? hoqueta-t-elle, à l'intention de la grande brune.

— Qui veux-tu que ce soit ? lui rétorqua sèchement la grand-tante de Mélanie, en fronçant des sourcils soigneusement épilés. Lady Godiva[1] ? Maintenant, va-t'en, ma fille, nous avons à faire.

— N'sois donc pas si méchante avec elle ! protesta doucement la petite boulotte.

Cassie la reconnaissait, à présent : c'était la grand-mère d'Adam – laquelle lui sourit le plus naturellement du monde.

— Nous tentons quelque chose pour sauver ta mère, ma chère enfant, lui expliqua, d'une voix frêle, la poupée miniature – la mamie Quincey de Laurel. C'est un rituel qui se pratique « skyclad » : « vêtu des seuls nuages », si tu préfères. C'est pourquoi nous sommes nues, comprends-tu ? Constance hésitait, mais nous l'avons convaincue.

— Et nous devons continuer, intervint tante Constance, en agitant la coupelle de bois qu'elle avait à la main.

Mamie Quincey tenait un bouquet de simples et la grand-mère d'Adam, une clochette d'argent. Cassie regarda vers le lit, sur lequel sa mère reposait, toujours dans cette même immobilité minérale. Avec la lumière qui régnait dans la pièce, le visage endormi semblait changé, tout comme les trois femmes qu'elle transfigurait.

— Mais… y a un ouragan qui approche, s'affola Cassie. C'est pour ça que je suis venue : pour vous prévenir.

Les trois femmes se consultèrent en silence.

— Eh ben, si y a un ouragan, y a un ouragan. On peut pas y faire grand-chose, soupira la vieille Mme Franklin.

— Mais…

1. Selon la légende, vers l'an 1000, Dame Godiva aurait traversé à cheval la ville de Coventry, en Angleterre, uniquement vêtue de ses longs cheveux, pour obtenir de son époux qu'il cessât d'écraser la population locale sous l'impôt. (Note de la traductrice.)

— Ta mère n'est pas transportable, ma chère enfant, lui asséna Mamie Quincey sans ménagement. Alors, tu vas ton chemin, tu fais ce que tu as à faire et nous allons essayer de la protéger ici.

— On va combattre Black John, leur rétorqua-t-elle à son tour.

Cette simple affirmation sembla rester suspendue dans les airs pendant un bon moment. Et puis les trois femmes recommencèrent à échanger des regards en coin.

Les sourcils froncés, tante Constance ouvrait déjà la bouche, quand elle se fit doubler par mamie Quincey :

— Il n'y a personne d'autre pour le faire à leur place, Constance, la raisonna-t-elle. Ils doivent se battre.

— Alors, soyez prudents. Dis à Mélanie – à tout le monde – d'être... très prudents, se résigna tante Constance.

— Et serrez-vous les coudes, lui lança la grand-mère d'Adam. Tant qu'vous vous serr'rez les coudes, vous aurez une chance.

Et voilà. Les trois femmes se retournèrent vers le lit. Cassie resta piquée là une minute, à regarder les bougies – si blanches, avec leurs flammes encore plus blanches, d'un blanc doré, comme les cheveux de Diana – et la myriade d'ombres fantomatiques projetées sur le plafond et sur les murs. Et puis elle s'en alla. Quand elle ferma discrètement la porte, toutes les flammes des bougies se mirent à danser follement, et elle eut une dernière vision des trois femmes dans la pièce, les bras levés, entamant elles aussi une sorte de ballet, tandis que la clochette d'argent, doucement, tintinnabulait.

A l'intérieur, elle n'avait pas remarqué le bruit du vent, mais elle n'entendait plus que ça maintenant. De l'autre côté de la porte, tout paraissait plus froid, plus bruyant, et la faible clarté qui filtrait par les fenêtres semblait grise et hivernale. Cassie fut prise d'une soudaine envie de faire demi-tour pour aller se réfugier dans la chambre dorée. Elle ne pouvait pas faire ça pourtant, elle le savait.

Elle retourna donc chez Adam, au numéro 9, et le vent la poussa dans le dos tout le long du trajet.

Elle était la dernière. Les autres étaient réunis dans le salon d'Adam, autour de Sean, qui était assis au centre du cercle de cristaux de quartz. Il avait le rose aux joues, comme après un bon gommage, les cheveux mouillés en pétard et il portait des vêtements deux fois trop grands pour lui. « Ceux d'Adam, probablement », se dit Cassie. Il avait autour du cou l'amulette que Diana avait préparée. Il avait l'air hébété, absolument terrifié, mais il ne semblait plus chercher à s'échapper.

— Où sont-elles ? demanda Diana, en levant la tête vers son amie. Tu ne les as pas trouvées ?

Cassie hocha la tête. Oh ! si, si ! elle les avait trouvées, mais elle ne tenait pas vraiment à préciser dans quelle tenue. Elle ne savait pas comment Mélanie, Adam et Laurel auraient réagi, en apprenant que leurs aïeules dansaient nues autour d'une femme alitée, dans une chambre éclairée de dizaines de bougies. Ils risquaient de ne pas prendre ça très bien. Et puis, ils risquaient de ne pas comprendre pour la lumière dorée.

— Elles ont dit qu'elles resteraient où elles étaient, lui répondit-elle finalement. Mamie Quincey a dit que ma mère n'était pas transportable et qu'elles essayaient de l'aider. Elles ont dit qu'on devait être très prudents et la grand-mère d'Adam a ajouté qu'on devait se serrer les coudes.

— Sage conseil, commenta Adam, sans quitter Sean des yeux. Et c'est justement là où on en était : est-ce qu'on allait *tous* se serrer les coudes, hein ?

— On a voulu l'interroger sur les meurtres, lui chuchota Laurel à l'oreille, mais il n'se souvient de rien : il ne sait même pas de quoi on parle. Il a fallu le persuader que ce n'était pas une blague. Il nous croit, maint'nant, mais il est mort de trouille.

— Donc, voilà le deal, Sean, lui annonça Adam. Soit tu es dans notre camp, soit tu passes le reste de la journée enfermé à la cave. Comme ça, on sera sûrs que tu n'pourras pas faire des tiennes.

— Ou, ajouta calmement Diana, tu peux aussi rallier *son* camp, rejoindre Black John. C'est son droit, argua-t-elle, alors que commençaient à fuser les protestations. C'est à lui de décider.

Le regard halluciné de Sean errait dans la pièce, aux abois. Cassie eut pitié de lui, assis là, complètement cerné, cible de tout le Cercle. Quand il parla, sa voix dérailla dans les aigus, mais sa réponse fut catégorique :

— J'suis avec vous, les mecs.

— Bien dit ! le félicita Laurel.

Et Deborah lui donna une grande claque dans le dos – qui faillit l'envoyer au tapis. Les frères Henderson gardèrent le silence, se contentant de le considérer de leurs étranges yeux bleu-vert. Cassie eut l'impression qu'ils pourraient bien ne jamais être capables de lui pardonner ce qui était arrivé à Kori, même s'il n'y était pour rien. Quoi qu'il en soit, l'essentiel, c'était que le Cercle était au complet, maintenant.

Enfin presque.

Cassie jeta un coup d'œil à Adam et ils se tournèrent tous les deux vers Diana. La jolie blonde hocha la tête.

— C'est le moment, déclara-t-elle. C'est sa dernière chance – j'espère que Faye saura la saisir.

Cassie n'y croyait pas vraiment. Elle attrapa, néanmoins, le téléphone sans fil trônant sur un tas de linge propre jeté en vrac sur le canapé.

— C'est quoi, le numéro de son bipeur ?

Diana déplia un bout de papier.

— Quand ça sonne, tu appuies sur dièse et tu composes le numéro d'Adam, lui indiqua-t-elle.

Cassie suivit ses instructions et attendit. Sans résultat.

— Il faut lui laisser le temps de rappeler, temporisa Diana.

Ils attendirent. L'averse mitraillait les carreaux et le vent hurlait dans la cheminée.

— Est-ce qu'on ne devrait pas faire quelque chose, là ? Genre, je n'sais pas, moi, clouer des planches aux fenêtres ou un truc comme ça ? s'enquit Cassie.

— Normalement, oui. On mettrait des volets anti-ouragan ; on virerait tout c'qui traîne et tout ça, lui répondit Adam. Mais, si celui-là nous tombe dessus, je crois qu'on est déjà rayés d'la carte. Alors, ça n'servirait pas à grand-chose.

Ils attendirent.

— Essaie encore, persévéra Diana.

Cassie réessaya.

— Sa mère l'avait pas revue d'puis c'matin, intervint Suzan. Je me demande où ils sont, elle et Black John...

Cassie se le demandait aussi. Où qu'ils soient, en tout cas, Faye ne répondait pas quand on la bipait.

— Je crois, finit par conclure Cassie, que notre coven a perdu son leader. Et… eh bien, je voulais vérifier ça dans mon *Livre des Ombres* d'abord mais, Mélanie, est-ce qu'il n'est pas écrit, quelque part, qu'en cas d'urgence, on peut élire un autre leader ?

Mélanie opina du bonnet en esquissant un sourire, comme si elle savait déjà ce que Cassie avait en tête.

— En période de crise, récita-t-elle, si le reste du coven en est d'accord, un nouveau leader peut être élu.

Agitation dans les rangs : on se redressait ; on manifestait un soudain regain d'intérêt.

— Eh ! s'exclama Laurel. En voilà une bonne idée !

— Surtout que, maint'nant, on a les Artéfacts Primordiaux, souligna Adam.

— Qu'est-ce qu'on attend ? s'exalta Deborah.

Cassie était emballée. Elle s'était fait une promesse, cette fameuse nuit où Faye avait tracé le cercle « à la croisée des chemins », et, maintenant, elle allait voir cette promesse honorée : elle s'était juré que Faye ne serait pas éternellement leur leader et, dans quelques minutes, Faye allait vraiment cesser de l'être.

Elle ouvrait déjà la bouche, trop contente de pouvoir enfin proclamer : « Je vote pour Diana », quand elle entendit la voix claire de son amie qui disait :

— Je propose la candidature de Cassie.

Elle la regarda, le souffle coupé.

— C'est un gag, lâcha-t-elle, quand elle put enfin respirer.

— Non, lui répondit tranquillement Diana, avant de se tourner vers les autres membres du Cercle pour déclarer solennellement : Cassie s'est révélée la plus puissante de nous tous, Faye comprise. Elle peut invoquer les éléments – nous l'avons tous vue invoquer le Feu ; elle peut communiquer à travers l'espace sur de longues distances ; elle a fait des rêves révélateurs et c'est elle qui nous a menés aux Artéfacts Primordiaux. Sa grand-mère lui a affirmé que sa famille avait toujours été la seule à posséder le véritable don de double vue, celle qui détenait les plus grands pouvoirs. Et elle est forte, plus forte que moi pour ce genre de combat. Je propose la candidature de Cassie.

Cassie n'en revenait pas. Les autres hochaient bel et bien la tête, pourtant.

— Elle a pas mal de cran, reconnut Deborah. Même si elle en a pas l'air, comme ça.

— Elle m'a débarrassé d'ce clebs, se rappela Chris, en examinant son pied.

— Et elle n'est pas bête, en plus, renchérit Laurel, en se rengorgeant. (Après Diana, Laurel avait été la première à lui accorder son amitié dans le Cercle.) Elle pense à des trucs auxquels la plupart des gens ne penseraient pas.

— C'est vrai qu'elle a des idées, approuva Suzan, en hochant sa jolie tête rousse d'un air absorbé.

— J'l'aime bien, hasarda, d'une voix mal assurée, un Sean toujours isolé au milieu de son cercle de pierres blanches. Elle est sympa avec moi.

— Elle a ça dans l'sang, lâcha Doug, son éternel rictus carnassier aux lèvres.

— Oh oui ! se contenta de lâcher Nick.

Cassie comprit alors qu'ils ne plaisantaient pas.

— Je suis quand même la… (Elle s'interrompit, recommença :) Enfin, le fait que Black John soit mon…

Elle ne pouvait toujours pas le dire.

— Je pense que ça peut jouer en notre faveur, en fait, avança Mélanie, tout en la considérant avec cette expression de profonde réflexion dans ses grands yeux gris. Si, réellement, il ne veut pas te faire de mal, ça pourrait le gêner… un p'tit peu.

Ils hochaient toujours la tête avec un bel ensemble. Cassie avala sa salive et jeta un regard circulaire. Ça ne semblait même pas les avoir effleurés, l'idée qu'elle puisse être trop terrifiée pour mener un tel combat : un combat *contre Black John*. Au fond d'elle, elle savait bien qu'elle ne voulait pas se retrouver face à lui, qu'elle n'était pas prête pour ça – le serait-elle jamais, d'ailleurs ?

Mais ils la dévisageaient tous : Diana, avec une confiance aveugle ; Deborah et les Henderson, avec une foi en elle quasi instinctive, et même Nick et Mélanie hochaient obstinément la tête pour la pousser à accepter.

Cassie se tourna vers Adam.

Le bleu-gris de ses yeux lui rappelait un peu l'océan, là, dehors : sombre, en pleine tourmente.

— Tu peux y arriver, affirma-t-il, répondant à sa question muette. Et je pense que c'est mieux pour le coven. Mais… je ne sais pas si c'est mieux *pour toi*.

Elle relâcha sa respiration.

Ils croyaient en elle. Elle ne pouvait pas les laisser tomber.

— Si tout l'monde est d'accord…

Elle avait du mal à reconnaître sa propre voix.

— On va faire au plus simple, décréta Mélanie. Tous ceux qui sont pour que Cassie prenne la tête du coven, levez la main.

Toutes les mains se levèrent.

Diana bondit de sa chaise.

— Je vais les chercher, lança-t-elle, avant de se diriger vers la cave en compagnie d'Adam.

Quelques minutes plus tard, ils étaient de retour avec le coffre de cuir et de cuivre. Tout le monde se pencha, au moment où elle l'ouvrit, et un petit chuintement courut dans les rangs : ils retenaient tous leur souffle, fascinés.

— C'qu'ils sont beaux ! s'extasia Suzan, en caressant l'argent du diadème d'un ongle parfaitement manucuré.

— Oui, hein ? souffla Diana, en ouvrant son sac à dos. Tiens, Cassie, mets ça.

C'était l'aube blanche que Diana portait pour les rituels.

Cassie sentait le feu lui monter au visage. Elle ne pouvait pas porter ça ! Elle aurait l'air...

— Ne t'inquiète pas : tu n'auras pas froid, la rassura Diana avec un petit sourire.

— Mais... tu es plus grande que moi : elle va être trop longue...

— J'ai raccourci l'ourlet. (Et puis, brisant le silence qui s'ensuivait, elle insista gentiment :) Prends-la, Cassie.

Cassie avança lentement la main et obéit. Elle alla aussitôt s'enfermer dans la salle de bains – encore un peu embuée après le bain forcé de Sean – et enfila la robe immaculée. Qui lui allait comme un gant.

« Diana avait tout prévu », comprit-elle brusquement.

Elle n'était pas très à l'aise à l'idée de devoir se montrer dans cette tenue, mais elle se dit que ce n'était vraiment pas le moment de jouer les prudes. Pour tout arranger, Chris et Doug se mirent à siffler en la voyant arriver.

— Chut ! c'est sérieux, les rabroua Laurel.

— Autant qu'elle prenne la place de Sean, résolut Mélanie, en désignant le cercle de cristaux. Sors de là, Sean.

Trop content de s'exécuter, Sean ne se fit pas prier. Cassie pénétra dans le cercle de petites pierres blanches.

Le silence envahit la pièce.

— Puisses-tu, je t'en conjure, n'œuvrer qu'au bonheur de ce Cercle, ne nuire à personne, être loyale à tous. Par l'Eau, par le Feu, par la Terre et par l'Air, sache désormais nous guider dans la paix et de bon cœur, récita Diana.

Cassie réalisa, alors, qu'elle avait droit à cette partie de la cérémonie que Faye avait sautée quand elle s'était fait élire à la tête du coven.

— Attends… C'est seulement provisoire, hein ? Parce que…

— Chut ! l'interrompit Laurel, en s'agenouillant devant elle.

Cassie sentit quelque chose de doux s'enrouler au-dessus de son genou. Elle baissa la tête pour voir Laurel refermer la jarretière de cuir vert sur sa cuisse.

Une sensation de froid sur le bras lui fit tourner la tête vers Mélanie, qui venait d'y glisser le large bracelet d'argent. Il était étonnamment lourd, tellement même qu'il ne pourrait que lester ses moindres mouvements.

— Regarde-moi, lui dit Diana.

Elle obtempéra. Entre ses mains, Diana tenait le précieux diadème d'argent si finement ouvragé, avec le croissant de lune trônant à son sommet. Cassie le sentit lorsqu'il lui ceignit le front, léger tout en l'enserrant fermement. C'est alors que, des pieds à la tête, des fermoirs d'argent de la jarretière à la fine couronne d'argent, en passant par le lourd brassard d'argent, Cassie perçut des picotements, une chaleur qui montait, comme… comme si la vie vibrait en elle.

« Ce sont les vrais Artéfacts, réalisa-t-elle. Pas de simples symboles. Ils sont magiques. »

En cet instant, elle sut qu'elle pouvait diriger ce pouvoir. Il faisait partie d'elle, lui insufflait une toute nouvelle force. Elle était une sorcière, issue d'une puissante lignée de sorcières, et elle était à la tête de ce coven.

— Bon, lança-t-elle, en sortant du cercle de cristaux pour aller chercher son Livre des Ombres dans son sac à dos.

Elle ne se souciait plus de son apparence – elle savait qu'elle avait fière allure. Mais peu importait. Il leur restait un peu de temps devant eux et elle entendait bien le mettre à profit.

— Bon, écoutez, répéta-t-elle, pendant qu'on attend, je crois qu'on devrait se plonger dans nos Livres des Ombres. Ma grand-mère m'a demandé d'étudier le mien. Et puis, ça vaut mieux que de rester les bras croisés. On peut se relayer pour lire à haute voix jusqu'à c'que la nuit tombe – il ne bougera pas avant, de toute façon.

— Tu es sûre ? s'étonna Mélanie.

— Oui.

Elle ignorait comment elle le savait, mais elle le savait. Sa grand-mère avait appelé ça le don de double vue, mais, pour elle, c'était plutôt une voix, une voix intérieure, au plus profond de son être. Depuis le temps, elle avait appris à l'écouter.

Personne ne protesta. Ceux qui l'avaient sortirent leur Livre des Ombres. Dehors, le vent hurlait, lugubre.

15

Vers seize heures, il y eut une panne de courant. Il fit soudain plus froid dans la maison. Ils allumèrent des bougies et poursuivirent leur lecture.

— *Pour se protéger de l'Eau et du Feu*, lança Cassie.

Mais le sort qui suivait n'était pas assez puissant pour les protéger d'un ouragan, lui dit Mélanie. Elle s'en était un peu doutée.

— Et là, j'ai : *Pour vaincre la peur et les émotions négatives*, annonça Diana, le nez dans son grimoire. « Soleil qui, le jour, luit / Et toi, astre de nuit / De toutes mes pensées / Chassez l'obscurité. » Bonne idée !

Ils poursuivirent leur lecture. *Sort pour guérir un enfant malade. Une amulette de Pouvoir. Trois sortilèges pour s'attacher un amant. Pour déclencher une tempête...* Ah ! celui-là, ils n'en avaient pas vraiment besoin, ironisa Cassie intérieurement. Elle revint sur le passage consacré aux cristaux, comme quoi plus le cristal était gros, plus il pouvait emmagasiner d'énergie et la canaliser : rien de neuf. Elle lut le sort intitulé *Pour détourner le Mal* à haute voix – sans en comprendre un traître mot :

— « Invoquez ce pouvoir qui est vôtre, en faisant appel aux maîtres éléments ou à ces entités du monde naturel vivant qui, de votre cœur, sont le plus proches. Ces pouvoirs, par vous détenus, sur tout ce qui est maléfique : les pouvoirs du soleil, de la lune et des étoiles, et de tout ce qui appartient à la terre. » (Elle le relut, perplexe.) J'vois toujours pas.

— Ça veut dire, je pense, qu'en tant que sorcières, on peut faire appel à la nature, à toutes ces choses qui sont « bonnes », pour combattre le Mal, suggéra Mélanie.

— Oui mais, comment on fait pour les appeler ? Et qu'est-ce qu'elles font quand on les appelle ?

Mélanie l'ignorait.

Le soir tombait. La lumière grisâtre qui filtrait par les fenêtres baissait de plus en plus et finit par disparaître complètement. Le vent faisait claquer les volets et vibrer les carreaux. La pluie redoubla avec la nuit.

— Qu'est-ce qu'il va faire, à votre avis ? s'inquiéta Suzan.

— « Un truc pas cool », plaisanta Laurel en l'imitant.

Cassie les admirait. Ils étaient terrifiés. Elle les connaissait assez pour savoir qu'il y avait de la peur, sous les incessants va-et-vient de Deborah, et sous la calme immobilité de Mélanie. Pourtant, aucun d'eux n'était parti en courant, aucun d'eux ne se défilait. Doug sortait de mauvaises vannes et Chris faisait des avions en papier. Assis dans son coin, sombre et tendu, Nick demeurait fidèle à lui-même : imperturbable et silencieux. Adam n'avait toujours pas lâché le casque de Doug qu'il tenait collé à son oreille pour écouter les infos.

À dix-huit heures pile, la tempête cessa.

Habituée au crépitement de l'averse, aux claquements, au fracas et au hurlement du vent, Cassie ressentit, tout à coup, comme un vide. Elle regarda les autres. Ils s'étaient tous redressés, en alerte.

— Ça peut pas être déjà fini, s'étonna Suzan. Ou, alors... il nous a ratés ?

— Il est toujours sur l'Atlantique, leur annonça Adam. Ils pensent qu'il va frapper la côte dans environ une heure. C'est juste le calme avant la tempête.

— Cassie ? s'alarma Diana.

— Je crois qu'il passe à l'attaque, lui répondit-elle, en s'efforçant de garder son sang-froid.

Et puis, soudain, tous ses muscles se raidirent.

Cassandre.

C'était sa voix ! La voix de Black John dans sa tête ! Quand elle lança un coup d'œil aux autres, elle vit qu'ils l'avaient entendue aussi.

Conduis ton coven au bout de Crowhaven Road. Au numéro 13, Cassandre. Je t'attends.

Son poing se referma sur un des trucs à repasser jetés en vrac sur le canapé. Elle essaya de se concentrer sur le pouvoir des Artéfacts Primordiaux, sur cette chaleur qu'elle ressentait à leur contact. Et puis elle forma les mots dans sa tête et les « poussa » mentalement.

On arrive. Mes amitiés à Faye.

Elle relâcha son souffle.

— Pas *mal* ! commenta Doug, son éternel rictus sardonique aux lèvres.

C'était de la pure provoc, personne ne s'y trompait, mais ça lui faisait du bien. Elle essuya discrètement ses paumes moites sur le linge froissé et se leva.

— Allons-y !

Diana n'avait pas menti : quoique uniquement vêtue de la longue robe fendue et des emblèmes du coven, elle n'avait pas froid. À l'extérieur, le ciel était dégagé et, en dehors des vagues, tout n'était que silence. « Oui, le calme avant la tempête », pensa-t-elle. Un calme chargé de tension, prêt à voler en éclats dans une nouvelle explosion de violence, d'une seconde à l'autre.

— Regardez la lune ! s'exclama alors Mélanie.

Cassie en eut l'estomac retourné.

On aurait dit une appétissante galette d'argent dans laquelle quelque gourmand céleste aurait mordu. Cependant, Cassie sentait toute la perversité du phénomène : ce n'était pas un simple croissant de lune, mais une pleine lune qui se faisait dévorer, rongée par l'obscurité. Ce qu'elle voyait là, c'étaient les ténèbres s'abattant sur un monde de lumière.

Elle croyait même voir l'ombre gagner du terrain, envahissant le disque immaculé toujours davantage.

— Venez ! les entraîna-t-elle.

Ils remontèrent la route mouillée en direction du promontoire. Ils passèrent devant la maison de Suzan, avec ses colonnes grecques, grosse masse grise au clair de lune. Ils longèrent la maison de Sean, tout aussi sombre. De part et d'autre de la route, l'eau gargouillait, formant de petits ruisseaux sur les bas-côtés. Ils passèrent devant chez elle.

Ils atteignirent bientôt le terrain vague du numéro 13.

Tout était exactement comme cette nuit-là, quand ils avaient célébré Halloween, en allumant un feu de camp pour invoquer l'esprit de Black John : vide, désert. Désolé. Il n'y avait personne.

Dans le silence, la voix de Nick claqua comme un fouet :

— C'est un piège ou quoi ?

Cassie haussa les épaules. La petite voix dans sa tête s'était tue. Elle tourna les yeux vers l'est pour regarder la lune. Cette fois encore, ce fut le choc.

L'astre blanc n'était plus réduit qu'à un fin croissant, à présent. Et l'ombre qui le recouvrait n'était pas noire, non, ni même grise, mais d'une curieuse couleur hésitant entre le brun et le cuivre, une couleur mate, terne, éteinte.

— Encore dix minutes avant l'éclipse totale, déclara Mélanie.

— Environ une demi-heure avant que l'ouragan atteigne les côtes, leur annonça Adam.

Une brise glacée soufflait autour d'eux. Dans les fines ballerines blanches que Diana lui avait données, Cassie avait les pieds gelés.

Ils restaient plantés là, incertains. Cassie écoutaient les vagues se fracasser au pied de la falaise. Tous les sens aux aguets, elle fouillait les ténèbres. Mais, apparemment, il ne se passait rien. Plus les minutes s'écoulaient, plus sa tension montait. Cette attente commençait à lui vriller les nerfs.

— Regardez ! chuchota Diana.

Cassie se tourna de nouveau vers la lune.

Toujours de cet étrange brun cuivré, l'ombre était en train d'avaler le dernier liseré de lumière. Elle le vit disparaître comme on mouche une chandelle. Et puis elle hoqueta.

Elle n'avait pas pu se retenir et elle avait honte de sa réaction. Mais tout le monde en faisait autant, à présent. Parce que la lune n'était pas simplement devenue noire, comme à la nouvelle lune. Elle n'était pas non plus de cet étrange brun cuivré, non. Au moment où l'ombre l'avait engloutie, elle était devenue rouge, un inquiétant rouge sombre de sang coagulé. Dominant les nuées, parfaitement visible, elle luisait d'un éclat surnaturel, tel un charbon ardent crevant la nuit.

C'est alors que quelqu'un dans le groupe s'étrangla. Sean émit, quant à lui, une sorte de petit couinement étouffé.

Cassie pivota d'un bloc, juste à temps pour assister au phénomène. Sur le terrain vague, là, devant eux, quelque chose était en train d'apparaître. Une masse rectangulaire prenait forme sous ses yeux, de plus en plus réelle. Elle pouvait discerner un toit très pentu, des murs de bardeaux troués de petites fenêtres à intervalles irréguliers, une porte faite de grosses planches. Ça ressemblait à l'aile la plus ancienne de la maison de sa grand-mère, la vieille bâtisse des origines, celle qui datait de 1693.

Et ça luisait de cette même lumière sans éclat que la lune couleur de sang.

— C'est du vrai, c'truc ? chuchota Deborah.

Cassie dut chercher son souffle avant de pouvoir lui répondre.

— Là, maint'nant, oui, pour le moment, c'est tout c'qu'il y a de plus vrai.

— Mais c'est... *monstrueux*, murmura Laurel, horrifiée.

Cassie savait ce qu'elle ressentait, ce que tout le coven ressentait. Cette maison était maléfique, tout comme le crâne était maléfique. Elle avait quelque chose de malsain, de bancal, de contrefait : une véritable vision de cauchemar. Et elle les saisissait tous d'une terreur purement instinctive. Même Chris et Doug avaient du mal à respirer – elle les entendait haleter.

— Vous en approchez pas, leur dit Nick d'une voix tendue. Personne bouge tant qu'il sort pas d'là-d'dans.

— T'inquiète, le rassura Deborah. Ça risque pas.

Mais Cassie ne se faisait pas d'illusions.

Encore silencieuse quelques secondes plus tôt, la petite voix dans sa tête avait recommencé à lui parler et lui disait clairement ce qu'elle devait faire. Ce qu'elle ne lui disait pas, en revanche, c'était comment trouver le courage de le faire.

Elle jeta un regard aux autres par-dessus son épaule. Le Cercle. Ses copains. Ses amis.

Du jour où elle y était entrée, dès son initiation, elle avait été tellement contente de faire partie du Club. Et elle avait pu compter sur plusieurs d'entre eux, à différents moments, pleurant dans les bras de Diana et se cramponnant à Nick ou à Adam, quand elle avait eu besoin de soutien. Mais, maintenant, pour ce qu'elle s'apprêtait à faire, pas plus Nick qu'Adam ne pourraient lui venir en aide. Personne ne pourrait venir avec elle, non. Pas même Diana.

— Je dois y aller seule.

Elle se rendit compte qu'elle avait parlé tout haut en voyant leurs têtes. Et puis ce fut le tollé général.

— T'es malade ou quoi ? s'exclama Deborah. C'est son territoire : tu vas quand même pas y aller !

— Il peut t'arriver n'importe quoi, là-d'dans, tenta de la raisonner Nick. Laisse-le v'nir.

— C'est trop dangereux. Hors de question de te laisser y aller toute seule, trancha Adam, catégorique.

Cassie lui décocha un regard plein de reproches. Qui lui avait dit que devenir leader de ce coven ne serait peut-être pas ce qui pouvait lui arriver de mieux ? Bon. Les événements lui donnaient donc raison. Alors, s'il y en avait un qui pouvait comprendre, c'était bien lui. Évidemment que c'était dangereux ! Mais elle devait le faire. Black John – John Blake, Jack Brunswick, appelez-le comme vous voulez – l'avait fait venir ici et l'attendait à l'intérieur : elle *devait* y aller.

— Si vous n'aviez pas l'intention de m'écouter, il ne fallait pas me nommer à la tête de ce coven, leur rétorqua-t-elle. Et je vous le répète : c'est ce qu'il veut. Il ne sortira pas de là. Il veut que ce soit moi qui y entre.

— Mais t'es pas obligée, insista Chris.

C'était presque une supplique.

De tous, seule Diana gardait le silence. Elle était là, debout, immobile, les lèvres tremblantes et les larmes au bout des cils. Ce fut à elle que Cassie s'adressa.

— Si, je suis obligée, affirma-t-elle.

Et Diana, qui comprenait mieux que personne ce qu'être leader signifiait, hocha la tête.

Cassie se retourna pour ne pas la voir pleurer.

— Vous, vous restez ici, leur lança-t-elle. Jusqu'à ce que je revienne. Tout ira bien. J'ai les Artéfacts Primordiaux pour me protéger, vous l'aviez oublié ?

Et, sur ces bonnes paroles, elle commença à se diriger vers la maison ensorcelée.

La lourde porte était ornée de clous dessinant arabesques et losanges. Ils semblaient rougeoyer encore plus que le bois dans lequel ils étaient plantés. Cassie posa une main hésitante sur la clenche de fer forgé, mais elle se révéla froide et ferme sous ses doigts. Le vantail s'ouvrit devant elle et elle franchit le seuil.

À l'intérieur, tout était comme enveloppé d'un voile de brume. Ça faisait un peu l'effet d'un hologramme, un hologramme rouge, et, en même temps, pourtant, ça paraissait réel. La cuisine ressemblait beaucoup à celle de sa grand-mère. Elle était vide. Idem pour le petit salon, derrière la porte. Dans le coin le plus reculé de la pièce, s'élevait un étroit escalier en colimaçon.

Cassie gravit les marches, remarquant, au passage, la présence, plutôt incongrue, de la lanterne en fer-blanc suspendue au mur – ce qui, bizarrement, l'amusa. La lanterne en question dispensait une lumière rouge surnaturelle et froide, à peine plus vive que la maison elle-même. L'escalier était raide et son cœur cognait quand elle arriva au sommet.

La première pièce – une petite chambre – était vide. La deuxième aussi. Il ne restait plus que la grande chambre au-dessus de la cuisine.

Cassie s'y dirigea sans hésiter. En parvenant sur le seuil, elle constata que le rougeoiement, à l'intérieur, était plus fort, aussi rouge que celui de la lune sanglante, au-dehors.

Elle entra.

Il se tenait là, si grand que sa tête touchait presque le plafond. Et il irradiait le Mal, un mal absolu. Il y avait quelque chose de triomphant et de cruel, sur son visage, et, dans sa tête, on pouvait discerner les contours du crâne de cristal.

Cassie s'immobilisa et le regarda.

— Père, lui dit-elle. Vous m'avez demandé de venir. Je suis là.

— Avec ton coven, se félicita Black John. Je suis fier de toi.

Il tendit une main vers elle qu'elle ne prit pas.

— Tu les as amenés ici bien gentiment, jubila-t-il. Je suis ravi qu'ils aient eu l'intelligence de te nommer leader.

— C'est juste temporaire.

Black John sourit. Il avait les yeux rivés aux Artéfacts Primordiaux.

— Ils te vont bien, commenta-t-il.

Cassie sentit soudain la panique lui tordre le ventre. Tout se passait exactement comme il l'avait prévu : elle était là, avec les artéfacts qu'il avait si longtemps cherchés, sur son terrain, dans sa maison. Et elle avait peur de lui.

— Tu n'as aucune raison de me craindre, Cassandre, lui assura-t-il. Je ne te veux aucun mal. Pourquoi nous opposerions-nous ? Nous avons le même but, toi et moi : unir le coven.

— Non, on n'a pas le même but.

— Mais tu es ma fille.

— Je n'ai rien à voir avec vous !

Elle s'en voulut d'avoir crié. Il jouait avec ses émotions pour trouver ses points faibles. Et, pendant ce temps, à chaque minute qui passait, l'ouragan ne cessait de se rapprocher. Cherchant désespérément à faire diversion, elle aperçut quelque chose derrière la haute silhouette qui lui faisait face.

— Faye ? s'étonna-t-elle. Je ne t'avais pas vue, là, dans son ombre.

Manifestement vexée, la belle brune fit un brusque pas en avant. Elle portait son fourreau de soie noire, comme une Cassie en négatif, arborant son propre diadème, son propre bracelet et sa propre jarretière. Elle releva la tête avec hauteur et braqua sur Cassie ses prunelles d'or en fusion.

— Mes deux reines, se réjouit Black John, avec des accents paternalistes. L'ombre et la lumière. À vous deux, vous régnerez sur le coven et…

— Et vous régnerez sur nous ? le défia Cassie.

Le sourire de Black John s'élargit.

— Sage est la femme qui sait quand se plier à la domination d'un homme.

Faye ne souriait pas du tout, quant à elle. Cassie lui jeta un coup d'œil en coin.

Black John ne paraissait pas avoir remarqué.

— Veux-tu que j'arrête l'ouragan, Cassandre ? lui demanda-t-il.

— Évidemment.

C'était pour ça qu'elle était venue, pour connaître ses conditions. Et pour essayer de découvrir *son* point faible. Elle attendit la suite.

— Dans ce cas, tout ce que tu as à faire, c'est de conclure un pacte avec moi. Un pacte de sang, Cassandre. Tu sais déjà ce que c'est, n'est-ce pas ?

Il tendit la main vers Faye, sans même lui accorder un regard. Faye examina cette main tendue, pendant un moment, et finit par se baisser pour se saisir de l'athamé glissé sous sa jarretière – la dague à manche noir qui servait à dessiner les cercles sacrés. Black John le brandit un instant, puis s'entailla la paume. Le sang apparut, sinueux serpent de poix rougeâtre coulant paresseusement.

« Comme avec Adam, s'affola Cassie, le cœur battant. Comme ce serment qu'on s'est fait, Adam et moi. »

Le sombre géant lui présenta la dague. Voyant qu'elle ne la prenait pas, il la tendit à Faye.

— Donne-la-lui, ordonna-t-il.

Faye obéit. Comme au ralenti, les doigts de Cassie se refermèrent sur le manche noir que Faye lui présentait. La sculpturale brune recula aussitôt pour reprendre sa place à côté du ténébreux géant.

— Ce n'est qu'un peu de sang, Cassandre. Jure-moi obéissance et je libérerai l'ouragan. Je le laisserai retourner en mer sans causer le moindre dommage. Nous pourrons alors régner côte à côte, toi et moi.

La dague en tremblait dans sa main. Et impossible de calmer les battements affolés de son cœur, maintenant. Car elle savait ce qu'elle allait faire. Elle avait juste besoin d'un peu de temps pour trouver le courage.

— Comment avez-vous tué Jeffrey ? lui demanda-t-elle. Et Pourquoi ?

Sur le coup, il sembla un peu déstabilisé. Mais il ne tarda pas à se reprendre.

— En le faisant asseoir un moment. Et pour causer une dissension entre les nôtres et ceux de l'extérieur, lui répondit-il. (Il sourit.) De plus, je n'appréciais pas l'attention qu'il portait à ma fille. Il n'était pas des nôtres, Cassandre.

Cassie aurait bien voulu que Portia puisse voir son « M. Brunswick » maintenant.

— Pourquoi avoir utilisé Sean ?

— Parce qu'il était faible et qu'il portait déjà une pierre dont je pouvais me servir pour le manipuler. Mais à quoi bon toutes ces questions ? Ne comprends-tu pas…

Il réagit, vif comme l'éclair. Pendant qu'il parlait, Cassie l'avait visé avec la dague sacrée. Elle n'avait jamais lancé de couteau auparavant. Mais un de ceux qui avaient porté les Artéfacts Primordiaux par le passé devait s'y être essayé, parce que le bracelet d'argent semblait avoir guidé son bras.

La dague pirouetta à travers l'espace en sifflant pour aller se planter droit dans le cœur de Black John. Mais l'homme était tout simplement trop rapide. Il attrapa la dague au vol – par la lame – et se tint immobile, le regard braqué sur sa fille.

— C'est indigne de toi, Cassandre, déclara-t-il. Et guère des manières de se comporter avec son père. Tu n'es parvenue, de la sorte, qu'à provoquer ma colère.

Il ne paraissait pas furieux, pourtant. Mais sa voix était glaciale, fielleuse, froide comme la mort. Cassie pensait avoir déjà atteint le summum de la peur. Elle n'avait encore rien vu. Maintenant, elle était réellement terrorisée. Elle avait les jambes en coton, et tremblait, à chaque battement de cœur, comme sous les assauts d'un séisme intérieur.

Black John lança négligemment la dague, qui alla se planter aux pieds de Cassie en vibrant.

— L'ouragan est sur le point d'atteindre la côte, la pressa-t-il. Tu n'as pas le choix. Tu n'as jamais eu le choix. Prête serment, Cassandre. *Immédiatement !*

« Oh ! j'ai la trouille, tressaillit Cassie. Oh ! pitié, Seigneur, j'ai trop la trouille… » Elle arborait les Artéfacts Primordiaux, mais elle ne savait absolument pas comment s'en servir.

— Je suis ton père, Cassandre. Fais ce que je te dis.

« Si seulement je savais comment m'en servir… »

— Tu n'as pas le pouvoir de me défier !

— Mais si, chuchota-t-elle.

Dans son esprit, une porte venait de s'ouvrir et une lumière argentée commençait à filtrer. Telle la lune sortant de l'ombre, elle illuminait tout. Cassie comprenait le sens du sort pour repousser le Mal, à présent. « Invoquez ce pouvoir qui est vôtre… Ces pouvoirs, par vous détenus, sur tout ce qui est maléfique… »

Elle eut soudain l'impression qu'une longue file de sorcières se tenaient derrière elle. Elle était juste la dernière, juste l'une d'entre elles, et, désormais, tout leur savoir lui appartenait. Leur savoir et leur pouvoir. Les mots lui vinrent spontanément aux lèvres.

— Le pouvoir de la lune, par moi détenu, t'enjoint envers moi obédience, chevrota-t-elle.

Black John la dévisagea, semblant retenir un mouvement de recul.

— Le pouvoir de la lune, par moi détenu, t'enjoint envers moi obédience, répéta Cassie, plus fort. Le pouvoir du soleil, par moi détenu, t'enjoint envers moi obédience.

Cette fois, Black John fit un pas en arrière.

Cassie en fit un en avant, tout en cherchant mentalement la suite. Mais elle n'en eut pas besoin. Parce qu'une autre voix la prononça à sa place, une voix qui s'élevait derrière elle.

— Le pouvoir des étoiles, par moi détenu, t'enjoint envers moi obédience. Le pouvoir des planètes, par moi détenu, t'enjoint envers moi obédience.

C'était Diana, ses longs cheveux blonds ondulant comme sous la caresse d'une invisible brise. La fille de lumière vint se poster derrière elle, droite et fière, telle une fine épée d'argent. Cassie crut que son cœur allait exploser : elle n'avait jamais été aussi contente de voir quelqu'un ne tenir aucun compte de ses instructions.

— Le pouvoir des marées, par moi détenu, t'enjoint envers moi obédience. Le pouvoir de la pluie, par moi détenu, t'enjoint envers moi obédience.

La voix d'Adam.

Il était juste à côté de Diana, ses cheveux brillant comme des flammes, d'étincelants rubis, dans l'infernal halo rougeoyant.

Deborah le suivait de près, son frais minois tout crispé, dans le désordre des belles boucles brunes qui l'encadraient, tant elle faisait d'effort pour se concentrer.

— Le pouvoir du vent, par moi détenu, t'enjoint envers moi obédience, récita-t-elle.

Nick se joignit à elle, une rage froide au fond des prunelles.

— Le pouvoir de la glace, par moi détenu, t'enjoint envers moi obédience.

Et puis ce fut au tour de Laurel.

— Le pouvoir des feuilles, par moi détenu, t'enjoint envers moi obédience. Le pouvoir des racines, par moi détenu, t'enjoint envers moi obédience.

Et puis Mélanie.

— Le pouvoir de la pierre, par moi détenu, t'enjoint envers moi obédience.

Ils étaient tous là, tous derrière elle, joignant leur voix à la sienne. Et Black John battait en retraite devant eux.

— Le pouvoir du tonnerre, par moi détenu, t'enjoint envers moi obédience ! clama Doug.

— Le pouvoir de la foudre, par moi détenu, t'enjoint envers moi obédience ! brailla Chris.

— Le pouvoir de la rosée, par moi détenu t'enjoint envers moi obédience, débita Suzan, avant de pousser une petite silhouette devant elle.

C'était Sean, et il peinait à se tenir debout, manifestement épouvanté de se retrouver face à celui qui, pendant si longtemps, l'avait possédé. Mais sa voix s'éleva dans un cri :

— Le pouvoir du sang, par moi détenu, t'enjoint envers moi obédience !

Black John était recroquevillé contre le mur de la maison, à présent, et il semblait avoir rapetissé. Son visage avait perdu toute définition, et cette aura incandescente dont il était nimbé avait disparu, le rendant à sa noirceur originelle.

Cependant, ils n'étaient, pour lors, que onze dans le coven de Cassie : le Cercle était incomplet. Et seul un Cercle complet pouvait se dresser contre un tel monstre.

Comme le hurlement de Sean cessait de résonner dans la maison ensorcelée, Black John se redressa. Déjà, il faisait un pas vers eux. Cassie retenait son souffle.

— Le pouvoir du feu, par moi détenu, t'enjoint envers moi obédience ! lança alors une voix rauque.

Et Black John recula. Cassie se tourna vers Faye, sidérée. La grande brune semblait avoir acquis en stature ce que Black John avait perdu et elle avait vraiment tout d'une reine barbare, tandis qu'elle le toisait de son regard flamboyant.

C'est alors qu'elle vint se poster à côté de Cassie.

— Le pouvoir des ténèbres, par moi détenu, t'enjoint envers moi obédience, renchérit-elle, chaque mot planté comme un coup de poignard. Le pouvoir de la nuit, par moi détenu, t'enjoint envers moi obédience !

« Maint'nant, se dit Cassie. Pendant qu'il est affaibli, en position d'infériorité et qu'on est tous réunis. » C'était le moment où jamais de le contrer. Et peut-être leur seule chance de le vaincre.

Mais ni le Feu ni l'Eau n'y étaient parvenus jusque-là. Black John avait été battu par deux fois, était mort par deux fois, mais il était toujours revenu. S'ils voulaient se débarrasser de lui pour de bon, ils devaient faire plus que détruire son corps. Il fallait qu'ils détruisent la source de son pouvoir : le crâne de cristal.

« Si seulement on avait un plus gros cristal ! » se lamentait Cassie. Mais il n'existait pas de plus gros cristal. Elle cherchait désespérément... Les rochers de granit de La Nouvelle-Salem ? Non, ce n'étaient pas des cristaux : ils ne pouvaient pas retenir ni canaliser l'énergie. Et puis ce n'était pas simplement un gros cristal dont elle avait besoin, mais un *énorme* cristal. Si énorme... si énorme...

« ... Certaines personnes parlent, à propos des cristaux, d'"eau fossilisée". » Elle entendait encore la voix rieuse de Mélanie. « Mais moi, je préfère les voir comme une plage... » « De l'eau plus du sable... égale un cristal : les restes d'une ancienne plage... »

Avec les mots, lui venait à l'esprit une image. Celle de sa propre main, ce jour-là, sur la plage de Cape Cod. « Mais baisse donc les yeux ! » s'était indignée Portia, en voyant Adam arriver. Et elle avait obéi, un peu honteuse, regardant obstinément ses doigts s'enfoncer dans le sable. Le sable qui chatoyait avec tous ces petits éclats de grenat, et tous ces minuscules cristaux verts et or et bruns et noirs... Une plage... Une plage !

— Tout l'monde avec moi ! s'écria-t-elle. Concentrez-vous avec moi : donnez-moi votre pouvoir ! Maint'nant !

Elle se la représentait si nettement, cette longue plage qui s'étirait tout le long de Crowhaven Road. Plus d'un kilomètre de cristaux entassés les uns sur les autres. Elle projeta toutes ses pensées sur cette étendue cristalline, rassemblant toute la puissance du coven derrière elle, se focalisa sur ce trésor scintillant, canalisant toute cette énergie à travers lui, les yeux à présent braqués sur Black John, sur le crâne de cristal avec son rictus minéral et ses orbites creuses. Et puis elle « poussa » mentalement.

Elle le sentit sortir d'elle. Ce pouvoir. Tel un geyser de lave. Une éruption à la surface du soleil. Avec l'énergie du Cercle tout entier pour le propulser. Il surgit d'elle vers la plage et de la plage vers Black John, canalisé, intensifié par tout le pouvoir de la Terre et de l'Eau combinés. Et, cette fois, quand le crâne se brisa, il vola en éclats, comme son pendentif d'améthyste lorsque Black John l'avait pulvérisé.

C'est alors que s'éleva un hurlement que Cassie n'allait plus jamais oublier. Et puis le plancher du numéro 13 disparut et le sol se déroba sous ses pieds.

16

— Ça va ? demanda-t-elle d'abord à Suzan – sur laquelle il se trouvait qu'elle avait atterri. Personne n'a rien ?

Comme jetés par une main géante, les membres du Cercle gisaient éparpillés sur le terrain vague. Mais, déjà, tous se redressaient.

— J'crois qu'j'ai l'bras cassé, grommela Deborah – avec un calme quand même assez bluffant.

Laurel rampa jusqu'à la motarde pour aller voir ça de plus près.

Cassie jetait autour d'elle un regard incrédule. La maison ensorcelée s'était volatilisée. Le numéro 13 n'était plus qu'un lopin de terre aride et désolé. Tout était redevenu comme avant.

— Regardez ! lança tout à coup Mélanie, le visage levé vers le ciel.

Et, cette fois, il y avait de la joie dans sa voix. Elle semblait impressionnée aussi. Car la lumière était en train de changer. La lune recouvrait sa robe d'argent. Oh ! juste un fin croissant, mais qui ne cessait de grandir. Et la couleur ensanglantée avait disparu.

— On a réussi ! s'exclama un Doug plus échevelé que jamais, son habituel rictus s'étirant jusqu'aux oreilles. Hé ! On a réussi !

— *Cassie* a réussi, le reprit Nick.

— Il est vraiment parti ? s'alarma Suzan. Parti pour de bon, c'coup-ci ?

Cassie inspecta de nouveau les alentours. Elle ne perçut que l'air vif sur son visage et l'océan à perte de vue. La nuit régnait en paix sur une terre que seules la lune et les étoiles éclairaient.

— J'crois qu'oui, murmura-t-elle. Je crois qu'on a gagné. (Elle se tourna vivement vers Adam.) Et l'ouragan ?

Adam se débattait avec le Walkman accroché à sa ceinture.

— J'espère qu'il marche encore, maugréa-t-il, en mettant le casque.

À cloche-pied, à genoux ou à quatre pattes, tous se traînèrent tant bien que mal pour se regrouper autour de lui, tout ouïe.

Les traits crispés, visiblement stressé, Adam tendait l'oreille, secouait la tête, passait d'une station à l'autre, cherchant la bonne fréquence. Cassie aperçut Diana près d'elle et lui prit la main. Elles attendirent, assises côte à côte, se raccrochant l'une à l'autre. Et puis, soudain, Adam se redressa.

— « Vent force 8 à 9 sur Cape Cod » … « Tempête remontant au nord-est » … Au nord-est ! Elle a changé d'cap ! Elle repart vers le large !

Les frères Henderson hurlèrent de joie. Mais Mélanie les fit taire : Adam n'avait pas fini.

— … Fortes marées… inondations… Mais c'est bon : pas de blessés. Juste des dégâts matériels. On a réussi ! On a vraiment réussi !

— *Cassie* a réuss…, répéta Nick, qui commençait manifestement à s'énerver.

Mais, déjà, Adam s'était levé d'un bond pour attraper Cassie et la faire virevolter. Cassie poussa une exclamation de surprise et ne cessa de crier, tout le temps qu'il la faisait tourner dans les airs. Elle n'avait pas vu Adam si heureux depuis… eh bien, elle ne se souvenait pas d'avoir vu Adam si heureux. Depuis Cape Cod, peut-être ? Quand il lui avait lancé ce petit sourire canaille de casse-cou prêt à tout ? Elle l'avait oublié, pendant tous ces mois de galère, mais cette gravité, qui ne l'avait pas quitté, n'était pas dans sa nature.

Comme Pan, songea-t-elle, quand, toute rouge et tout essoufflée, elle retrouva la terre ferme. Le Dieu Cornu de la forêt était un dieu de liesse et de fête. Et voilà que Chris et Doug voulaient danser avec elle, maintenant ! Et tous les deux en même temps ! Cependant qu'Adam faisait valser Diana. Comme, finalement, elle s'écroulait de rire, une grosse forme noire velue fonça sur elle et la renversa.

— Raj ! s'exclama Adam. Je t'avais dit de rester à la maison !

— Eh bien, ça prouve… qu'il est à peu près… aussi obéissant qu'vous, haleta Cassie, en enlaçant le gros berger allemand qui lui léchait copieusement la figure. Mais, de la rébellion comme ça, j'en veux bien tous les jours ! Et c'est pour vous tous que je parle, les copains, pas pour le chien, ajouta-t-elle, en les embrassant du regard.

— On pouvait quand même pas t'laisser toute seule là-d'dans, lui répondit Sean.

Doug ricana.

— Ben non, hein, champion ? railla-t-il.

Et il lui asséna une grande claque dans le dos en levant les yeux au ciel.

Mais c'était plutôt Faye que Cassie observait. La sulfureuse brune était restée assise à l'écart, à la manière de l'ancien Nick, le beau ténébreux du début.

— Je suis contente que tu aies fini par rallier notre camp, lui lança-t-elle.

Faye n'avait plus rien de la parfaite petite dactylo : sa longue crinière de nuit se déployait librement sur ses épaules et, fendu des deux côtés, son fourreau dénudait plus de peau nacrée qu'il n'en recouvrait. Elle avait un peu de la panthère noire et beaucoup de la reine de la jungle.

Sous leurs lourdes paupières mi-closes, les yeux d'or se rivèrent aux siens. Un petit sourire étira la commissure des pulpeuses lèvres fardées.

Et puis Faye s'abîma dans la contemplation de ses ongles.

— Au moins, je peux les revernir en rouge, lâcha-t-elle avec nonchalance.

Cassie se détourna, réprimant elle aussi un sourire. Pas la peine d'espérer plus : de la part de Faye, c'était déjà une véritable profession de foi.

— Bon. Si vous avez fini de brailler et de sauter partout, on va peut-être pouvoir y aller ? demanda Laurel, sur le ton de qui s'exhorte à la patience. Parce que Deborah a vraiment le bras cassé.

Cassie se leva d'un bond, prise de remords.

— Tu pouvais pas l'dire plus tôt ?

— Oh ! C'est rien, lui assura Deborah – mais elle laissa tout de même Nick et Laurel l'aider à se lever.

Sur le chemin du retour, d'autres remords l'attendaient. Car une autre idée venait de lui traverser l'esprit : sa mère ! Black John était mort ; l'ouragan, détourné, mais qu'était devenue sa mère ?

— Est-ce qu'on ne pourrait pas emmener Deborah chez les anciennes ? demanda-t-elle à Diana.

— Je ne vois pas de meilleur endroit, approuva son amie. Ce sont des guérisseuses : personne ne s'y connaîtra mieux qu'elles pour la soigner, de toute façon.

Il y avait de la compassion dans ses beaux yeux verts. Au regard qu'elle lui lança, Cassie vit qu'elle avait compris. Diana lui prit la main et, discrètement, l'étreignit.

« Il faut que je me prépare au pire, songea Cassie, en arrivant au numéro 4. Il faut que je sois prête. Si ça s'trouve, elle est morte. Ou alors elle est exactement dans l'état où je l'ai laissée, quand je suis partie d'ici : allongée, immobile, dans ce grand lit. Si ça s'trouve, elle restera toujours comme ça.

» En tout cas, tu as tenu ta promesse, se rassura-t-elle. Tu as arrêté Black John. Il ne pourra plus jamais lui faire de mal. »

En montant les marches du perron, elle leva les yeux vers le ciel. Il y avait un beau croissant, là-haut, maintenant, une bonne grosse lune rieuse. Elle se dit que c'était bon signe.

Quand elle franchit le seuil du petit salon, les flammes des bougies vacillèrent. Elle se demanda, fugitivement, si les trois vieilles dames n'étaient pas toujours en train de danser autour du lit… « vêtues des seuls nuages », comme lui avait si pudiquement expliqué mamie Quincey. Et puis elle s'avança dans la pièce. Tante Constance était assise, droite comme un I sur sa chaise, impeccablement habillée et jouant les parfaites hôtesses auprès de ses trois invités, auxquelles elle servait le thé à la lueur des chandelles.

De ses *trois* invités…

— Maman ! s'écria Cassie, en se ruant sur le canapé, renversant une des fragiles chaises de tante Constance dans la foulée.

La seconde d'après, elle serrait sa mère dans ses bras, l'étreignant de toutes ses forces. Et – miracle ! – sa mère lui rendait son étreinte.

— Dieu du Ciel, Cassie ! s'exclama sa mère, une fois remise de ses émotions, en s'écartant pour l'examiner. Qu'est-ce que c'est que cette tenue ?

Cassie porta instinctivement la main à son diadème, complètement de travers, et le redressa. Elle regarda sa mère dans les yeux. Elle était si contente de voir ces yeux-là lui rendre son regard, vif et pétillant, qu'elle en oublia de lui répondre.

La voix de Deborah s'éleva, alors, dans le couloir, lasse mais pleine de fierté.

— C'est notre leader, maint'nant, déclara-t-elle solennellement, avant d'ajouter : Quelqu'un aurait une aspirine ?

— Eh bien non, ce n'est pas juste temporaire, c'est clair, s'agaça Laurel. Enfin, on t'a tout d'même élue, j'veux dire.

— Et t'as assuré, renchérit Deborah, en portant une pomme à sa bouche avec celle de ses mains qui n'était pas dans le plâtre.

C'était le lendemain et il n'y avait pas cours pour cause de légers dommages, suite à la tempête, et de disparition du proviseur. Le Cercle profitait de cette douceur inhabituelle, en cette saison, pour pique-niquer dans le jardin de Diana.

— Ben oui, mais on a deux leaders maint'nant, lui fit remarquer Chris. À moins que Faye soit comme qui dirait « désélue » ?

— Mais oui, c'est ça ! lui rétorqua l'intéressée, avec un coup d'œil dédaigneux.

Tout à ses réflexions, Mélanie changea de position.

— Eh bien, il y a déjà eu d'autres covens avec plusieurs leaders, leur indiqua-t-elle. Celui des origines, notamment. Black John n'était qu'un des premiers leaders, je vous le rappelle. Tu pourrais partager avec Faye, Cassie.

Cassie secoua la tête.

— Pas sans Diana.

— Hein ? lâcha Doug.

Nick jeta à son ex un regard amusé.

— Diana pourrait ne pas *vouloir* de cet honneur, Cassie.

— M'en fiche, se buta-t-elle, avant que Diana ait eu le temps de réagir. Je ne resterai pas à la tête de ce coven sans Diana. Je démissionnerai. Je retournerai en Californie.

— Écoute, vous pouvez pas *toutes* être leaders, la raisonna Deborah.

— Et pourquoi pas ? objecta Mélanie, en se redressant. C'est même une excellente idée. Vous pourriez former un triumvirat. Vous savez, comme du temps des Romains. Ils avaient trois dirigeants.

— Diana pourrait n'pas *vouloir*, insista Nick, en haussant le ton.

Mais Cassie se leva pour aller anxieusement supplier son amie.

— Tu veux bien, hein ? Pour moi ?

Diana la dévisagea, puis consulta du regard le reste du Club.

— Ouais, allez ! l'encouragea un Doug enthousiaste.

— Trois, c'est un bon chiffre, commenta Laurel, avec un sourire espiègle.

Faye poussa un profond soupir.

— Oh ! et puis pourquoi pas ? grommela-t-elle, en détournant la tête.

Diana reporta son attention vers Cassie.

— Bon d'accord.

Cassie lui sauta au cou.

Diana repoussa une longue mèche de cheveux blonds.

— Mais, pour l'instant, j'ai quelque chose à te demander, lui annonça-t-elle. En tant que leader, tu ne peux plus être considérée comme une des juniors du coven, Cassie, mais personne ne peut le faire à ta place. Est-ce que tu veux bien aller chercher la cassette que je t'ai remise, pendant la célébration de la nuit d'Hécate ?

— La boîte de la Fête de la Confiance ? C'est le moment d'la déterrer ?

— Oui, c'est le moment.

Diana regardait Mélanie en disant ça et Mélanie hocha la tête, manifestement dans la confidence.

Cassie leur jeta un coup d'œil intrigué. Elle ne posa pourtant pas de question et s'en alla chercher la fameuse cassette, avec Raj pour toute compagnie. C'était génial de pouvoir se balader toute seule, sans plus avoir à redouter constamment un danger imminent. Elle s'agenouilla devant le gros rocher au pied duquel elle avait enfoui la boîte, cette nuit-là. La mer étincelait, crépitant de reflets, comme autant de clins d'œil qu'elle lui adressait. Elle creusa dans le sable et sortit la boîte de sa cachette.

Elle la rapporta jusque chez Diana et, tout en reprenant son souffle après cette petite promenade de santé, la tendit à son amie.

— Qu'est-ce qu'y a là-d'dans ? D'autres artéfacts ? hasarda un Doug trop dévoré de curiosité pour résister plus longtemps, apparemment.

— Encore des trucs de filles, ça, j'parie, railla Chris.

Quand Diana se pencha pour examiner la cassette, Cassie trouva qu'elle avait une drôle d'expression.

— Tu ne l'as pas ouverte, constata son amie, en relevant les yeux vers elle.

Cassie secoua la tête.

— Eh bien non, je m'en doute, lui dit alors Diana. J'étais persuadée que tu ne l'ouvrirais pas. Mais je voulais que toi, tu le saches. De toute façon, elle est à toi, maintenant. Avec ce qu'il y a dedans. C'est un cadeau.

Elle souffla sur le sable qui avait séché sur le bois ouvragé avant de la lui redonner.

Cassie la dévisagea d'un air incertain et secoua la mystérieuse cassette. Quelque chose cogna contre les parois. Elle décocha un coup d'œil perplexe à Diana. Et puis, d'un geste hésitant, comme si elle s'attendait presque à voir un diable sortir de sa boîte, elle souleva le couvercle.

Il n'y avait qu'un seul objet à l'intérieur : une petite pierre ovale, grise moirée de bleu, et toute sertie de cristaux qui étincelaient au soleil comme des saphirs.

La rose de calcédoine.

Tétanisée, Cassie chercha le regard de Diana. Elle ne savait pas quoi dire, quoi faire. Elle ne comprenait pas. Mais son cœur cognait si fort dans sa poitrine…

— Elle est à toi, répéta Diana. (Et, comme Cassie demeurait prostrée, elle se tourna vers Mélanie.) Tu ferais peut-être mieux de lui expliquer.

Mélanie s'éclaircit la gorge.

— Eh bien…

Elle se tourna vers Adam – qui se tenait parfaitement immobile lui aussi. Il n'avait déjà pas dit grand-chose de toute la matinée et voilà qu'il regardait, à présent, fixement Diana, muet, comme muré dans son silence.

— Eh bien…, recommença Mélanie. (Et, quoique Adam n'ait toujours pas daigné se tourner vers elle, elle enchaîna :) C'est quand Adam nous a raconté comment vous vous êtes rencontrés, révéla-t-elle à Cassie. Il a parlé d'un lien – ce que tu as appelé « un fil d'argent ». Tu t'en souviens ?

— Oui, murmura Cassie, sans même oser remuer les lèvres.

Elle aussi dévisageait Diana, à présent. Elle scrutait ses traits avec anxiété. Diana lui rendit son regard avec un calme souverain, sereine.

— Eh bien, ce fil d'argent existe vraiment. On en parle dans les vieilles légendes. Il est dit qu'il relie les « âmes sœurs » – tu sais, ceux qui sont faits l'un pour l'autre. Alors, quand on a entendu ça, toutes les deux, on a compris que c'étaient ce que vous étiez, Adam et toi, acheva Mélanie, apparemment soulagée d'en avoir terminé – surtout devant un auditoire qui s'ingéniait à *ne pas* la regarder.

— C'est pour ça que j'ai été surprise, pour Nick, tu comprends ? intervint Diana, d'une voix douce. Je savais que tu ne pouvais aimer qu'Adam. Et c'était ce que je t'aurais dit, dès que je l'ai compris, si tu ne m'avais pas demandé de te donner une dernière chance, de te laisser me prouver que tu pouvais te montrer fidèle et loyale. Et, comme j'ai trouvé que c'était une bonne idée... Pas pour moi, bien sûr, mais pour toi. Pour que tu prennes conscience de ce dont tu es capable, de cette force que tu as en toi. Tu comprends ?

Cassie hocha la tête en silence.

— Mais... Diana..., protesta-t-elle, malgré tout, dans un souffle.

Diana cligna des yeux. L'émeraude de ses prunelles s'embuait.

— Voilà que tu vas me faire pleurer, maintenant ! lui reprocha gentiment son amie. Cassie, avec tout cet altruisme qui a eu cours, ici, ces derniers temps, tu crois donc que je n'ai pas l'intention d'apporter ma contribution ? Ça fait des mois que vous attendez, à cause de moi, tous les deux. Eh bien, aujourd'hui, c'est fini.

— Personne n'y peut rien, renchérit Mélanie, avec sollicitude – sans toutefois se départir de son pragmatisme habituel. Vous êtes liés, Adam et toi, point final. Aucun de vous deux ne pourra trouver quelqu'un d'autre. Alors, vous êtes condamnés à être ensemble pour la vie. Peut-être même pour tout un tas de vies.

Toujours tétanisée, Cassie se tourna vers Adam.

Il n'avait pas quitté Diana des yeux.

— Diana, je n'peux pas juste... J'veux dire, tu seras toujours...

— Moi aussi, je t'aimerai toujours, Adam, l'interrompit Diana, de ce même ton résolu. Tu auras toujours une place à part dans mon cœur. Mais ce n'est pas de moi que tu es amoureux. C'est de Cassie.

— Oui, chuchota Adam.

Cassie se plongea précipitamment dans la contemplation de la rose de calcédoine. Dans sa main, la petite pierre semblait crépiter comme une folle et la tête lui tournait.

— Vas-y, lui murmura Diana, en la poussant doucement vers Adam.

Mais elle ne pouvait pas. Alors, c'est Adam qui vint vers elle. Il paraissait un peu sonné, lui aussi, mais il avait les yeux aussi bleus que la mer par un beau jour d'été, et cette façon dont il lui souriait... Elle en rougit jusqu'aux oreilles.

— Ben, qu'est-ce que t'attends ? Roul'lui une pelle, trépigna Chris.

Laurel lui colla le nez dans sa pizza. Mais tout le Cercle attendait la suite avec la même impatience.

Adam leur décocha un regard assassin et se pencha vers Cassie pour l'embrasser chastement sur la joue. Et puis, profitant du concert de grognements qui s'élevaient, il lui murmura : « Après » d'une façon qui la rendit terriblement nerveuse – non, merveilleusement nerveuse, plutôt.

« Est-ce que je vais savoir gérer Pan ? se demanda-t-elle, en admirant sa fougueuse crinière aux multiples reflets : sombres comme le grenat, éclatants comme les baies de houx, avec ces fils d'or dont le soleil la rehaussait en s'y accrochant. Faudra bien, j'imagine. » « Pour la vie, avait dit Mélanie. Peut-être même pour tout un tas de vies. »

Sans qu'elle sache trop pourquoi, elle tourna alors les yeux vers Faye et Diana.

Elle ne voyait pas le rapport, jusqu'à ce qu'un souvenir lui revienne soudain en mémoire. Le soleil… Un soleil radieux… Un parfum de jasmin et de lavande… Une voix rieuse qui chantait… Kate. Les cheveux de Kate étaient en tout point semblables à ceux de Diana, de cette même couleur incroyable. Mais – et elle s'en apercevait seulement maintenant –, le rire de Kate, le regard insolent de Kate étaient ceux de *Faye* !

Une de leurs aïeules, supposa-t-elle. Après tout, elles étaient cousines : la plupart de leurs ancêtres leur étaient communs.

Mais quelque chose, au fond d'elle, semblait s'amuser de ses réflexions et elle s'interrogeait. Est-ce que Mélanie avait raison ? Est-ce que c'était possible d'avoir plusieurs vies ? Est-ce qu'une âme pouvait revenir sur terre, encore et encore ? Et, si oui, est-ce qu'une âme pouvait… se scinder en deux ?

— Je crois, annonça-t-elle tout à coup à Diana, que vous allez devoir apprendre à vous entendre, Faye et toi. Je crois que vous avez toutes les deux… besoin l'une de l'autre.

— Évidemment, lui répondit Diana, comme si ce n'était une nouvelle pour personne. Mais pourquoi tu dis ça ?

Non, c'était sans doute complètement débile comme théorie. Il ne valait mieux pas lui en parler. Enfin, pas maintenant, en tout cas. Demain, peut-être ?

— Je crois que je vais faire un tableau, déclarait cependant Diana d'une voix songeuse. Pour ajouter à ma collection.

Qu'est-ce que tu dirais de « La Muse », entourée de la lune et des étoiles, l'air inspiré ?

— Je trouve que c'est une bonne idée, répondit fébrilement Cassie.

— Bon, ce dont on devrait vraiment parler, intervint Mélanie d'autorité, c'est de ce qu'on va faire avec les Artéfacts Primordiaux, puisqu'on les a retrouvés. On a un pouvoir, le coven a un pouvoir, et il faut qu'on décide à quoi l'employer.

— Nan, la fête, voilà c'qu'on devrait faire, la rembarra Doug. Pour rattraper tous les anniv' qu'on a ratés. On n'y a pas vraiment eu droit, avec Chris. Et Sean et Laurel non plus…

— L'environnement, affirmait pendant ce temps Laurel avec conviction. Ça devrait être notre premier engagement.

— Moi non plus, j'ai pas célébré mon anniv', leur fit remarquer Suzan, en ôtant délicatement l'emballage d'un Pitch.

Faye examina ses ongles – rouge rubis au soleil.

— Eh bien, moi, j'en connais quelques-uns auxquels j'aimerais bien jeter un sort…

Cassie les regarda, eux, les membres de son coven, qui riaient, se disputaient, argumentaient, tentant de se convaincre les uns les autres. Elle regarda Nick, adossé au mur, un petit sourire indulgent aux lèvres. Il surprit son regard et lui fit un clin d'œil.

Et puis elle regarda Diana, dont les claires prunelles émeraude étincelèrent, rien que pour elle, un instant, avant de se tourner vers Laurel.

— Oui, la défense de l'environnement, c'est bien, approuva son amie – sa sœur. Mais il faut qu'on pense à améliorer nos relations avec ceux de l'extérieur…

Cassie regarda Adam et s'aperçut qu'il la regardait, lui aussi. Il lui prit la main et l'enferma dans la sienne, offrant, à la rose de calcédoine, un nouvel écrin.

Cassie regarda alors leurs doigts noués et il lui sembla qu'elle pouvait de nouveau voir le fil d'argent s'enrouler autour de leurs poignets, les unissant, créant entre eux un autre lien. Mais pas seulement entre eux. Il semblait aussi se ramifier, des filaments s'échappant du cordon initial pour former un réseau de lumière argentée qui reliait tous les membres du groupe. Ils étaient connectés les uns aux autres, et la lumière rayonnait autour d'eux pour toucher la terre et le ciel et la mer.

Ciel et mer, gardez-moi de l'enfer. Terre et feu, exaucez tous mes vœux.

Et ils l'avaient fait, oui. Et ils le feraient encore, à l'avenir. Avec sa vision intérieure, Cassie vit que le Cercle n'était qu'une partie d'un grand tout, comme une spirale qui s'élevait encore et encore, indéfiniment, englobant l'univers, touchant les étoiles.

— Je t'aime, chuchota Adam.

Au centre du Cercle, Cassie sourit.

Composition *JOUVE* – 45770 Saran
N° 625162L

Impression réalisée par CPI BRODARD ET TAUPIN
La Flèche
en mars 2011

« Pour l'éditeur, le principe est d'utiliser des papiers composés de fibres naturelles, renouvelables, recyclables et fabriquées à partir de bois issus de forêts qui adoptent un système d'aménagement durable. En outre, l'éditeur attend de ses fournisseurs de papier qu'ils s'inscrivent dans une démarche de certification environnementale reconnue. »

20.19.1928.9/01 - ISBN 978-2-01-201928-7
Dépôt légal : avril 2011
N° d' impression : 63032

Loi n° 49-956 du 16 juillet 1949
sur les publications destinées à la jeunesse.